鹿柴

녹시

인적 없는 빈 산
들리는 건 사람의 말소리 울림뿐
석양빛은 깊은 숲 속까지 들어와
다시 푸른 이끼 위를 비추네

空山不見人
但聞人語響
返景入深林
復照青苔上

그림자 호

影湖

그림자 호수 1
이정현 新무협 판타지소설

초판 1쇄 찍은 날 § 2004년 11월 10일
초판 1쇄 펴낸 날 § 2004년 11월 20일

지은이 § 이정현
펴낸이 § 서경석

편집장 § 문혜영
편집책임 § 김희정
편집 § 장상수 · 서지현 · 한지윤
마케팅 § 정필 · 강양원 · 이선구 · 홍현경

펴낸곳 § 도서출판 청어람
등록번호 § 제1081-1-89호
등록일자 § 1999. 5. 31
어람번호 § 제2-0463호

주소 § 경기도 부천시 원미구 심곡1동 350-1 남성B/D 3F (우) 420-011
전화 § 032-656-4452 팩스 § 032-656-4453
http://www.chungeoram.com
E-mail § eoram99@chollian.net

ⓒ 이정현, 2004

ISBN 89-5831-310-2 04810
ISBN 89-5831-309-9 (SET)

그림자호
影湖
Fantasti Oriental Heroes
이정현 新무협 판타지 소설
1
◆ 사막의 기인
萬音片月滿
地碎崖淸
絶投張枝向
無聚
廣賓燈
難折

도서출판
청어람

목차

■ 작가의 말

이 글의 시작은 내가 열여덟 살 때였고 본격적으로 쓴 것은 스물두 살 때였습니다. 고등학생 시절, 동사서독이라는 무협 영화에 깊게 감명받은 나머지 그와 비슷한 분위기의 글을 쓰려 했고, 그래서 스스로 나 자신이 사막에서의 주인공이 되어 일기를 써 내려간 지 벌써 육 년이 되었습니다.

이런 저런 사연으로 첫 작품이 상당히 늦게 출간된 것이 조금 안타깝기도 하고 여기저기 친우들에게 책 나온다고 일 년 전부터 말해 놓았던 나 자신의 경솔함이 부끄럽기도 하지만 평범한 일상에서 사막으로 빠져들어 한 명의 고수가 되고 싶다는 나의 소박한 꿈이 이제야 결실을 맺었다는 것에 스스로 대견스럽기도 합니다.

지금 내 입가에는 미소가 매달려 있답니다. 그 미소는 팔 년 전부터 꿈꾸어왔던 무협작가의 길이 이제 시작되었다는 것에 대한 기쁨의 미소이기도 하고, 이제부터 시작이므로 더욱 열심히 해야 한다는 독려의 미소이기도 합니다.

이런 결실이 있기 위해 뒤에서 꾸준히 독려해 주신 부모님과 형에게 정말로 감사하다는 말씀 드리고 싶습니다. 또한 인터넷 연재 시 글을 읽어주셨던 많은 독자 분들에게도 감사의 말씀을 전합니다.

소설을 쓰기 힘든 군대 환경에서도 격려해 주신 병원 분들께도 감사드리며 내 글에 지대한 관심 가져준 상우, 재희, 상승, 상빈, 보환, 홍구, 기동, 경석, 00학번 나의 동기들 모두 고맙다는 말씀 드리고 싶습니다.

참, 지독히 천천히 썼던 제 글에 대해 아무런 불평도 하지 않아주신 청어람 출판사의 소설 담당자 분들(장상수님, 권민정 씨)께도 심심찮은 감사의 말씀을 드립니다.

P.S:혹여나 이름 없는 친구들은 너무 화내지 말게나.

—이정현.

序章 1

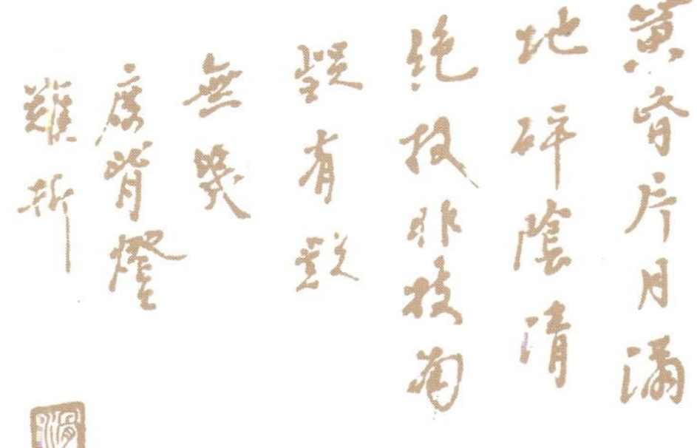

[전국 시대의 무인인 천뢰상인(天雷上人)은 천뢰신공(天雷神功)을 바탕으로 한 천뢰오장(天雷五掌)이란 무공으로 세상을 주유한 인물이다. 고금제일 장법으로 인정받는 천뢰오장이지만 그에 대한 초식이나 진정한 위력에 대해서는 천뢰상인 자신의 출신 내력과 마찬가지로 신비에 싸여 있다. 후략.]

[혈영천마(血影天魔)는 이 년이라는 짧은 시간 동안 무림에서 활동하다 사라져 버린 인물이다. 고작 이 년의 짧은 기간이지만 그의 엄청난 무공은 세인들의 가슴 깊이 인식될 정도로 고강했다. 대단한 무공을 지녔음에도 그는 사람들에게 잘 알려지지 않았는데, 그것은 그의 성격이 종잡을 수 없을 정도로 괴팍해 사람들이 기피했고 또 그 자신이 고독을 즐겼기 때문이다.

그가 선보인 파천의 마공 혈영천마공은 혈영장, 천마장, 혈영천마장으로 이뤄져 있고 천뢰상인의 천뢰오장에 버금가는 위력을 지니고 있다. 그는 무엇 때문인지 알 수 없으나 숱한 살인을 저질렀고, 이는 그의 삼 장(三掌)을 견디는 무인이 아무도 없을 정도로 최고의 무공을 지니고 있었음에도 고작 천하제일살마(天下第一殺魔)라 폄하받게 된 이유이기도 했다. 후략.]

[팔검랑은 송대의 사람으로 재치가 있고 말재간이 좋아 많은 사람들을 즐겁게 했고 또한 많은 여인들의 사랑을 받은 일세의 풍류 남아였다.

그는 항상 여덟 개의 비검을 가지고 다녔는데 비검이 하나씩 더해질 때마다 위력이 배가되는 절학을 지니고 있었다. 그는 평생 다섯 개의 비검만을 사용하였는데 아무도 여덟 개의 비검을 사용하는 마지막 비검식의 진정한 위력에 대해서는 알지 못했다. 하지만 추측하기로 천뢰상인의 천뢰오장의 마지막 장법, 그리고 혈영천마의 혈영천마공과 호각을 이룰 것이라 여겨졌다. 후략.]

[사라광마존(邪羅狂魔尊) 호극철(豪極哲)은 한때 천하군림성으로까지 불렸다가 참혹하게 멸망해 버린 사라성(邪羅城)을 연 마웅이었다. 무림을 피로 물들이려 했던 그의 마성(魔性)은 당시 창립된 무림맹으로 인해 간신히 사그라지고 말았지만 여전히 사람들은 그의 무공과 잔혹함을 잊지 못하고 있다. 그의 독문무공인 벽사옥룡공(碧邪玉龍功)은… 후략.]

[불광승(佛光僧)은 열 살에 소림으로 들어가 스무 살에 칠십이종절예를 대성한 무승이었다. 몇 년 후 그는 다시 이십 년의 면벽 수행을 거쳤으며

세상에 나온 뒤부터는 소림을 나가 평생을 선행에 몸바쳤다. 그의 별호인 불광승은 불타가 지녔다는 후광이 그에게도 보였다고 해서 지어진 것으로 그만큼 그의 선행에 대한 세인들의 시선이 어떠했으리라는 것을 충분히 짐작케 해주는 것이다. 그의 무공에 대해서는 자세히 알려진 바가 없으나… 후략.]

[태양선인(太陽仙人)은 평생 선도에 정진하던 한나라 때의 사람으로 일설에 의하면 우화등선을 하여 신선이 되었다고도 전해진다. 성명절기인 천존십이해(天尊十二解)로 그는 당대 천하제일의 명성을 얻었지만 그의 진신절기는 따로 존재한다고 한다. 명호에서 추측하건대 전설로 전해져 내려오는 태양천(太陽天)의 비기를 전승하고 있을 것이라고 여겨져 사람들 사이에서 많은 논란을 불러일으키고 있는 인물이다. 후략.]

이들이 태고의 무림 이래 손꼽히는 육 인의 절대고수이다. 하나 그들이 최고의 무인들은 아니다. 드넓은 무림만큼 사람들이 알지 못하는 기인이사들 역시 많기 때문이다.

序章 2

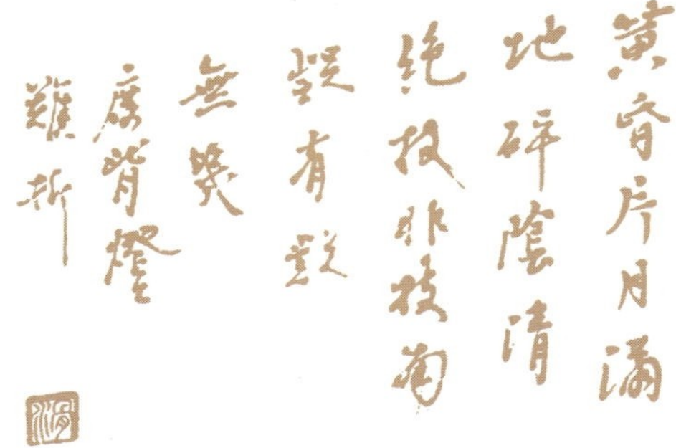

대륙의 생명이자 중원 사람들의 생명인 황하는 햇빛에 반사되어 반짝이며 자신의 탁함을 청명함으로 바꾸고 있었다.

"더럽군……. 구정물이지. 큭큭큭!"

지금껏 있어왔던 중원의 역사를 대변하며 앞으로도 있을 미래를 대변할 황하는 중원인들의 변치 않은 상징이었다.

"역사는 무슨 역사, 그저 상징이지. 역사는… 내가 만들어가는 것이다. 이 대륙의 역사를 대변하는 것은 바로 나다. 내가 바로 역사의 창조자이고 대변자이며 파괴자이지. 중원은, 아니, 이 세계는 나의 영향 아래서 벗어나지 못해. 큭큭큭큭!"

급한 경사가 진 황하 강변에 서 있는 자는 근엄하다는 느낌을 절로 풍기는 얼굴을 한 사내로 흰 피부에 용안(龍眼)처럼 빛나는 눈동자, 붉은 입술, 오똑하게 솟은 코는 젊었을 적에 미남이라 불리며 여자깨나 울렸을 법한 얼굴이었다. 이는 음산한 웃음과는 전혀 어울리지 않아 어색함을 풍기고 있었다.

그는 양피지로 만든 얇은 책 한 권을 들고 있었는데 겉에는 아무런 글자가 적혀 있지 않아 어떤 책인지 알 수 없었다. 말 그대로 무제서(無題書)였다.

"이런 책을 찢어야 하다니 아깝군. 내가 쓴 것인만큼 애착이 가지만… 좀 더 나은 유희를 위해서라면 그 정도는 충분히 감수할 수 있지."

그는 책이 뭉쳐 있는 부분을 잡고 세로 방향으로 천천히 찢었다. 이윽고 그 책은 세 등분이 되었고 사내는 책을 보며 음산한 웃음과는 어울리지 않는 밝은 미소를 지었다. 마치 어떤 일이 이루어졌을 때 쉽게 좋아하는 어린아이처럼.

"내 책의 모든 내용을 본 사람이 한 사람뿐일 것이라는 건 정말 안타깝군. 오호, 통재라! 하늘도 무심하구나!"

그의 말투는 어딘지 모르게 냉소적이면서 가벼운 느낌을 주고 있었다. 보통 자신이 하는 말에 무게를 담지 않는 말투는 상대방에게 신뢰감을 주지 않지만 이상하게도 사내의 말투는 전혀 그런 생각이 들게 하지 않았다. 하나하나에 다 의미가 있는 것 같았으며 가벼운 말투조차 의도적으로 그러는 것 같았다.

"언제 이 책이 다 모일지……. 나의 유희는 긴 만큼 인내심이 필요하겠지. 지금껏 짜증날 정도로 오래 살아왔기에 몇백 년, 아니, 몇천 년 걸린다고 안달할 나는 아니지만… 최대한 빨리 유희를 즐길 시기가 와야겠지? 나도 인간이니까 말이야. 큭큭큭! 그대여, 과연 날 죽일 수 있는가? 제발 이겨라! 어서 죽고 싶으니까! 크하하하하!!"

세 등분 된 책이 그의 웃음과 함께 황하로 날아갔다. 하나는 물살을 따라 하염없이 하류로 흘러갔고, 다른 하나는 신기하게도 아래로 가라앉고 있었다. 그리고 마지막 하나는 상류로 거슬러 올라가고 있었다. 사내에 의한 인위적인 힘이 그 책에 가해진 듯 세 등분 된 책은 각기 다른 방향으로 가고 있었다.

"가끔은 하늘을 거스르는 것도… 하늘은 좋아하지. 하늘도… 심심하거든. 큭큭!"

◆제1장 ◆ 자각할 수 없는 세월의 흐름

黃昏片月滿
地碎崖淸
絶投非枝竹
題有散
無笑
腐脣譬
難折

[모월 모일. 맑음.

오늘도 지루한 하루다. 이런 일상 속에서 유일하게 할 일이란 의자에 앉아 끝없이 펼쳐진 사막을 바라보는 일뿐이다. 이렇게 있으면 문득 옛날 일이 생각나곤 한다. 내가 죽인 사람들… 선명하도록 시린 빨간 피……. 이럴 때면 난 항상 술을 한 병 비운다.

이제 봄이 다가오니 그가 올 때가 되었다. 난 그를 위해 닭다리를 준비할 것이다. 닭다리는 그가 가장 좋아하는 음식으로 그 고유의 맛을 음미하기 위해 물도, 술도 마시지 않는다.]

[모월 모일. 맑음.

따뜻하면서도 바람이 알맞게 부는 날이라 외출하기엔 최고일 것 같다.

밖에선 작은 방울 소리가 청아하게 울려온다. 방울은 내가 가장 아끼는 물건이다. 그것은 삼 년 전 어느 한 시진에서 은자 한 냥을 주고 샀다.

처음엔 손에 들고 흔들었는데 그 소리가 별로 와 닿지 않았다. 버리기는 아까워 그냥 처마 밑에 걸어뒀는데 바람에 맞아 내는 소리가 내 마음에 와 닿았다. 그때부터 그건 내가 가장 아끼는 물건이 되었다. 오랫동안 간직하고 싶어 이름난 장인에게 큰돈을 주고 백금을 입혔다. 다행히 백금을 입힌다고 소리마저 변하진 않았다.

항상 봄에 방문하는 그 친구는 쓸데없는 데다 정 준다며 윽박질렀지만 인간에게 정을 주지 못하는 나는 이런 데라도 정을 줘야 한다고 생각한다.]

일기장을 넘기는 하얀 손이 있었다. 약간의 때가 묻은 그 손은 작아서 어린 나이임을 짐작시켜 주었다. 그 손은 잘못하면 종이가 바스러질 것을 염려하는 듯 천천히, 손 주위가 정적에 잠길 정도로 천천히 장을 넘겼다. 일기는 계속되고 있었다.

[모월 모일. 맑음.

아침에 눈을 뜨니 친구가 있었다. 그는 나를 보고는 미소 짓더니 말없이 내게 술 한 병을 건네주었다. 식탁엔 어제 준비해 뒀던 닭다리의 뼈가 수북이 쌓여 있었다. 내가 아침밥을 먹는 동안 그는 내 침상에 누워 잠을 청했다. 나는 그의 얼굴 한 번에 밥 한 숟갈, 이렇게 밥을 먹으면서 문득 그를 처음 만났을 때를 생각했다.

나는 살인을 하고 있었고 그는 그런 나를 말렸다. 우리 둘은 싸웠고 몇 초식 만에 나는 져버렸다. 솔직히 충격이었다. 무림에서 혈영천마라 불리

며 천하를 위진시켰던 내가 지다니⋯⋯. 여태껏 한 번도 쓰지 않았던 무
공마저 사용했다. 인정할 수 없었지만 현실은 변하지 않는 법. 망연자실해
있던 내게 그는 손을 내밀어 날 일으켜 주었다. 그는 웃으며 자신을 유유
객(遊遊客)이라 했다. 그의 미소는 내게 있어 처음 보는 따스한 것이었고
마치 오래 알던 친구처럼 편안하고 친숙했다.]

[모월 모일. 맑음.

청아한 방울 소리는 날 옛날로 돌아가게 한다. 그 방울 소리를 닮은 목
소리를 가진 그녀가 떠올랐다. 방약진(芳藥珍)⋯⋯. 아마 맞을 것이다. 꽤
오래되어 이름이 가물가물하다. 나랑 사랑하던 사이였는데 떠났다. 자기는
강한 남자를 사랑한다면서.

그때 나는 무공에 대해선 아무것도 몰랐다. 포기할 수 없었던 나는 그
녀를 보내지 않으려 했다. 하지만 그녀의 새 연인은 그런 나를 죽이려 했
다. 그 후로 나는 무공을 익혔다. 그리고 무림에서 이름도 얻었다.

나중엔 그 남자와 여자를 찾아가 죽이고 싶은 마음도 없진 않았지만 그
만뒀다. 젊은 시절에 누구나 겪을 수 있는 시련을 이런 식으로 벗어던질
수는 없는 노릇 아닌가.]

[모월 모일. 맑음.

막연한 느낌만이 있을 뿐이지만 나도 꽤 나이를 먹은 것 같다. 내가 아
무런 이유 없이, 목적 없이 살아왔구나 하는 생각이 들자 곧 머리가 멍해
졌다.

이틀 전 저녁에 친구가 왔었다. 역시 봄이다. 그는 내게 책 한 권과 흰

구슬 하나를 주고는 저녁으로 닭다리를 많이 먹었다. 마시지 않던 술과 함께 그는 여기 와서 먹은 것 중 가장 많이 먹었다. 무언가 고민을 하는 것 같기도 했지만 알 수는 없었다.

확실히 이상했다. 누구든지 알고 있는 사람이 평소에 하지 않던 일을 한다면 이상한 느낌을 받지 않겠는가.

잠자기 전에 그는 내게 뜬금없이 집 옆에 묻어달라고 했다. 웃고 있길래 농담으로 치부하고 그냥 넘어갔지만… 다음날 그는 일어나지 않았다. 아니, 일어나지 못했다가 정확하겠군.

거울을 보니 내 머리에도 흰머리가 나 있었다. 피식 웃음이 난다. 어느새 이렇게 나이가 든 것이다. 하지만 슬프지는 않다. 이미 그런 감정은 버린 지 오래이기 때문이다.

난 식탁 위에 있는 책을 보았다. 유유경(遊遊經)……. 그의 무공을 생각하니 그가 대단히 강했다는 게 새삼 느껴진다.

책을 펼쳐 보았다. 유유공(遊遊功), 유유서행(遊遊徐行), 유유비행(遊遊飛行), 유유비도술, 일파(一破) 멸(滅)……. 그래, 난 이 무공으로 그에게 패했지. 이파(二破) 멸(滅)…… 일촌부양보(一寸浮揚步). 이걸 보니 그와의 이야기가 떠오른다.

어느 날 나는 그가 땅에서 아주 조금 떠 있는 것을 우연히 발견했다. 깜짝 놀란 나는 이게 어떻게 된 것이냐 물었는데 이것이 일촌부양보라고 말했다. 자신은 항상 이렇게 일 촌가량 떠서 걷는데 싸울 때도 이 상태로 싸운다고 한다. 즉, 진기의 상당량이 발 쪽에 가 있는 것이다. 그랬기에 만약 일촌부양보를 풀고 싸움에 임하면 두 배 이상의 실력을 낼 수 있다고 한다. 그때 나는 그가 진짜배기 무인이라는 것을 알았다.

　이 흰 구슬은 뭘까 생각한 끝에 이것이 그의 내단이라 결정 내렸다. 내단을 형성하는 것도 힘들거니오- 그것을 괴물처럼 꺼낸 것에 황당한 기분을 금할 수 없었다. 몇 년짜리 내단일까 보니 최소 오 갑자, 아니, 이 정도 되려면 거의 십 갑자에 가까운 것 같다. 내가 괴물 친구를 두고 있었다는 사실을 처음 알았다.]

　[모월 모일. 맑음.

　친구의 무공을 공부하다 갑자기 내 무공에 대한 생각이 떠올랐다. 혈영천마공(血影天魔功). 이것은 원러 혈영공과 천마공으로 나뉘어 있던 것인데 내가 합일해 만든 것이다. 그리고 혈영천마공을 토대로 사용하는 장공(掌功) 혈영장, 천마장, 혈영천가장. 이중 혈영천마장은 이때까지 단 네 번을 썼고 그중 한 번은 실패로 돌아갔다. 친구와 싸웠을 때였다.

　혈영도(血影刀). 이것까지 써야 할 상대를 만나지 못했기에 난 한 번도 쓰지 않았지만 친구 때문에 한 번 쓰게 되었다. 혈음일횡(血音一橫), 혈영살(血影殺), 혈(血). 이렇게 삼 초식이다.

　지금 보니 허점이 너무 많은 것이 질 만도 하다. 그리고 마지막으로 지옥지존마(地獄至尊魔)의 절대검식 지옥지존일검식. 이 검식을 얻었을 때 나름대로 나의 무공 실력을 믿고 수정을 가해 나만의 무공을 만들었고 그 이름을 지옥천마일식(地獄天魔一式)으로 바꿨다. 그때는 대단한 무공인 줄 알았는데 지금 보니 허점투성이이다. 뭐가 마도(魔道)의 모든 검식을 총망라한 것인가……. 그도 그렇고 ㄴ도 그렇지만 그때의 자만이란 정말 우습다.]

[모월 모일. 맑음.

열 살 정도의 방홍강(芳紅江)이란 이름을 가진 한 아이를 만났다. 아픈
지 기침을 할 때마다 피를 쏟아내었지만 별로 고통스러워하지 않는 기색이
었다. 아마 오래되어 그 고통에 만성이 된 듯했다.

문제는 말이 많아 말하는 것을 좋아하지 않는 나로선 꽤 귀찮았다. 일
기를 쓰고 있는 지금도 옆에서 계속 재잘댄다. 그러나 마음에 드는 건 이
아이 역시 방울 소리를 좋아한다는 것이다.

떠돌아다니는 운명이라고 스스로 어려운 말을 하는 것이 참 웃긴다. 그
러고 보니 떠돌아다니는 자들에겐 가장 힘든 계절인 겨울이 벌써 돌아와
있었다.]

[모월 모일. 흐림.

난 흐린 날엔 일기를 쓰지 않지만 오늘은 왠지 쓰고 싶어 이렇게 쓴다.
아이는 지금 병석에 누워 있다. 아까만 해도 피를 한 사발이나 쏟았다. 의
원들에게 아이를 고쳐 달라 부탁했지만 모두 고개를 저으며 가망이 없다는
말만 할 뿐이다.

가슴이 아프다는 것이 이런 건가 하고 새삼스레 느꼈다. 그동안 아이에
게 너무 많은 정(情)을 쏟은 것이다. 그런 감정이 사라져 없을 줄 알았던
나에게 정과 슬픔이라는 느낌을 알게 해준 아이다. 고맙워해야 할지 원망
해야 할지 확실히 뭐라 구분 짓기 힘든 복잡한 감정이 아이에게 들었다.]

[모월 모일. 흐림.

오늘도 날은 흐리다. 하지만 어제처럼 일기는 계속 쓰고 있다. 아이는

신기하게도 정확히 정오에 죽었다. 그가 내게 남긴 단 한 마디가 마음에 걸렸다. 할아버지……. 왜 할아버지라 했을까? 방씨(芳氏)가 생각난다. 설마……? 순간 그가 나의 혈육이 아닐까 하는 어처구니없는 생각이 들었다. 하지만 이제 와서 부질없는 생각이다. 이미 이렇게 늙어버린 나에게, 그리고 모두에게서 등을 돌렸고 모두에게서 버려진 나에게 그런 것이 있다고 달라질 게 있을까? 얼마 만인지 기억하지 못할 정도로 너무나 오랜만에 사람이란 존재에게 감정을 느끼게 만들어준 아이가 죽으니 쓸데없는 번민이 많아지는 것 같다. 역시 나에게 이런 것은 맞지 않다.

친구가 남긴 내단이 방을 비추고 있다. 이 흰색 내단은 어두운 곳에서 밝은 빛을 내기에 등불 대신 이제 이것을 쓰고 있다.

누구는 죽어서 내게 도움을 주고 있고 누구는 죽어서 나에게 번뇌만 남긴다. 이렇듯 사람의 죽음이란 참 다양한 의미를 남기는 것은 아닐까 생각해 보았다. 이것은 여태껏 생각해 본 적이 없었기에 나로서는 매우 색다른 사색이었다. 앞으로 이에 대해 계속 고찰해 볼 만하다는 생각이 든다.]

[모월 모일. 맑음.

대충 오 년이 흐른 것 같다. 그동안 일기조차도 쓰지 않고 의학 공부만 했다. 이렇게 무언가에 매달린 것은 내 인생을 통틀어 두 번째이다. 덕분에 이제는 그 아이를 살릴 수 있게 되었지만 그 아이는 여기에 없다. 허탈함…….

이제 무얼 하나 생각하니 떠오르는 것은 무공이었다. 그래, 무공으로 모든 것을 잊고 싶다. 나의 이 허무함을 메워줄 것을 기대하며 한동안 일기도 쓰지 않은 채로 그 허무함에서 벗어날 때까지 무공에 매진할 것이다.]

[모월 모일. 맑음.

앞의 일기를 보니 긴 시간이 흐른 게 여실히 느껴진다. 그 긴 시간의 흐름의 결과로 난 이제 초마(超魔)의 경지에 이르렀다. 묘한 감흥을 느끼며 거울을 보니 젊은 시절의 내가 있었다.

잠시 혼란이 일어났다. 지금은 언제가? 그때인가, 지금인가? 마치 꿈속 같았다. 갑자기 두려워졌지만 난 냉정하게 다시 현실로 돌아올 수 있었다. 일시간의 혼란일 뿐 나의 모든 것을 흔들어놓을 만한 혼란은 아니라는 생각에 미치자 그것은 씻은 듯이 사라져 버린 것이다.

그동안 난 모든 허점을 보완했다. 또 지옥천마일식과 혈영도식을 혼합해 새로운 무공을 창안했다. 혈천지옥도(血天地獄刀). 이파(二破)에 가까운 위력의 무공이다. 또다시 새삼스레 친구가 강했다는 걸 느꼈다. 그는 그때 이미 초마 이상의 경지였다는 걸 내 무공을 완성시키며 알았다. 아직 멀었지만 자랑스러웠다. 이제 내가 그 친구에게 가까워지고 있는 것 같아서…….]

[모월 모일. 맑음.

우연이라는 것은 참 많은 것을 이루게 하는 것 같다. 그의 무공에 대해 생각하며 왜 유유경 마지막 장에는 세 장의 빈 종이가 있을까 하고 의아해하는 중 무엇인가가 번뜩 떠오르는 것이 있었다. 이파에 뒤이은 새로운 무공을 창안한 것이다.

삼파(三破) 패(覇). 그렇게 이름을 붙이고 나니 꽤 마음에 들었지만 한편으로는 그에게 가까워지려면 아직 멀었다는 생각이 들었다. 그는 빈 세 장의 종이에 있을 무공을 나에게 맡긴 것일까, 아니면 이미 익혔던 것일까?
아직은 더욱 정진할 필요가 있음을 느꼈다.]

[모월 모일. 맑음.

우물이란 게 이런 것이구나 하는 걸 느끼게 해줄 정도로 절색의 여인이
나의 집을 찾아왔다. 찾아왔다기보다는 몸을 쉬기 위해 우연히 들렀다는
것이 맞겠군.

저녁때까지 별말없더니 갑자기 내 앞에서 무릎 꿇고는 자신을 도와달라
고 했다. 왜라고 물으니 당황하는 기색이었다. 그 표정에 보나마나 상당히
난감한 상황에 처해 있을 거란 생각이 들었고 이에 귀찮아진 난 도울 능력
이 없는 사람이라고 말했다. 하지만 그녀는 내가 무공을 갖고 있다는 자신
의 직감을 철저히 믿었는지 나의 말을 믿지 않았다. 이럴 때는 정말 어떻
게 해야 할지 알 수 없다. 어서 제풀에 지쳐 나갔으면 하는 마음뿐이다.]

[모월 모일. 맑음.

잠도 안 자고 밥도 먹지 않으며 하루를 꿇은 채로 보내는 것을 보니 인
내심 하나만큼은 대단하다는 생각이 들었다. 대체 이 여인과 나와의 사이
에는 무엇이 있다는 것인가.

천기를 보았다. 이 나이가 되니, 정확히는 이 경지가 되겠지만 아무튼
이제 천기도 저절로 보게 된다. 그녀는 특이하게도 나는 물론 현세와는 인
연이 없었다. 그녀의 바람이 무엇인지는 모르지만 그것은 먼 훗날에나 풀
릴 것 같다. 그럼 그녀 자신은 그 바람을 풀지 못한다는 이야기가 된다는
생각을 한 나는 의아한 생각이 들었다. 지금 당장 그 바람을 풀길 원하는

것은 그녀 자신인데 어찌하여 후대에 그 일이 풀린다는 천기가 나오는 것일까?

　혹시나 해서 난 그녀가 가지고 있는 책 두 권을 뺏다시피 얻었다. 마교통천비록(魔敎通天秘錄)과 마녀혈경(魔女血經)이란 무공서였다. 그것을 왜 그녀가 들고 있는지는 잘 몰라도 마교에 대해선 들은 바가 있었다. 마도의 시작점에 그들이 있었다고 하던가? 나의 무공 역시 마교의 무공에서 연유한 것이라는 걸 알고 있다.

　마교통천비록을 읽어보았다. 별 희한한 잡술이 허다했다. 내 무공의 근간이 되는 혈영공과 천마공은 역시 이 비록에 기재되어 있었지만 당연히 내가 창안해 낸 혈영천마공은 있을 리가 없었다. 교주가 익힐 수 있다는 무공도 보았지만 그다지 강하지 않다는 생각이 들었다. 내가 이들보다 더욱 강해져서 그런 건지 아니면 이들의 무공이 약해서 그런 건지 둘 중 하나이겠지. 그래도 나의 혈천지옥도와 비슷한 위력의 무공이 하나 있었다. 통천마강(通天魔罡).

　다음으론 마녀혈경을 보았다. 통천비록과 비슷했지만 한 가지 눈길을 끄는 것이 있었는데, 그 이름은 역천영면마법(逆天永眠魔法)이라 했다. 사람에게 이것을 쓰면 말 그대로 그 사람은 영면에 들게 된다. 몸의 기능은 정지되나 생명은 살아 있는 매우 특이한 상태가 되는 것이다. 하지만 언젠가 이 수법을 익힌 자가 다시 역시전하게 되면 깨어난다고 쓰여 있다.

　그녀의 말을 빌리자면 역대의 마교 교주들은 모두 죽지 않고 이 마법을 스스로 시전해 영면에 든다고 한다. 그 말을 듣고 마교의 어느 교주가 후에 영면을 취한 자들을 깨워 조종하여 천하를 뒤흔들려 할 것이라는 추측을 바로 할 수 있었다.

이 여인은 대체 무엇 때문에 나에게 도와달라고 하는 것일까? 궁금하긴 했지만 이런 일에 관여하고 싶지 않기 때문에 물어보긴 싫다.]

[모월 모일. 맑음.

난 그녀에게 믿든 안 믿든 현세와의 인연이 없다는 천기에 대해 말해주었다. 놀라는 그녀를 무시하고 역천영면마법을 걸면 후에 인연 자가 있는 시대에서 인연 자와 만나지 않겠느냐는 황당한 방법을 제시하였다. 솔직히 내가 생각해도 좀 어이가 없었지만 그래도 가능성은 있는 방법이다. 솔직히 그녀가 어떤 도움을 원하는지 알 수 없지만 나는 도와줄 수도 없으며 도와주기도 싫었다. 하지만 나 역시 마공을 사용할 줄 알아 조금만 노력하면 충분히 역천영면마법을 사용할 수 있기에 그녀에게 그것을 걸어주는 것쯤은 해줄 수 있었다.

그녀는 아무 말 없이 있다가 졸연 시간을 달라고 했다. 그제야 난 나만의 시간을 가질 수가 있었다. 그녀에게 밥을 건네준 뒤 지금 이렇게 마음 편히 일기를 쓰고 있는 것이다.

마교통천비록에는 내 무공의 근간이 되는 혈영공과 천마공이 있다. 그것을 융화시켜 만든 나의 혈영천마공을 생각하면 죽어버린 나의 친구가 생각난다. 옛날 나는 친구에게 무공은 대체 어떻게 익혔는지 넌지시 물었는데 씩 웃으며 나와 비슷한 경우로 다른 자의 도움 없이 기존의 무공을 바탕으로 스스로 무공을 만들고 익혔다고 했다. 하지만 그렇게 독특한 무공을 만들 수 있을 만한 기존의 무공이 존재하고 있을까? 친구는 아마 무(無)에서 새로운 무공을 창조했을지도 모른다. 큭! 쓴웃음이 나온다. 아마 후대에 다시는 그만한 천재가 나타나지 못할 정도로 그의 천재성은 대단하다

는 생각이 든다.]

[모월 모일. 맑음.

그녀가 영면에 든 지도 벌써 몇 달이 지났다. 특이한 일이라도 벌어진다면 그 생각에 그녀를 잊을 법도 했지만 별다른 일이 없는 이곳 사막이었기에 그녀에 대한 생각을 쉬이 지울 수가 없었다. 천기를 보고 싶은 심정이 일 정도로 그녀의 인연 자가 과연 누구일지 궁금했지만 곧 그만두었다. 어차피 나와는 관련이 없는 여인이다. 다만 나라는 사람을 믿어주고 자신의 인생을 맡긴 것에 대한 보답으로 내가 살아 있는 동안에는 그녀가 안치되어 있는 십만대산의 낙정곡을 간간이 가서 상태를 확인해 줄 것이다.

집으로 돌아오는 동안 인간에 대해서 참 많은 것을 생각했는데 생각 끝에 참으로 후회되는 건 사람들과 지내며 사람들을 제대로 느끼지 못했다는 것이다.

난 너무 일찍 무림계, 아니, 이 인세(人世)를 떠나 버렸기 때문에 관계 맺을 사람들을 많이 만나보지는 못했다. 만난 사람은 물론 많았지만 그것은 모두 나에게 죽을 사람들뿐이었기에 그들에 대해서 무언가를 느끼고 자시고 할 것도 없었다. 만나면 죽이고, 또 만나면 죽이고……. 마치 반복되는 일상인 양 그 살인의 끔찍함 속에서 내가 인간에 대해 무엇을 느꼈겠는가. 어쩌면 그 반복과 생각없는 삶이 싫어 나 스스로 그것을 기피했는지도 모른다.

그리고 잘 기억나지는 않지만 그렇게 좋은 어린 시절을 보낸 것 같지 않다. 그다지 좋지 않은 경험이었기에 그 당시 느껴야 했던 세상에 대한 인식과 느낌조차 기억나지 않는 것이 아닐까? 이제 이런 것들을 경험하기

에는 늦은 나이였기에 대리 만족으로 인간에 대해 많은 생각을 할 것이다.]

　[모월 모일. 맑음.

　깨달음이란 이런 것일까? 사막에서 잘 생기지 않는 새벽의 안개를 보며 난 새로운 경지의 무공을 만들었다. 장공(掌功), 무(霧)……. 삼파를 능가하는 안개.

　이제 나도 내가 이룰 수 있는 모든 걸 이뤘음을 느낄 수 있었다. 하지만 항상 이룩한 끝에 얻는 것은 허탈감뿐이다. 인간이 가질 수 있는 감정의 한계와 모순에 난 불현듯 짜증이 밀려왔다. 뭔가 뿌듯함을 느끼고 싶었다. 보람을 느끼고 싶다. 좀 더 인간적인 감정을 원하고 있다, 지금의 나는…….]

　[모월 모일. 맑음.

　내 나이도 이제 상당해졌음을 생각하고는 몇 살인지를 세어보았다. 삼백 살이 조금 넘는다. 기운을 보니 아직 죽을 것 같지도 않으니 스스로 죽어야 하지 않겠냐는 생각을 했다. 어처구니없지만 그랬다. 글쎄, 살기에 지쳤다고나 할까? 나 스스로 어느 정도 무언가를 이룬 것 같기에 죽는다고 해서 후회는 없다. 더구나 원래 성격이 그래서인지는 몰라도 나 자신의 생명을 그렇게 중요시하던 사람은 아니었기에 죽음에 대한 결정은 더욱 쉬웠을지도 모른다.

　그동안 내 머리가 지칠 정도로 너무 많은 것을 생각하고 느꼈다. 난 무엇 때문에 그렇게 많은 생각을 하며 살았던 것일까? 다른 사람들도 그럴 것일까? 아마 그렇지 않겠는가. 삶을 살아오면서 이루는 것은 결국 그동안

해왔던 생각과 느낌의 집합체이기 때문이다. 그리고 그것이 사람임을 증명하는 성과물이기도 하다.]

[모월 모일. 맑음.

오늘 친구의 내단을 깨끗이 닦으며 이제 나도 내단을 밖으로 꺼낼 수 있는 경지에 이르렀음을 생각하고는 꺼내기로 했다. 이제 죽겠다고 결심까지 했으니 미련도 없다. 나의 이 황당한 생명력은 내공이 반쯤은 차지하고 있지 않을까 하는 생각도 해보았기에 죽기 위해서는 내단을 꺼내는 것이 가장 맞는 방법인 듯싶었다.

주변을 정리하고는 죽을 곳에 앉아 혈영천마공을 운용하며 내공을 응집시켜 내단을 만들어 곧 그것을 꺼냈다. 하지만 난 경악하고야 말았다. 꺼낸 순간 내 온몸에 퍼지는 무한한 힘! 누구에게도 지지 않을 수 있는 힘! 그리고 결코 죽지 않을 듯한 무한의 생명력! 그것이 나의 몸을 휘감으며 약동하고 있었다.

그제야 친구는 나처럼 이런 것을 느낀 후 스스로 죽지 않았을까 하는 생각이 들었다. 하지만 난 웬일인지 순간 더 살고 싶었기에 죽음에 대한 생각을 지워 버렸다.

이 놀라운 경험으로 하루 종일 이상한 흥분감에 침착해질 수가 없었다. 과연 이 경지에 이른 자는 몇이나 될까, 그리고 이 경지를 뭐라 부를까라는 생각을 하면서.]

[모월 모일. 맑음.

심각한 난제에 봉착했다. 내단을 꺼낸다고 모두 이 경지에 이르지 않을 것이라는 매우 당연한 사실을 깨달았기 때문이다. 만약 모두가 그렇다면 무림의 역사는 뒤바뀌어 있을 것이 분명했다. 하지만 그에 대한 생각은 애초에 내가 경험해 보지 못했던 것이라 결론이 나지 않아 곧 그만두어 버렸다.

몸속을 넘치듯 흐르는 이 무한의 힘은 어떤 것일까 궁금해 한번 써보았다. 혈영장을 썼는데 경악하고 말았다. 그 위력은 말하기도 싫을 정도로 두려웠다.

이런 힘을 갖는 것이 이렇게 두렵다는 것을 처음 알았다. 친구는 어땠을까? 그도 나 같았을까? 하지만 그는 매우 낙천적인 성격이라 그렇지 않을 가능성이 컸다. 하지만 그가 죽은 것을 본다면 알 수 없는 일이다. 과연 무엇 때문에 죽었던 것일까?

인간이 이런 힘을 가져도 되는 것일까 하는 심각한 생각이 들었다. 이건 일종의 심마라는 걸 느낄 수 있었다.]

[모월 모일. 맑음.

며칠간 비가 왔다. 비 온 후 하늘에 뜬 무지개를 보았다. 이 모든 것이 자연스럽게 흘러가는 하나의 흐름임을 깨달았다. 그렇게… 수용하는 것이다. 힘이 세졌다는 것에 두려움을 느끼는 것은 쓸데없는 걱정일 뿐이다.

기분이 좋다. 딸랑. 방울 소리는 항상 내 마음에 와 닿는다. 이 느낌 그대로의 마음으로 너무나 오랜만에 시진으로 갔다. 새로운 언어들과 옷, 그리고 사람들……. 이렇게 세상은 많이 변해 있었다. 예전의 나라면 회피했을 것이나 이제는 언제든지 받아들일 수 있는 마음의 그 시작점을 가지게 되었다.

닭다리와 술 한 병을 가지고 동정호까지 가서 그곳에서 지나가던 한 청년을 붙잡고 술을 청했다. 반로환동(返老還童)으로 이십대처럼 젊어 보이기에 부담없이 젊은(?) 사람끼리 이야기를 주고받았다. 그의 첫인상이 꽤나 강렬했기에 먼저 말을 건 것이었는데 역시나 사내는 무림에서 한참 명성을 떨치고 있는 청년 고수였다. 나는 옛날 사람이라 그 사내의 이름을 아는 것은 아니었고 그가 겸손해하며 조금의 이름을 얻었다고 했지만 그의 화후를 보건대 결코 조금은 아닐 것임을 눈치챌 수 있었던 것이다.

그는 내가 마음에 들었는지 또 만나자고 했으나 기약할 수 없으니 인연이 있으면 또 만날 수 있을 것이라 말하며 헤어졌다.]

[모월 모일. 맑음.

십만대산 낙정곡에 다녀왔다. 그녀는 여전히 그곳에서 아름답게 잠들어 있었다. 옥문관으로 오면서 이런 저런 소문을 들었는데 가장 흥미있었던 것은 요즘 사라성주란 자가 세상을 진동시키고 있다는 풍문이었다. 예전엔 내가 세상을 위진시켰는데 이제는 새로운 인물이 나타난 것이다.

이렇듯 생사라는 것은 돌고 돌기에 당연히 사람이 나면 죽고 다시 나는 것이다. 생사뿐만 아니라 세상의 모든 것이 그렇게 돌아가고 있음을 느낄 수 있었다. 그것이 슬픔이든 기쁨이든, 또한 분노이든 평온함이든 간에 그 자체가 중요한 것이다.

그리고 죽음이란 누군가에게 어떤 형태로든지 의미를 남긴다는 데 그 뜻이 있다는 것을 알게 되었다. 내가 사라지고 다른 사람이 다시 등장하는 그 순환을 통해서 세상이 그렇다는 것을 알게 되었고, 그 순환을 통해서 죽음이란 것이 결코 무의미하지 않음을 알게 된 것이다.

옛날, 병으로 죽은 그 아이를 원망한 것에 너무 미안한 마음이 들었다. 단지 날 슬프게 했다고 그 아이를 원망한 나 자신이 얼마나 어리석고 부족했던가를 새삼 느끼게 된 것이다.

그 깨달음 속에서 동정호가 보이는 절벽에 누워 생각에 빠져 있다가 그 깨달음이 무공의 세계에서 개화를 하였는지 사파(四破) 패(覇)를 완성시켰다.

그리고 친구가 오파 모두를 이미 완성시켰던 것일지도 모른다는 확신 아닌 확신을 조금씩 하게 되었다. 하지만 왜 세 장을 비워두었을까 하는 궁금함이 다시 생기게 되었다.]

[모월 모일. 맑음.

동정호는 나의 이름을 짓게 해준 곳이기에 나에게 있어 매우 특별한 의미를 지니고 있다. 그것뿐만이 아니더라도 동정호 자체의 수려한 풍경과 넓디넓은 호변은 나의 기분을 절로 좋아지게 하는 무엇인가가 있다.

동정호 근처에 자리잡고 있는 천상루(天象樓)란 곳에 가보았다. 처음 보는 화려함이 천상루에는 가득했다. 그곳에서 전에 술을 같이 했던 그 청년을 만났다. 그 청년만큼 뛰어난 네 젊은이들이 그와 같이 있었는데 네 사람 모두 마치 기다렸다는 듯이 날 반겨주었고 특히 그 청년은 인연이 있어 또 만났다고 기뻐했다.

만났던 청년을 제외한 네 명은 사내 한 명에 여자 세 명으로 도두 뛰어난 무공으로 명성을 떨치고 있는 젊은이들이었다. 만났던 청년은 청풍룡(靑風龍) 임사우(林獅羽)이고, 다른 사내는 철신(鐵神) 고형강(高銅剛)이라고 자신을 소개했다. 세 여인은 각각 비화(秘花) 도용연(途永緣), 마검(魔劍) 우영(于英), 백매화(白梅花) 공손아리(孔孫兒璃)로 모두가 나름대로의 특징을 지닌 미녀들이었다.

닭다리를 시킨 후 그들의 말을 가만히 들어보았는데 모두들 무림대회라는 것에 참가하기 위해 사라성으로 가고 있던 중이라 했다. 같이 가자는 청풍룡 임사우의 제의에 요즘은 어떤 세상이 되었고 어떤 세태를 지녔는지, 그리고 사람들은 어떠한 생각을 하고 살고 있는지를 좀 더 확실히 보고 싶어 기꺼이 수락했다. 이 일기도 지금 객방에서 쓰고 있는 것이다.

내 인생에서 처음으로 사람들과 함께한다는 것이 어색하기도 하고 살짝 떨리기도 하지만 결코 싫은 느낌은 아니다. 누구나 꿈꾸어보았을 법한 그런 것을 이제야 하고 있는 내가 웃기지만 나름대로 깨달음이 있고 나서야 그 생각이 들었으니 나 자신이 생각해도 제법 대단하지 않은가 싶다. 평생 이런 경험을 할 줄은 생각지도 못했건만 일어났으니 인생이라는 건 알 수 없는 일투성이인가 보다.]

◆제2장◆ 무림대회를 가다

[모월 모일. 맑음.

봄 날씨는 마음을 상쾌하게 해주기에 좋다. 이런 날이면 친구는 날 찾아왔지만 이제 그는 없다. 그의 부재를 그 느낌과 함께 여실히 느낄 수 있었다. 아침에도 닭다리를 먹었는데 닭다리만 먹는다고 핀잔을 들었다. 하지만 어쩔 수 없는 일이다. 그만큼 내가 죽은 나의 친구를 생각하고 있다는 것이 아니겠는가.

오늘은 길 가는 도중 이상한 자들을 만났다. 회골림(灰骨林)이라는 단체에 있다는 열 명의 그들은 여인을 탐하고 있었지만 일행에게 순식간에 제압당하고 말았다. 회골림이 뭔지 묻자 공손아리가 새로이 급부상하는 사도(邪道) 방파로 점점 강성해지고 있어서 서서히 사라성을 위협하고 있다고 대답해 주었다.

공손아리라는 여자는 성격이 어린애같이 깨끗하여 누구에게나 친절했고 아름다운 얼굴을 하고 있어 누구에게나 사랑받는 여자인 것 같았다. 그녀의 원래 성격이 그래서인지는 몰라도 나로선 그녀의 친절이 상당히 감명 깊은 것이었다. 아마 친절함이라는 것을 잘 보지 못한 채 지금껏 살아온 나의 문제도 있겠지만 사람이 이렇게 친절할 수 있는 것일까라는 생각이 들었다.

고마움의 표시로 관상과 수상(手相)을 봐줬다. 그녀의 성격에 보답이라도 하듯 그녀의 앞날은 좋았지만 한 가지 우환이 있는 것이 문제였다. 그러나 이것만 잘 넘긴다면 앞으로는 큰 걱정 없이 천수를 누릴 수 있는 상(相)이었다.]

[모월 모일. 맑음.

깨달음 이후로 내 주변은 많은 것이 변했다. 아니, 사실은 주위가 변한 것이 아니라 내가 변한 것이다. 하루하루가 내게 있어 즐겁다.

내 몸의 이 무한한 힘은 날 영원의 삶으로 이끄는 것은 아닐까 할 정도로 그 생명력이 넘치고 있었지만 아직 이 경지에 이를 수 있는 방법, 또는 이유는 알지 못한다. 서두르지는 않을 것이다.

그들과 함께하면서 세상이 참 많이 변했음을 절실히 느꼈다. 새로운 예절, 새로운 물건들, 새로운 사람들, 새로운 환경……. 모든 것이 새롭다. 내가 살던 때와는 다른 시대가 도래했기 때문에 나에게는 당연한 것이기도 하겠지만 일행은 마치 시골에서 막 나온 촌뜨기 같다고 농을 던진다. 맞다. 난 촌뜨기다. 촌뜨기가 세상으로 나온 것은 새로운 삶을 위해서이다. 이것이 언제까지 계속될지는 알 수 없지만 최선을 다하고 싶다.

　방약진과의 이별로부터 시작된 내 어긋난 삶의 시작에서 지금까지 빗겨나갔던 나의 인생이었지만 이제 나는 어리석지 않게 좀 더 적극적으로 나아갈 것이다. 친구의 못다 한 삶까지 살아가며 좀 더 인간을 느끼고 싶다.]

　[모월 모일. 맑음.
　봄이라 매일 맑은 날이 계속되어 여정을 계속하기에는 더할 나위가 없었다. 순조로운 걸음으로 사라성까지는 이제 하루 거리가 남았다.
　난 객방에 앉아 그간 알아온 다섯의 젊은이들에 대해 생각해 보았다. 청풍룡은 내가 한눈에 보아도 당연하다는 생각이 들 만큼 후기지수 중 최고였다. 날카로운 눈썹에 반짝이는 두 눈, 그리고 굳게 다물어져 진중한 느낌을 전해주는 입술은 전형적인 미남의 얼굴이었다. 하지만 무엇보다 그는 성정이 순했다. 너무 순한 것이 어쩌면 단점으로 작용할 때도 있겠지만 그에게는 장점으로 작용할 때가 더욱 많을 것이다. 단점은 아마 그가 살아가면서 그의 뛰어난 무공으로 가릴 수 있으리라 본다.
　내가 젊은 시절에 그 어떤 인물에게도 보지 못했던 영웅의 자질을 그는 가지고 있는 듯하여 그의 수상을 보았다. 영웅이 될 것이라는 나의 눈은 정확했다. 항상 모든 영웅이 그렇듯이 그 길은 험난하겠지만…….
　마검 우영이라는 여인은 차가운 성격에 말수가 적었다. 그런 성격의 여인은 여자로서의 인생에는 별로 도움이 되지 못한다는 것을 알고 있다. 난 진지하게 그녀와 이야기하려 했으나 나의 성급한 간섭 때문인지 아니면 차가운 성격 탓인지 그녀는 그걸 원하지 않았다. 그녀와 이야기를 해서 꼭 변화시키고 싶은 마음이 드는 건 아마 나 역시 그녀처럼 차갑게 살아왔기 때문일 것이다. 하지만 당장 내 발등에 불이 떨어져 있는데도 남을 돕겠다고 이러는 것을 보면 나도 참 웃기다.

철신 고형강이란 사내는 누구나 호감을 가질 만한 호탕한 성질을 가지고 있었다. 관상을 보건대 영웅은 될 수 없어도 호웅이 되어 만인으로부터 부러움과 질시를 받는 위치에 서게 될 것이라며 약간의 농담을 섞어 그에게 말했더니 겸손한 척했지만 상당히 기뻐했다. 순수한 아이다. 수상을 보고 수명에 대해 알아봐 주려 했지만 그는 남에게 손을 함부로 보여주지 않는다며 거절했다. 이상한 생각이 들었지만 그러려니 하고 넘어갔다.

백매화 공손아리는 친절함 그 자체만으로도 나에게는 큰 인상을 남긴 여인이었기에 굳이 다른 말은 필요없을 듯하다.

비화 도용연은 상당히 쾌활한 성격의 여자로 그녀의 익살은 일행에 큰 활력소가 되고 있었다. 수상을 보니 장수하진 못해도 천명대로 살 운이었다. 장수는 못해도 이런 험한 무림에서는 한 목숨 쉽게 잃을 수 있는 가시밭길을 가는 것과 마찬가지이기에 천명대로 산다는 것은 축복받은 일이라며 그녀는 나름대로 만족해했다. 결혼에 관해 상을 봐달라고 해 난 일단 정확한 것은 아니라고 미리 말해 두고는 수상을 보았다. 상당히 명예로운 지위에 있는 훌륭한 사내와 결혼할 것 같은 상이라고 말하니 매우 기뻐하는데 그 모습이 귀여워 절로 웃음이 나왔다. 그녀는 내가 마치 점쟁이 같다고 농을 던지며 대단하다는 칭찬도 했지만 그런 말에 어색한 나로선 그저 미소만 지어 보일 뿐이었다.]

[모월 모일. 맑음.

네 명은 모두 초대장을 받았기에 그들에게 제공하는 특실에서 거주하고 있었지만 나는 사라성의 조금은 조촐한 객방에서 글을 쓰고 있다. 그나마 일행의 요구로 이렇게 객방이나마 쓰고 있는 것이다. 초대받지 못한 다른 자들은 밖의 객점을 사용하는 것에 비하면 호강하는 것이나 다름없었다.

사라성의 무림대회는 이틀 후에 열린다고 한다. 무림대회가 열릴 대련 장은 이미 만들어져 있었는데 그것을 보러 가는 도중 느낀 것은 사라성이 황궁을 방불케 할 정도로 매우 넓은 곳이라는 것이다. 그것은 그만큼 강한 세력을 지니고 있다는 말도 되겠지.

난 지금 객방에서 두 개의 내단을 보고 있다. 흰색, 그리고 빨간색. 문 득 이 내단이라는 것은 그 사람의 마음을 반영하는 게 아닐까라는 엉뚱한 생각을 하며 피식 웃고 말았다.]

[모월 모일. 맑음.

아침 인사라며 백매화가 찾아와 함께 정원을 거닐었는데 그녀는 나에 대해 많은 것을 물었다. 나의 정체에 대해서 모두 밝힐 수는 없어 거짓말 도 했지만 최대한 진실에 가깝게 말해 주었다. 오후에 연회가 있는데 내가 들어갈 수 있도록 부탁해 놓았으니 꼭 오라고 당부하는데 고맙기도 했지만 사람이 많은 곳에서 웃고 즐기는 것을 싫어하는 나로선 내심 괜한 일을 했 다는 원망도 없잖아 있었다.

연회는 온갖 산해진미가 넘칠 정도로 화려했다. 음식 양만큼이나 다양 한 무림인들이 와 있어 모두 서로에게 인사하느라 정신이 없을 정도였다. 임사우와 고형강은 다른 사람들과 이야기한다고 바빴고 세 여인도 사정은 비슷했다.

특히 백매화는 젊은 사내들의 장벽으로 둘러싸여 있었다. 확실히 그녀 는 뭔가 알 수 없는 매력이 있어 타인의 관심을 불러일으킨다. 비화와 마검도 결코 공손아리 못지않은 외모로 남자들에게 인기가 있었다.

마땅히 이야기할 대상도 없어 음식이나 먹을까 생각하고 닭다리를 찾아 먹었다. 역시 식당에서 파는 것들과는 질이 다른 고급이었지만 이상하게도 거부감이 드는 것은 왜 일까?

한참 먹고 있는데 한 거지가 나에게 와 자신을 소개(笑丐) 구오현(具懊玄)이라 소개하며 이야기를 걸었다. 개방의 인물인 듯했는데 별호대로 그의 입담은 정말 걸쭉하여 잘 웃지 않는 나도 웃음이 나올 정도로 재미있는 늙은이였다. 나중에 나에게 사문을 묻길래 없다고 말했다. 난 내 친구가 나에게 말했던 것처럼 기존의 무공을 바탕으로 스스로 무공을 만들어 익혔기 때문이다. 내가 무공을 익힌 흔적이 없는 것에 의아히 여겼지만 일행의 부탁으로 참가하게 되었다는 말을 듣고 수긍하더니 이내 나에게 흥미가 없어졌는지 다른 곳으로 가버렸다.

얼마 뒤에 사라성주라는 자가 나왔는데 나이는 오십 정도로 보이는 중년인으로 지금 시대를 이끄는 인물다운 기도와 무공을 지니고 있어 저절로 고개가 끄덕여졌다. 나도 저 나이 때에는 저 정도의 무공을 지니고 있지 못했다.

반 시진 정도 더 있다 연회가 끝났는데 지금 생각해 보니 연회장에는 이상하게도 젊은 고수들이 많았다. 아마 청춘 남녀들이 많이 와 있었기에 당연한 현상이 아닐까 한다.]

[모월 모일. 맑음.
아침 인사로 백매화가 역시 왔었다. 아침 식사 후 무림대회가 개최되었다. 상당히 많은 무림인들이 몰려왔는데 그 많은 인원을 수용할 수 있는

사라성의 방대함에 재차 놀라고 말았다.

대회는 남녀 시합이 따로 구분되어 있었는데 이번 남자 대회 우승자의 나이가 서른 미만인 자는 사라성주의 딸과 결혼식을 올릴 것이라고 약조해 많은 젊은 무림인들의 피를 들끓게 했다. 이런 젊음이 부럽기도 하다. 그의 딸을 보았는데 아비를 닮아 여장부의 기질이 있어 웬만한 장부가 아니면 쉬이 다스릴 수 없다는 것을 알고는 성주의 내심을 읽을 수 있었다.

예선전을 보면서 현 무림의 수준은 확실히 내가 있던 때보다 발전한 것 같았다. 이에 무림은 역사가 흐를수록 그 수준이 발전하는구나 싶었다. 예선전에서 일행 모두가 통과했는데 특히 청풍룡은 얼굴 생김새나 인격으로 보나 거의 완벽에 가까웠고 워낙 유명해져 있었기에 많은 여인들의 흠모 대상이 되고 있었다. 그리고 가장 유력한 우승 후보로 손꼽히고 있어 성주의 사위가 될 것임을 거의 확실시하고 있었다. 맞는 말이다. 그 출신이 무엇인지는 모르겠지만 그의 무공은 사라성주의 무공에 거의 도달해 있었기에 이변이 있지 않는 한 그가 우승할 것이 분명했다.]

[모월 모일. 맑음.

역시 아침 인사차 백매화가 찾아왔다. 오늘따라 기분이 좋은 듯 연신 미소 짓고 있더니 돌연 나에게 이번 대회에서 꼭 우승을 하고 싶다고 말했다. 그녀의 의지가 확고한 것을 보고 흡족한 마음이 들어 나 역시 반드시 그렇게 되었으면 좋겠다고 말했다.

식사 후 친절에 대한 보답으로 지옥천마일식을 약간 변형해 옛날에 우연히 얻었으나 무공에 뜻이 없어 알맞은 임자가 나타날 때까지 가지고 있었다고 적당히 둘러대고는 그녀에게 무공서(武功書)를 건네주었다.

그녀가 익히려면 다소 어렵겠지만 노력만 한다면 후에 대성할 것이다. 그녀는 상당히 고마웠는지 울려고 했다. 반드시 우승하라고 격려했다. 오늘로 예선은 끝이 났지만 그만큼 실력자가 올라오고 있었기에 점점 재미있어지리라 기대하고 있다.]

[모월 모일. 맑음.

공손아리는 그런 강한 무공은 처음 본다며 이런 걸 선뜻 내줘서 고맙다며 재차 인사했다. 좀 부담스러워하는 기색을 보이길래 나는 그렇게 고마우면 우승이나 하라고 농을 던졌는데 그녀의 얼굴이 웬일인지 빨개졌다. 어떤 감정인지 잘 알 수 없었지만 기분 나빠하는 표정은 아닌 것 같았기에 크게 신경 쓰지는 않았다.

우영은 상당히 강했는지 다른 여인들은 그녀의 일초지적도 되지 않았기에 이 상태로라면 여러 노고수를 제치고 우승할 것이 명약관화했다. 그녀의 무공을 보니 공손아리가 단기일 내에 지옥천마일식을 얼마나 익히느냐에 따라서 이길 수도 있고 질 수도 있는 상태였다.

고형강이 너무 강한 상대를 만나 탈락하고 말았다. 게다가 상대는 성정도 나빴는지 손속에 인정을 두지 않아 중상을 입었다. 오른팔과 옆구리, 그리고 등을 다쳤는데 특히 팔의 상태가 상당히 안 좋아 자칫 팔을 잘라야 할 것 같았다. 의원들의 치료가 효과적이지 못했는지 팔을 자를 필요는 없어도 팔을 자유롭게 쓰는 것은 힘들다고 했다. 진 데다가 몸까지 심하게 다쳤지만 그는 호방한 성격답게 크게 신경 쓰지 않는 듯했다.

역시 사내답다는 생각을 하며 최선을 다해 그를 치료해 주었다. 하지만 한동안 오른팔은 절대적인 안정을 취해야 하기에 그에게 다짐을 하며 주의

를 주었다. 비화는 내가 점쟁이일 뿐만 아니라 의술까지 안다며 상당히 놀
라는 눈치였다.]

　[모월 모일. 맑음.
　도용연이 본선에서 떨어졌다. 자칭 극악마녀라는 괴상한 별호를 가진
노고수에게 당했는데 극악이라는 별호답게 손속이 잔인해 하마터면 그녀는
죽을 뻔했다. 극악마녀와 즉기 살기로 싸웠지만 제대로 결판이 나지 않자
결국 주위의 만류로 싸움을 그만두게 된 것이다. 청풍룡을 위시한 일행은
의식을 잃은 그녀를 데리고 내게 왔다. 특히 그녀의 아버지는 무림에서 이
름난 고수였는데 내가 뛰어난 의술을 지니고 있음을 들었다며 무릎을 꿇고
는 딸을 살려달라고 부탁했다. 그 모습을 보고 만약 그때 그 아이도 지금
의 나였다면 고쳐 줄 수 있었을 것이란 후회 아닌 후회를 하며 난 승낙했
다.
　그녀는 심장에 장력을 정통으로 맞아 생사가 오락가락하고 있어 별수없
이 내가 의술을 공부하며 만들어두었던 환단을 먹였다. 그 다음 허공을 격
한 추궁과혈을 끝내자 약의 효과가 온몸에 퍼지며 극대화되어 결국 그녀는
죽음에서 다시 살아나게 되었다. 덕분에 그녀는 내일이면 일어날 것이다.
의학 공부 후의 허탈함과는 반대로 사람을 살렸다는 뿌듯함과 보람이 내
마음을 울리고 있어 기분이 좋았다.]

　[모월 모일. 맑음.
　아침에 공손아리와 함께 비화의 아버지가 헐레벌떡 뛰어와 그녀가 깨어
났음을 내게 말해 주었다. 내게 고맙다는 말을 연신 해대며 눈물까지 흘리

는 것이 딸을 대하는 마음에 있어서는 참으로 순박한 아버지임을 느꼈다.

그녀의 몸은 치료한 나 자신도 놀랄 정도로 호전되어 있었다. 하지만 아직 몸이 허했기 때문에 안정이 필요하다고 말했다. 다행히 그녀의 성격이 쾌활하고 긍정적이라 패배에 연연하지 않는 마음 상태는 그녀의 쾌차에 도움을 줄 듯했다.

오늘은 임사우의 대결이 있었는데 모두의 예상대로 승리했다. 내일은 우영과 공손아리가 각각 대결이 있다고 한다.]

[모월 모일. 맑음.

우영이 찾아와 고맙다고 인사하며 그녀답지 않게 눈물을 글썽이기까지 했지만 난 사람은 가장 자기 자신다울 때 남에게 위안과 보답이 된다고 말했다. 그러자 그녀답게 울음을 그치고는 곧 환한 웃음을 보여주었다. 정말 아름다운 외모와 본성을 지닌 여인이라 생각했다.

지금 생각하면 방약진은 마음의 아름다움은 없었던 것 같다. 그런 그녀를 난 왜 사랑했을까 하는 의문이 들었지만 역시 결론은 사랑엔 이유가 없다는 것이다. 물론 조건도 필요없다. 하지만 이제 내가 만약 누군가에게 사랑에 관해 조언을 한다면 마음이 깨끗한 사람을 만나라고 말하고 싶다.

우영과 공손아리 둘 모두 대결에서 승리했다. 공손아리의 자질이 상상외로 뛰어났는지 지옥천마일식을 삼성가량 익혀 이제 우영과 호각을 이룰 수 있을 것이다. 특히 그녀의 눈부신 성장에 일행뿐만 아니라 그녀를 아는 모든 이가 놀라는 눈치를 보여 내심 흐뭇하기도 했고 재미있기도 했다. 이런 것이 나만의 유희가 아니겠는가.]

[모월 모일. 맑음.

우영과 고형강 모두 상당한 치유 속도를 보이고 있었다. 모두 내게 고맙다고 했지만 이 정도 치유 속도에는 나이에 비해 뛰어난 무공 수위, 특히 그들의 매우 긍정적인 사고 방식이 크게 작용했기에 결국 그들 자신의 덕택인 것이다.

오늘은 구경하는 것이 무료한지라 사라성 밖의 마을로 내려가 시진을 찾았다. 무기 상점 옆을 지나가고 있었는데 묘한 공명(空鳴)이 느껴져 뛰어난 무기가 이곳에 있음을 알 수 있었다. 아마 나 같은 경지에 이르면 이런 능력이 생기는 것 같았는데 당연하다는 듯이 내 본능이 그렇게 알려주는 그 느낌은 나도 처음 겪는 일이라 신기했다.

상당히 녹이 슨 검을 찾았는데 점원은 그 검의 가치를 모르고 있었다. 싸게 살 수는 있었으나 남을 속이는 일이 되기 때문에 제법 많은 돈을 주고 이 검을 샀는데 녹을 벗겨내니 검신에 초마검(超魔劍)이라는 글이 음각되어 있었다. 그 이름과 비슷한 마검 우영이 생각났다.

이름은 초마검이지만 마기가 극치에 이르러 오히려 신기를 흘려내고 있어 신비롭기 그지없었다. 대체 이 검을 만든 자가 누구인지 궁금해하다 검병과 검신 사이의 이음새가 약간 불완전한 것을 보고는 분리해 보았다. 몇 장의 양피지가 나왔는데 놀랍게도 초마검도(超魔劍道)라는 무공이 담겨 있었다. 읽어보고 내가 옛날 얻었던 지옥천마검을 능가하는 엄청난 위력을 무공임을 알고는 갑자기 재미있는 생각이 떠올랐다. 그 생각은 내일 실천할 것이다.]

[모월 모일. 맑음.

마검의 방을 방문했다. 계속 같이 있다 보니 어느 정도 거리감이 줄어들어 그런 것인지는 몰라도 예전만큼 내게 냉혹하게 대하지는 않았다. 내가 일행을 치료해 준 것 또한 그녀와의 거리를 좁힌 이유가 되겠지.

이야기를 잠깐 하다 자연스럽게 검으로 화제를 돌렸으며 곧 그녀에게 초마검을 보여주었다. 검의 고수답게 명검임을 알아챈 듯한 눈치에 난 물어보았다, 여인의 삶을 원하는지 아니면 무인의 삶을 원하는지를. 아무래도 여인이라면 평범한 여인의 삶을 원할지도 모르지만 그녀라면 무도에 정진하여 무도의 끝을 보고 싶어할지도 몰랐다. 그녀는 심각하게 생각하더니 결국 둘 다를 원한다고 머뭇거리며 대답했다.

그래서 난 그녀에게 둘 다를 원하면 냉혹한 성격을 버리라고 충고했다. 너무 직설적으로 정곡을 찌른 것에 내심 미안한 마음이 없잖아 있었지만 어디까지나 그녀를 위해서였고, 또한 초마검도를 얻을 수 있는 마음가짐을 만들기 위해서이기도 했다. 만약 냉혹한 성격을 버리지 못한다면 결국 한쪽 길을 택할 수밖에 없다고 말하며 검은 주겠지만 그녀가 후에 어떻게 처신하느냐에 따라 두 마리의 토끼를 잡을 수 있을지 아니면 모두 놓칠지가 결정될 것이라 말하고는 나와 버렸다. 가끔은 직설적으로 말할 필요도 있는 것이다. 어찌 보면 그녀의 선택을 즐기려는 것이고, 또 그녀의 무공 성취를 즐기려 하는 은밀한 나의 유희일지도 모르지만 어쨌든 그녀를 위한 길이지 않은가. 나름대로의 변명이다.]

[모월 모일. 맑음.

시합은 거의 결승전으로 치닫고 있었고 그 와중에 공손아리는 지옥천마일식을 사성까지 익혔다고 기뻐했다. 그 정도라면 지금의 우영을 강하게 몰아붙일 수 있을 것이고 잘만 하면 이길 수도 있는 경지라 놀랍도록 빠른 무공 성취에 나로선 놀랄 수밖에 없었다. 물론 우영이 초마검도를 조금이나마 보고 깨달음이 있다면 이야기는 달라질 것이다.

오전에는 비화의 아버지와 많은 이야기를 나누며 시간을 보냈다. 나를 상당히 마음에 들어하는 것 같았지만 그보다 나이가 많은 나로서는 별달리 마음이 드는 건 아니었다.

임사우는 새로운 강자로 자신의 입지를 확신시키고 있었고, 우영과 공손아리의 놀라운 무공도 상당한 관심거리로 떠올랐다. 나와 인연이 있는 사람들이 유명해지는 것을 보는 기분이 이럴까. 상당히 흐뭇하다.

그리고 또 다른 고수 천풍공자(天風公者) 뇌운성(雷雲星)의 이름이 임사우 못지않게 떠오르고 있었다. 내가 보았을 때 그의 몸에서는 전국 시대 천하제일인이었던 천뢰상인만이 가졌다는 천뢰의 힘이 느껴지는 것이 아무래도 천뢰신공을 익히고 있는 듯했다. 그의 끝을 알 수 없는 실력과 천뢰신공이라는 이름만 들어도 가슴이 두근거리는 절대의 무공을 떠올리자 약간의 호승심이 일어났지만 근 가라앉혀 버렸다. 내가 이런 마음이 들 정도로 그것은 신화적인 무공이었다. 그는 자신의 힘을 숨기고 있는 듯했지만 천뢰상인의 천뢰(天雷)는 잊혀질래야 잊혀질 수 없는 상고의 절기로 만약 그 기운만이라도 드러낸다면 모두가 알아차리게 될 것이니 그다지 소용없는 짓이라 생각했다.

임사우 역시 확실하는 모르겠지만 천풍공자에게 뒤지지 않는 무공을 지니고 있다.

아마 이변이 없는 한 임사우와 뇌운성, 우영과 공손아리가 반드시 결승에서 대결할 것이다.]

[모월 모일. 맑음.

일행이 모여 이야기를 하는데 갑작스런 우영의 변화에 모두가 놀라고 말았다. 전처럼 딱딱한 느낌을 주던 굳은 얼굴이 펴져 있었고 사람들의 대화에도 간간이 참여하면서 그 얼굴에 웃음을 살짝 내비치기까지 했던 것이다. 도용연은 그녀의 그런 모습에 참지 못하고 킥킥거리며 웃을 정도였으니 다른 일행의 놀람과 황당함 또한 어느 정도인지는 말하지 않아도 알았다. 아무리 봐도 지금은 어색하기 짝이 없었지만 자신의 앞일에 대해 진지하게 생각한 후 그녀의 굳은 의지와 실천 능력으로─좀 갑작스런 감이 없잖아 있긴 하지만─스스로를 변화시켜 가는 그 모습이 나는 너무나 부러웠다.

나중에 나에게 와서 고맙다는 말을 하는데 어찌나 미소가 흐르던지……. 나의 미소에 스스로 부끄러워서인지 우영은 얼굴을 붉혔지만 우습지 않고 아름다워 보였다. 그 용기가, 노력이 너무나 부럽고 아름다워 보였다. 나도 진작에 그럴 수만 있었다면…….]

[모월 모일. 맑음.

오늘 도용연이 찾아와 하루 종일 그녀와 이야기를 했다. 그녀의 입은 철로 만들어졌는지 쉴 새 없이 이야기해도 지치지 않는 듯했다. 하지만 무엇보다 놀란 것은 그녀의 나를 보는 눈빛이 예사롭지 않다는 점이었다. 그 순간만큼 놀란 적이 없었을 정도로 내 가슴이 철렁했으니……. 그 눈은 분명 이성을 사모하는 마음을 가졌을 때 가질 수 있는 것이었다.

그녀가 돌아간 뒤 곰곰이 생각해 보았다. 나 같은 늙은이를 사랑해서는 일이 복잡해질 것이 뻔하기에 시일 내에 떠나야겠다는 결정을 내렸다. 설령 당사자가 모른다고 해도 나 자신은 인정할 수가 없을 것 같았다. 그동안 친해져서 섭섭하지만 어쩔 수가 없다.]

[모월 모일. 맑음.

오늘은 시합이 없는 날이었기에 텅 빈 대회장으로 가 생각에 빠졌었다. 수많은 싸움들……. 그것은 단순히 무공을 겨루는 것이 아니라 자기 자신과 타인이라는 개체 간의 겨룸이었다. 인생사 끊임없는 대결일세……. 누가 했던 말인지는 모르지만 갑자기 그런 말이 떠올랐다. 그리고 왜 무림인들은 서로 싸우는 것인가를 생각해 보았다. 그들의 인생은 싸움으로 시작해 싸움으로 끝이 난다. 그것은 나의 인생만을 보아도 충분히 공감할 수 있다. 하긴 원래 무림이란 것이 우리가 보아왔을 때부터 그랬고 무림인들은 거기에 맞추어 살아가는 것일지도 모른다. 그렇게 보면 정말 웃기는 일이 되지 않겠는가. 무림이라는 틀을 벗어나지 못하는 꼭두각시 인형처럼 살아가는 꼴이라니…….

그런 생각을 하다 우연히 대회장으로 온 사라성주의 딸을 보았다. 철사접(鐵邪蝶) 호사란(湖獅蘭)이 그녀의 별호와 이름으로 기억하고 있다. 그녀는 날 보더니 별다른 놀람 없이 대회가 어떤지 물어보았고 난 재미있었다고, 그리고 내게 상당히 의미있는 대회였다고 간단히 말했다.

나의 의술 때문인지 나를 조금 아는 것 같았다. 그래서 대화할 때 서로 간에 어색함이 없었던 것 같다. 우승자는 누가 될 것 같냐고 해서 나는 솔직히 내가 생각하고 있는 바를 말했다. 또 여인 중엔 누가 우승할 것 같냐고 물어 그 역시 난 생각하고 있는 바를 말했다. 공손아리를 우승 후보로

거론하자 그녀는 좀 놀란 듯했다. 그래서 난 그녀에게 이렇게 말해 주었다, 그녀는 강하다고.]

[모월 모일. 맑음.

연이어 맑더니 어제는 흐렸다. 오늘 남자 대결은 단 네 명만이 했는데 나의 예상대로 임사우와 뇌운성이 결승으로 올라갔다. 여자 대결에서는 오늘 여덟이 싸워 네 명의 승자를 가렸는데 우영, 공손아리, 무면비녀(無面秘女), 극악마녀 이렇게 되었다. 특히 극악마녀는 말 그대로 성질이 극악해 그녀와 싸웠던 상대는 모두 죽지 않은 것이 다행일 정도로 중상을 입고 말았다. 공분을 샀지만 정정당당히 싸워서 입힌 상처였기에 사람들은 어찌하질 못했다.

무면비녀는 얼굴을 복면으로 가려 신비함을 풍기고 있었는데 의외의 무공으로 이렇게 올라와 있어 사람들의 궁금증을 자아내고 있었다. 그녀가 무공을 사용하는 걸 처음 보았는데 대단히 강하다고 판단했고 내일 공손아리와의 결투가 어떻게 될지는 안타깝지만 결론이 나버렸다.

오늘도 마을로 내려가 시진을 구경했다. 어디선가 방울 소리가 들리기에 그곳으로 가보았다. 내가 가진 그 방울과 비슷한 것이 있어 사고는 객방으로 돌아와 지붕 끝 처마 밑에 매달아놓았다. 바람에 몸을 맡기며 스스로를 울리는 청아한 종소리. 딸랑……. 갑자기 친구와 그 아이와 방울이 있는 내 집으로 가고 싶다는 생각이 들었다. 그리고 항상 지루해했지만 잊을 수 없는 사막의 관찰. 끝없이 펼쳐진 태양의 보금자리여…….]

[모월 모일. 맑음.

아침에 공손아리는 무면비녀와의 대결 때문에 약간 불안해하는 것 같아 최선을 다하라고 말했다. 이기고픈 의지는 자신을 강하게 할 것이라고 하자 어느 정도 불안을 떨쳐 낸 듯했다.

임사우와 뇌운성의 대결은 매우 치열했다. 막상막하의 실력 속에서 결국 안타깝게도 임사우가 지고 말았지만 그의 인품답게 그는 별로 실망하는 기색이 아니었다. 오히려 뇌운성과 친한 친구가 된 것 같았다. 친구라…….

우영은 극악마녀를 간신히 이겼다. 극악마녀를 이긴 그녀의 마지막 손속은 그녀를 죽이려고 했으나 곧 살수를 거둔 것 같았다. 잘한 일이라며 속으로 칭찬해 주었다.

예상대로 공손아리는 무면비녀와의 대결에서 지옥천마일식을 사용했음에도 패하고 말았다. 저 정도라면 우영도 무면비녀를 이길 수 없을 것이다. 내가 생각했던 공손아리와 우영의 재미있을 것 같던 대결은 무면비녀란 여인 때문에 엉망이 되어버렸지만 그것으로 실망하고 그런 것은 없다.

공손아리는 상당히 많이 울었다. 오늘 처음 알았는데 여자 대회에서 우승한 여인은 나이가 서른 미만인 여인에 한해서 그녀가 원하는 남자에게 결혼 신청을 하여 결혼할 수 있다고 했다. 무림에서는 그런 일이 허다해서 별로 놀라운 일은 아니었지만 다른 일행은 다 알고 있었는데 난 그동안 왜 모르고 있었을까.

이제 난 떠나야 할 시간이다. 말없이 떠나는 것이 미안하지만 어쩔 수 없는 일이다. 난 옥문관 근처 사막이 보이는 곳에서 사니 혹시 내 생각이 나고 크게 할 일도 없으면 놀러나 오라고 적어두었다. 인연이 있으면 또 만났으면……. 이것은 진심이다.]

[모월 모일. 맑음.

나에게 특별한 기억으로 남는 동정호 외엔 별로 흥미를 당기는 곳이 없었기에 동정호로 가기로 마음먹고 가는 도중 한 무리와 만났다. 전에 보았던 회골림이었다. 그러고 보니 일행 중 한 녀석이 전에 패해 도주했던 녀석이다. 용케 그 와중에서도 날 기억한 듯 그들을 대신해 나에게 복수라도 할 모양이었다. 하긴 내가 제일 만만히 보였을 테니……

우선 상대하기 귀찮아 그 자리에서 사라져 버렸다. 갑자기 사라지자 그들은 경악해하며 서둘러 어디론가 가버렸고 난 숨은 채로 그들을 뒤따라갔다. 그들이 도착한 곳은 분타인 듯했기에 본진을 알려 했던 생각을 바꾸고 그냥 떠나려 했으나 마침 하늘이 날 도운 듯 그들에게 명령을 전하는 자가 막 도착했다. 하루가 지나자 그는 분타를 떠났고 난 그를 뒤따라가 보았다. 이리저리 돌고 돌아 도착한 곳은 나도 알고 있는 운무곡(雲霧谷)이었다. 한때 이곳에 지낼까 생각했었으니 당연히 알 수밖에.

경비가 상당히 삼엄해 신중해야 했지만 잠입하는 데 크게 어려움은 없었다. 무림에서 은퇴한 지 몇백 년이 흘렀기에 림주의 얼굴을 보았지만 모르는 자였다. 하지만 그리 좋은 성정의 인물은 아닌 듯 별 희한한 음모를 꾸며대고 있었다. 제법 머리가 뛰어난 듯 계략은 좋았지만 이런 자는 결국 오래가지 못하고 자멸한다는 것을 나는 알고 있다.]

[모월 모일. 맑음.

동정호에서 보낸 지 거의 일주일은 된 것 같았고 볼 것은 다 본 듯해 이제 정말 사막으로 돌아가기로 했다. 마지막으로 천상루로 식사하러 갔는데 거기서 이상한 소문을 들었다. 무림의 다섯 가지 전설 중 하나인 겁황천(劫荒天)의 신비가 그 봉인을 풀고 드러났다는 것이다. 오패천 중 하나인 겁황천이 열린다는 것은 무림의 혼란을 부르는 것을 뜻하는 것이었기에 사람들은 하나같이 그에 불안해하고 있었다. 좀 더 지켜볼 일이다.

거의 한 달 만에 돌아온 집은 변한 것이 없었다. 있다면 나일 뿐. 방울 소리가 울리자 난 새로 산 방울을 옆에 매달았다. 그리고 의자에 앉아 끝이 나지 않을 것 같은 사막을 바라보았다.

이제 식습관을 바꿔야 할 것 같아 오늘은 밥을 먹었다. 언제까지 닭다리만 먹고 있을 수는 없는 노릇 아닌가. 조촐하지만 괜찮았다.

저녁 후 친구와 아이의 무덤을 봤다. 좀 황량하지만 그런대로 보기 좋은 것이 오히려 운치마저 있었다. 술을 마셨지만 이제 옛날의 좋지 않은 기억을 떠올리며 술을 마시지는 않는다. 오늘은 친구와 아이를 생각해서 마시는 것이다. 외롭다……. 문득 그런 생각이 났지만 쓴웃음만 지을 뿐이다. 어차피 외로운 인생이다. 그동안 그런 느낌을 가지지 않았고 스스로 이를 원하지 않았던가. 하지만 가끔 그런 느낌도 괜찮은 듯했다.]

◆제3장◆ 혈전, 그리고 얻은 것

[모월 모일. 맑음.

슬슬 여름 날씨로 변하고 있다. 그동안 많은 것을 생각하고 느끼면서 새로운 무공을 만들었다. 모든 것을 황폐화시켜 버리는 황(荒). 이제 나의 장공에 특별한 이름을 지어야겠다는 마음에 이런 저런 생각을 하다 결국 무명오장(無名五掌)이라 부르기로 했다.

그리고 혈천지옥도에 이어 다른 무공도 만들었다. 혈천지옥도(血天地獄刀) 참(斬)이라고 짓고는 앞의 것과 혼동을 피하기 위해 먼저 것의 무공을 혈천지옥도 극(極)이라 정했다. 이기어검, 이기어도마저 갈라 버릴 수 있는 패도적인 도법은 나의 혈영천마공에 알맞는 것이기도 하다. 혈천지옥도 참과 극은 일반 도식처럼 형식을 지니고 있지만 이기어도라는 궁극의 경지를 뛰어넘는, 즉 무형식을 넘은 형식의 도법이었다. 이렇게 몇 가지의 무공을 창안했지만 안타깝게도 아직까지 나의 경지에 이르려면 어떤 조건이 필요한지, 어떻게 해야 하는지 모른다. 그리고 친구의 무공 오파에 대해서도 많은 생각을 해보았지만 그 실마리가 잡히질 않았다. 하지만 조급해하진 않는다. 아직 내가 그 정도의 경지가 아닌 것이라 생각하고 있을 뿐이다.

난 얼마 전까지만 해도 무공에 궁극의 경지가 존재하는 줄 알았지만 이 경지까지 오면서 무공에 한계란 없다는 것을 확신할 수 있게 되었다. 이 확신은 나의 무공에 한계선을 긋지 않는 것이기에 더욱 강해질 수 있는 마음 상태를 만들 수 있는 중요한 깨달음이다. 몇백여 년 만에 이 평범한 진리를 깨달았단 말인가?]

[모월 모일. 맑음.

낙정곡엘 다녀왔다. 모든 것은 그대로였고 그녀는 여전히 아름답게 잠들어 있었다. 그녀의 한이란 무엇일까? 궁금하긴 하지만 이제 나와는 상관없는 일이다.

예전의 느낌을 빌리자면 여름의 뜨거운 태양은 모든 것을 불사르는 듯하다. 어느 경지에 이른 후부터는 추위도, 더위도 느끼지 못하는 감각이 되어버렸는데 지금 생각해 보니 너무 안타까운 일이다. 사람답게 추위든 더위든 느낄 것은 느껴야 하지 않겠는가. 그것이 대자연이 우리에게 주는 감각의 행복이 아닌가 한다. 오늘부터 추위도 더위도 느끼지 못하게 하는 금강불괴의 몸을 능가하는 신체를 지니도록 연구해 보아야겠다. 금강불괴를 능가한다면 감각의 행복을 느낄 수 있지 않을까 해서이다.

한 남자가 날이 어두워 하룻밤 신세를 지려고 내 집을 방문했다. 무림인이었는데 그의 무공은 아직 보잘것없었지만 외모와 기도, 행동 하나하나에 스며 있는 그 기질은 진정한 무인만이 가질 수 있는 그것이었다. 저런 자는 후에 좋은 무공만 만나면 크게 될 수 있을 것이다.

자신의 아내를 위해 극양(極陽)의 기를 가진 열독광사(熱毒狂蛇)의 피를 얻으러 가는 중이라고 했다. 매우 위험한 뱀이라 그의 실력으로는 목숨을 걸어야 할 정도인데도 거리낌없이 가려는 것을 보면 아내를 사랑하는 마음이 지극한 듯해 보기가 좋았다.

해서 난 그에게 열독광사의 특징과 가장 약한 신체 부위, 독에 중독되었을 시의 대처법 등에 대해 이야기해 주었다. 그리고 그 뱀을 잡은 후 한 번 더 날 찾아오라고 말했다. 만약 살아난다면.]

[모월 모일. 맑음.

일주일이나 흘렀건만 오지 않는 것을 보면 죽지 않았나 하는 생각이 든다. 하지만 그는 결코 단명할 관상이 아니었다. 신체가 아직 날씨를 느끼지 못하니까 태양과 타오르는 듯 피어나는 아지랑이로 그저 더운 날씨라고 추측할 수밖에 없다. 이런 날씨어 사막만을 바라보는 것은 지루한 일이지만 나의 일상이기에 하지 않을 수 없다. 솔직히 딱히 할 일이 없기 때문이기도 하지만…….

사람들은 일상이라는 것이 얼마나 중요한 것인지 모른 채 항상 뭔가 특별한 일을 원한다. 하지만 그런 일은 일생에 몇 번으로 족하다. 일상은 하루 생활에서 항상 있었던 일을 또 하는 것을 일컫는 것이니 매일이 특별하게 다르다면 그건 일상이 아니다. 사람은 일상을 통해서 위안을 얻는데 이는 여러 가지 일로 쉽게 미쳐 버릴 수 있는 인간의 섬세한 정신을 보호해 주는 중요한 것이다. 그러므로 일상을 결코 함부로 생각해서는 안 된다.

갑자기 동정호 천상루에서 만났던 그들이 생각났다. 보고 싶었다란 말을, 만나서 보고 싶었다는 말을 한 번이라도 하고 싶다. 그리고 만나면 사막에 대해 이야기해 주고 싶다. 일상과 특별한 일이 교차되는, 인생에서 정말로 한 번쯤은 살아볼 만한 곳이라고……]

[모월 모일. 맑음.

평소처럼 사막을 보고 있는데 저 멀리 사구(沙丘)에서 사람이 나타났다가 바로 쓰러지는 것이 보였다. 누군가 하고 가보았더니 바로 열독광사를 잡으러 갔던 무사였다.

열독광사에게 물렸는데 내가 말해 준 대처법 덕분인지 아직까지 용케 살아 있었다. 하지만 물을 오랜 시간 마시지 못해 탈수 증상이 너무 심각했다.

치료를 위해 옷을 벗기다 뭔가를 발견했는데 사라성과 관련있는 영패였다. 사라성의 인물인가 보다 생각하며 치료를 했지만 워낙 지독한 녀석에게 물렸기에 쉽게 치료할 수가 없어 결국 내가 만들었던 귀한 환단을 썼다. 이것을 다섯 개 만드는 데 삼 년이란 시간이 걸린 것으로 먹으면 치료뿐만이 아니라 내공이 일 갑자 증진하는 환단이라 솔직히 아까웠다. 하지만 사람을 치료하기 위해 만든 것이었기에 쓰고 나서는 기분이 좋았다.

그의 허리춤에 열독광사의 피를 담은 용기가 있는 것을 보고는 아내를 생각하는 마음이 지극함을 다시 느낄 수 있었다.]

[모월 모일. 맑음.

이틀이 지난 오늘이 되어서야 그는 의식을 되찾았다. 아직 몸이 허했지만 천성적으로 강한 몸이라 음직일 수는 있었다. 내공이 급증한 것을 알고는 상당히 놀라는 표정을 지으며 곧 내게 감사의 인사를 해왔다. 하지만 애초에 인사를 받기 위해 치료한 것은 아니었기에 그의 인사를 구시해 버렸다. 그냥 이틀만 더 쉬다가 가라고 말했다.

내가 부인에 대해 말해 보라 하자 그는 나에게 그녀에 관한 여러 가지 이야기를 해주었다. 우선 누구나 부러워할 미인이지만 태어날 때부터 약한 몸이라 걸핏하면 자주 쓰러진다고 한다. 하지만 누구나가 인정하는 천재로 열 살 때까지 거의 만 권의 책을 읽었다고 한다.

뛰어난 머리에 천성적으로 약한 몸, 그리고 극양의 피가 필요할 정도로 허한 신체를 보건대 희귀한 절맥이 아닐까 추측해 보았다. 나이가 스물다섯이라면 대부분의 절맥이 스물을 넘기지 못한다는 것을 볼 때 어떠한 방법을 써 강제적으로 생명을 연장시켜 놓은 것 같았다. 아마 지금쯤 한계에 이르러 있을 것이 분명했다. 내가 생각한 바를 그에게 말하니 그는 내 말이 맞다며 놀라워했다.

내가 믿을 만했던지 그는 그 외에 여러 가지 흥미있는 이야기드 해주었다. 그녀는 사라성주의 두 딸 중 첫째로 원래 스무 살 이전에 죽어야 했지만 딸을 사랑하는 아버지는 은갖 영약으로 생명을 연장시켜 놓았다고 한다.

자신은 원래 평범한 시골의 촌부로 그녀가 아픈 몸을 가라앉히기 위해 자신이 사는 곳으로 쉬러 왔을 때 둘은 우연히 만났고, 곧바로 서로 사랑에 빠졌다고 한다. 처음에 사라성주는 탐탁히 여기지 않았지만 가만히 보니 둘은 정말로 서로 사랑하는 것 같았고 이름있는 다른 명가의 남자들이야 그녀가 아닌 사라성을 보고 결혼할 경우가 확실했기 때문에 후에는 이

들 둘의 결혼을 허락했다고 한다.

그의 무공은 둘이 그저 평범한 부부로서 평생을 살아가길 하는 바람으로 사라성주가 무공을 익히길 원치 않았기에 간간이 스스로 익힌 것이라 그리 높지는 않았다. 평생을 살라는 말을 할 때 허탈한 감정이 섞여 있는 것을 느낄 수 있었다. 곧 죽을 것임을 그도 알고 있으리라. 이러한 영약으로 생명을 연장시키는 것도 한계가 있고 결국 후에는 오히려 축적되는 영약들의 기운 때문에 죽게 될 것이다. 그 역시 알고 있을지도 모른다는 생각에 말로 꺼내지는 않았다. 부인에 대한 이야기를 하는 그의 얼굴은 행복해 보였기 때문이다.]

[모월 모일. 맑음.

그는 다시 한 번 고맙다며 인사한 후 떠났다. 난 그가 가기 전에 만약 아내를 고치고 싶으면 아내를 데리고 오라 했지만 아무에게도 알리지 말라 했다. 그럴 바엔 아예 오지 말라고까지 못박아두었다. 그는 날 굳게 믿는 눈빛으로 반드시 데려올 것이라고 하며 떠나갔다. 날 믿는다……. 기분이 묘했다. 그녀의 몸으로 이곳까지 오는 것은 최후의 도박이나 다름없을 터인데 반드시 데리고 온다고 그는 다짐했다. 만약 그가 여기로 온다면 난 그의 믿음에 대해 최선을 다해 보상해 주어야 할 것이다.

한동안 바람 한 점 없는 날이라 방울 소리를 듣지 못했는데 오늘은 바람이 불었다. 두 개의 방울은 보다 아름다운 소리를 내기 위해 서로 먼저 바람을 유혹하고 있었다.

오랜만에 동정호로 가서는 호변의 경치를 음미한 후 천상루로 갔는데 인연이 있었는지 철신 고형강을 만났다. 나도 반가웠고 그도 날 반가워했다. 왜 말도 없이 떠났냐며 나무랐지만 그의 성격상 그저 반가움에 한 말임이 분명하다.

우리는 밤늦게까지 술을 마셨는데 고형강은 한계를 넘어버렸는지 식탁 위에 그대로 엎어져 버리는 것이었다. 그를 방에 데려다 준 후 값을 지불하고는 천상루를 빠져나왔다. 다른 이들은 잘 지내고 있다니 마음이 편했지만 또 말없이 가는 것에 기안함을 금할 수가 없다. 나의 소식을 그들에게 꼭 전해주길…….

이야기 중에서 놀라운 것은 뇌운성과 철사접의 결혼이 이루어지지 않았다는 것이다. 더욱 놀라운 것은 무면비녀가 철사접 호사란이었으며 여성 부분 대회에서 우승한 그녀는 임사우와의 결혼을 원했고 이에 뇌운성은 흔쾌히 양보했다는 것이다.

사람들이 서로 양보하면 얼마나 살 만한 세상이 될까 생각해 본다. 하지만 양보만 하다가는 또 다른 싸움이 일어나지 않을까? 뭐든지 지나치면 아니함만 못하다는 재미있는 이치는 항상 흥미로움을 유발하는 것 같다.]

[모월 모일. 맑음.

하늘이 맑고 바람도 알맞은 날씨에 괜히 친구와 아이 생각이 나서 닭다리와 술을 사가지고 와 무덤 앞에서 먹고 마셨다. 그리고 모랫바닥에 누워 그대로 잠이 들었다.

깨어나니 저녁이었다. 갑자기 밤을 구경하고 싶은 마음에 최대한 빠르게 경공을 시전해 불야성인 동정호 주변으로 갔다. 쾌락, 기쁨, 사랑, 슬픔, 고뇌, 고독, 절망, 교만……. 모든 것이 여기에 있겠지. 주루에 들어가니 많은 사람들이 술을 마시고 있었다. 한곳에서 외롭게 술을 마시는 여인이 있었는데 식탁 위에 검이 있는 것을 보니 무림인인 듯했다.

자리가 그곳밖에 없어 그녀에게 다가가 합석을 청했는데 아무 말이 없어 그냥 앉고는 점소이에게 술과 닭다리를 시켰다. 저녁을 대신하기 위해서였다.

그녀는 내가 있든 말든 신경조차 쓰지 않고 계속 술만 마실 뿐이었다. 나도 말없이 그저 다른 사람들을 둘러보며 그들의 이야기를 들었다. 마누라가 어떻고 강씨가 불륜을 저질렀다느니 장사가 안 돼 도둑질이라도…….

문득 사라성에 있던 무인들, 또는 무림인 모두와 이 평범한 사람들은 뭐가 다를까라는 생각이 들었다. 피상적인 차이일 뿐 인생을 살기 위해 고군분투하는 것에는 별 차이가 없는 것이다. 즉, 인생의 본질은 누구나 같은 것이다.

술이 나와 마시려고 했는데 갑자기 그녀가 다짜고짜 뺏어 마셔 황당한 기분이었다. 하지만 아무 말 않고 그냥 하는 꼴을 보고만 있었다. 그러다 그녀의 눈빛을 보았는데 그 눈빛이 바로 옛날의 내 눈빛임을 알고는 뭐라 설명 못할 묘한 감정이 내 마음을 울렸다. 사랑하는 사람을 잃었을 때 가질 수 있는 그 눈빛에 난 달리 할 말이 없었다. 나 역시 저랬기에, 그리고 저럴 때는 어떤 방법도 소용이 없다는 것을 알기에…….

그녀가 갑자기 나에게 자기와 사귀자고 말했다. 그 소리에 피식 웃음을 흘렸다. 어딜 가도 빠지지 않을 미인이었지만 지금 이 순간 하고 있는 생각만큼은 미모를 따르지 못하는 것 같았다. 그럴 때일수록 냉정하지 못하면 자신을 망칠 뿐이라고 그녀에게 말해 주었지만 그녀가 과연 내 말을 귀담아들을지는 의문이다.

닭다리를 먹고 술을 마신 후 객방에 들어와 이 일기를 쓰고 있다. 아까도 그렇게 생각했지만 오늘은 왠지 밤을 보고 싶다. 창가에 앉아 밤이 사라질 때까지 지켜볼 것이다. 그녀는 아직도 거기에 있을까?]

[모월 모일. 맑음.

사막을 보다가 사람들의 음직임이 저 멀리에서 있는 것 같아 한번 가보았다. 낙타와 상인들이 긴 항렬을 이루며 가고 있었는데 물으니 그들은 대식국(大食國)으로 가는 것이라 한다.

가는 길이 너무 험해 앞일을 알 수 없다며 상인의 우두머리가 자신의 딸을 내게 부탁했을 때 얼마나 홍당하던지……. 자신이 돌아올 때까지만이라도 데리고 있어달라는 것이다. 대체 무엇이 그렇게 위험하길래 처음 보는 내게 자신의 딸을 맡기는 것일까? 무공을 지니고 있다고는 하지만 단순한 상인의 행렬 같아 보였는데 상 행위가 그렇게 위험한 것인가, 아니면 사막의 도적들이 위험한 것인가? 별 생각이 다 들었지만 그의 간절한 눈빛에 그만 그러겠다고 약속해 버렸다.

그들의 장(長)은 모용황룡(慕容黃龍)이라 했고 나에게 맡긴 그의 딸은 모용군영(慕容君玲)이라 했다. 그녀는 마치 귀한 집 자식처럼 행동 하나하나에 품위가 있었고 성격 또한 자분하여 이 정도면 한동안 데리고 있어도 별 문제는 없을 것 같았다. 그녀의 얼굴이 웬일인지 매우 슬퍼 보였지만 괜히 관여할 필요는 없다 생각하며 신경을 꺼버렸다. 내 성격이 원래 원치 않는 것에는 철저히 등을 돌리는 성격이니 어쩔 수 없다. 귀찮은 것은 정말 질색이다.

상당한 양의 보석을 대가로 받고 그녀를 보살펴 주기로 했을 때—보살펴 준다기보단 그냥 방만 내준 것이지만—이것저것 간섭하면 어떡하나 걱정했지만 다행히 그녀는 시종일관 말이 없다. 모용황룡이 올 때까지 제발 아무 말 없이 지내기를 바랄 뿐이다.]

　[모월 모일. 맑음.

　딸랑……. 방울 소리를 들으며 사막을 보았다. 그녀가 온 지 삼 일이 지났지만 나의 바람대로 거의 말을 하지 않고 지냈다. 그녀는 나보다도 말이 더 없는 것 같았다.

　보고 대충 알고 있었지만 움직임을 보니 그녀의 아버지가 무공을 지닌 것처럼 그녀 또한 제법 무공을 쌓은 것 같았다. 무림인이 아닌 상인이 무공을 익히고 있다는 것이 조금 의아했지만 누가 익히든 상관없지 않은가? 하여 왜 무공을 익히고 있는지에 대한 궁금함도 이내 지워 버렸다.]

　[모월 모일. 맑음.

　열독광사의 피를 얻으려 했던 그 무사가 드디어 아내와 함께 왔다. 무사의 아내는 장시간의 여행으로 인해 몸이 상당히 약해져 있어 자칫 잘못하면 죽을 수도 있을 것 같았다. 기식이 고르지 못하고 얼굴이 창백했으며 이곳에 도착하기 하루 전부터 각혈(咯血)도 시작했다 하니 죽기 직전의 상태임은 명확했다.

　그녀의 이름은 호미란으로 척 보기에도 상당히 사려 깊고 신중해 보였으며 남편과 모용군영에게 하는 양을 보니 인정 또한 많은 듯했다. 모용군영은 나에겐 말 한마디도 않더니 호미란과는 많은 이야기를 하는 것을 보고 일부러 나와 말을 하지 않은 것은 아닌가 하는 의심이 들었다.

　그녀의 옷을 벗겨 맨몸에 침을 꽂아야 했기 때문에 난 치료 준비를 하고는 모용군영에게 도움을 청했다. 여인의 나체에 시술해야 한다는 제약으로 치료가 더디었기에 밤이 되어서야 무사히 끝이 났다. 밖에서 초조히 기다리던 무사는 치료가 끝났으며 몸조리만 잘하면 보통 사람처럼 살아갈 수 있을 것이란 나의 말에 울음을 터뜨리더니 절하며 감사해했다.

그녀의 몸속에 기승하던 경약의 기운이 모두 내공으로 돌아갔기 때문에 이제 그녀의 내공은 얼마간 수련한다면 엄청난 경지에 이르게 될 것이다. 그러한 사실은 굳이 말해 주지 않아도 똑똑한 호미란은 그 사실을 스스로 알게 되리라.

밤이 늦어 객잔은 문이 닫았기에 술을 살 수가 없었다. 꽤나 세월이 흘렀음에도 오늘따라 자꾸 아이의 생각이 나 술을 마시고 싶었는데……]

[모월 모일. 맑음.

그의 아내는 이제 의식에서 깨어나 호전되고 있다. 의식이 깨어난 후 모용군영은 사내와 함께 그녀를 극진히 간호했고 덕분에 호미란과 상당히 친해져 있었다. 이상하게도 그녀는 날 싫어하는 것 같았으나 별 상관은 없다. 인간의 마음을 쉽게 돌릴 수는 없다는 걸 알기 때문이다. 더구나 이유도 알 수 없지 않은가.

사내는 날 은인이라고 부르며 공손히 대하려 했지만 그런 건 내게 부담스러울 뿐이다. 이제 아내와 평생을 행복하게 지내라고 진심으로 말해 주었다. 나도 저렇게 될 수 있었을 텐데……]

[모월 모일. 맑음.

호미란이 완쾌했기에 두 부부는 은혜를 잊지 않겠다고 말하며 떠나갔다.

하지만 잊어줬으면 하는 것이 내 솔직한 심정이다. 나도 그들을 잊고 싶으니까. 그녀를 생각하면 그 아이가 연상되고 그러면 후회만이 밀려온다.

모용군영은 왠지 호미란을 따라가고 싶어하는 눈치길래 마음이 가고자 하는 대로 하라고 했다. 두 사람은 사라성에서 살기 때문에 그녀가 그들을 따라가도 그녀의 아버지는 딸을 찾기 쉬울 것이다. 싫은 마음으로 여기에 있는 것보다는 그녀가 원하는 대로 하는 것이 낫지 않을까 해서 결정한 것이다. 마음대로 하라고 했을 때 그녀는 실망과 경멸의 눈으로 날 보았다. 왜 그런 눈으로 날 보았는지는 아직도 모르겠다.

그녀가 감으로써 나는 일상으로 돌아왔고 변치 않을 사막의 거대한 모습에 다시 동화되어 갈 것이다.]

[모월 모일. 맑음.

다시 세월을 인지하지 못하는 날이 계속되었지만 그리 많은 시간이 흘렀을 거란 생각은 들지 않는다.

오늘 모용황룡이 그때 호미란의 남편처럼 다 죽어가는 채로 날 찾아왔다. 며칠간의 생명을 연장할 수 있을 뿐 살아날 가망은 없었다.

그는 내게 많은 것을 이야기했다. 자신이 천검문(天劍門)의 문주라고 할 때는 꽤 놀라고 말았다. 천검문이라면 나도 알고 있는 문파로 몇백 년 전부터 드러나지 않게 무림의 정의를 위해 힘써온 자들이다. 지금은 세상에 어떻게 알려져 있는지는 모르지만 내가 무림에서 활동할 때만 해도 그들은 모두에게 존경받는 신비의 단체였으니 그 단체의 장인 모용황룡은 결코 평범한 사람이 아닌 것이다.

그들은 겁황천의 천주로부터 대결장을 받았다고 한다. 그 내용인즉 대결에서 겁황천이 진다면 무림에 나타나지 않겠지만 이긴다면 자신들이 무림을 재패하는 것에 천검문이 아무런 개입을 하지 않는다는 약조를 해야 한다는 것이었다. 결과는 보는 대로라며 그는 자조적인 웃음을 지었다.

자기는 죽으면 끝이지만 중원의 앞날이 걱정된다며 한숨을 짓는 것이 역사적으로 무림의 정의와 평화를 지켜온 천검문의 문주답다고 생각했다. 딸은 사라성에 있다는 말에 안심하는 모습은 천검문주를 떠나 사사로운 아버지로서의 정을 보여주고 있어 그의 성격을 짐작할 수가 있었다.

겁황천의 힘이 얼마나 강하길래 당신 같은 사람이 당했냐고 물으니 그들의 힘은 결코 사라성에 비할 바가 아니라고 한다. 특히 천주의 무공은 악마에 버금가는 사공(邪功)을 구사하며 누구나 그의 앞에 있으면 지독한 사기(邪氣)에 먹혀 버릴 것이라고 했다.]

[모월 모일. 맑음.

모용황룡은 무림의 앞날이 너무나 걱정되는지 고심하고 있었다. 그의 모습에 나는 이제 늦었으니 차라리 신경 끊으라고 냉정하게 말했지만 동의할 수 없었는지 그저 씁쓸한 웃음을 지으며 고개를 저을 뿐이었다.

그는 사라성주에게 경각심을 일깨워야 한다며 서찰을 쓰려 했지만 나는 이미 모용군영이 사라성으로 가 그에 대해 말했을 것이니 소용없는 짓이라고 말렸다. 그러나 자신의 딸은 천검문이 반드시 이기고 돌아오리라 생각하고 있을 것이라며 안타까워했다.

하지만 그의 생각은 틀렸을 것이다. 그제야 생각이 떠올랐는데 아마 그녀가 날 싫어한 것은 천검문주를 도울 능력이 없는 사람이라 단단했기 때문이 아닐까 싶다. 그녀는 또 자기 문파가 겁황천의 상대가 되지 않을 것이라 판단한 게 분명했다. 그녀가 사라성에 간 것도 도움을 원해서였으리라.

하지만 그런 일에 관여되는 것도, 생각하는 것도 귀찮아 나에게 가장 와 닿는 일인 그가 죽으면 어디에 묻어줄지에 대하여 물어보았다. 그는 그런 나를 이상한 눈으로 보더니 돌연 내게 도움을 요청했다. 내가 가진 의술에 매사에 초연한 듯한 태도를 보아하니 숨은 기인인데 몰라보았다며 새삼 예의를 차리는 것이었다.

흥미없는 일이라 아무 말도 하지 않았다. 난 나 스스로 살아가고 있는 것도 힘들다 생각하는데 굳이 다른 힘든 일을 도와줄 필요가 있을까? 그 말을 툭 던지니 그는 사람 모두가 힘들게 산다고 말하며 그 와중에도 서로 도우며 사는 것이 인간이며 그래야만 인간이라고 했다. 처음엔 그 말에 귀 기울이지 않았지만 재차 설득하는 그의 말을 들어보니 단순한 이치지만 맞는 말이라는 생각이 들었다. 그리고 잠시 서로 돕는다는 것에 대해 생각하다가 이 태도가 어쩌면 나 스스로가 사람의 관계에서 벗어나려는 옛날의 나를 아직까지 버리지 못해 나타나는 모습이 아닐까 하는 생각이 들었다. 깨달음으로 사람을 생각하고 싶고, 사람답게 살고 싶고, 모든 것을 받아들일 수 있다고 마음먹은 내가 아직도 그런 생각을 은연중 품고 있음에 부끄러운 마음이 들었다. 그 마음을 딛고 나는 그를 도와주기로 했다.]

[모월 모일. 맑음.

그는 마지막으로 딸을 잘 보살펴 달라고 부탁하곤 오후에 죽음을 맞이했다. 그를 친구와 아이의 무덤 옆에 묻고는 잠시 그 무덤을 바라보았다. 이 사람의 죽음은 나에게 어떤 의미를 선사하고 있는가……

내일 떠날 준비를 했지만 그래 봤자 별거 없다. 나의 평상복에 피를 묻힐 생각이 없기에 단지 옷을 갈아입었을 뿐이다.

겁황천, 그리고 악마적인 사기(邪氣). 과연 그들은 어느 정도일까? 나의 이 엄청난 힘을 받아낼 수 있을까?]

그는 사막의 모래들을 뿜어 올리는 거센 바람 속에서도 웅장한 빛을 뿜내고 있는 듯한 겁황천을 무심한 눈으로 바라보고 있었다. 그는 이곳에 도착하기 바로 전부터 이상한 공명을 느끼고 있었다.

이건 예전 사라성 밖의 마을에서 초마검을 얻을 때와는 달랐다. 같은 힘을 만났다는 느낌? 느낌이었지만 그는 확신했다. 자신과 같은 경지에 이른 자가 여기에 있으며 이곳에 오길 잘했다는 생각이 드는 그였다.

그는 예전에도 그랬지만 싸우기로 마음먹은 이상 그 이외의 것은 생각하지 않았다. 오로지 정면 돌파만이 남았을 뿐이다. 부하들을 상(傷)하게 하면 아마 천주란 자도 나올 것이다. 그런 생각을 하며 그는 느긋하게 그곳으로 걸어갔다.

이곳은 애초부터 문지기라는 것은 없는 듯 재질을 알 수 없는 거대한 문은 활짝 열린 채였고 그를 반기는 자는 없었다. 안은 조용했으며 황량한 바람만이 그의 마음에 허탈감을 남기려는 듯이 그를 맞이했다.

그는 두 번 생각할 것 없이 한 건물을 향해 혈영장(血影掌)을 쏘았다. 엄청난 혈강(血罡)이 노도처럼 쏟아져 나갔다. 그 힘은 누구든 숨이 막히는 느낌을 받을 정도로 거대하여 가히 절대라고 표현해도 무리가 없었다.

쿠콰콰쾅!

말 그대로 천번지복이었다. 단 일 장으로 건물 한 채가 무너져 내린 것이다. 그 놀라운 광경과 소리에 그제야 이곳저곳에서 소란이 일기 시작했다.

"뭐냐?!"

"침입자다! 침입자가 있다!"

"전원 비상 태세로 대기하라!"

"어느 놈이 감히 겹황천의 건물을 부순 것이냐?!"

사람들의 행동은 일사불란했다. 그들 하나하나가 사기를 내뿜고 있는 것이 수준 높은 사공을 익힌 흔적이 역력해 보였다. 그들은 상대가 하나뿐인 것에 놀란 듯하면서도 결코 경시하지 않고 신형을 움직여 서서히 그를 감싸는 진을 이루기 시작했다. 움직임이 자연스러워 보이는 것이 잘 훈련된 무인들 같아 보였다.

그는 자신을 감싸는 진세를 이룬 그들을 가만히 지켜보다 기운이 약하게 느껴지는 쪽을 향해 혈영장을 시전했다.

콰쾅!!

마치 일장이 큰 건물이 무너지는 소리와 같아 사람들의 귀를 자극하고 있었다.

"으아악!"

"공격하라! 상대는 보통 놈이 아닌 것 같으니 신중히 대처하라!"

지휘자의 말에 따라 움직이는 겹황천 무사들의 처신도 보통이 아니었지만 혈영천마는 그들의 신속한 대처에도 어찌할 수 있는 보통의 인물이 아니었다. 그는 그들의 움직임을 가만히 지켜보다 이내 연달아 혈영장을 세 번 날렸다.

쿠아아아앙!!

한곳에 연달아 시전했기 때문에 그 위력은 엄청났다. 그렇지 않아도 강력한 패도 장력의 성질인데다 무한의 힘마저 얻었으니 그 장력은 여타 일반 무림인의 장력과는 비교할 수조차 없었다. 그는 쉴 틈을 주지 않고 이번에는 천마장을 날렸다. 거무튀튀한 마기를 품은 그 힘은 혈영장과는 그 위력 면에서 상당한 차이가 있었다.

쾅!!

여기저기서 비명 소리가 들려왔다. 그들도 아마 이런 사태까지는 예상치 못했으리라. 전설이라 일컬어지는 자부심 높은 겁황천이 한낱 젊은이(?)에게 묵사발이 될 줄은 전혀 몰랐을 것이다. 그는 잔잔하지만 겁황천 전체가 들리도록 갈했다.

"천주는 이제 나오시오! 더 이상의 피를 보기 싫다면 말이오!"

그러자 이에 답하는 괴이한 목소리가 주위에 울려 퍼졌다.

"크크크! 기다리고 있었다! 애꿎은 아이들 괴롭히지 말고 이리로 오라!"

그 말이 들리는 쪽에서 기운이 느껴졌기에 그는 바로 걸음을 옮겼다. 그러나 걸어가는 모습처럼 보인 것은 순간일 뿐이었다. 유유서행(遊遊徐行). 걷는 듯 보여 느리지만 어느덧 가고자 하는 곳에 가 있는 신비의 보법. 그가 순식간에 장내에서 사라져 버리자 남은 겁황천의 무사들은 갑작스럽게 일어난 이 사태에 어이없는 표정을 지은 채 서 있을 수밖에 없었다.

그는 거대한 궁전 같은 건물 안으로 들어가자 마치 황제가 기거하는 곳처럼 화려한 내부를 볼 수 있었다. 어디서 구해온 것인지 그곳엔 중원에서도 쉽게 구경할 수 없는 사치품들이 흔하게 눈에 띄고 있었다.

보통의 걸음으로 걸어가 그가 당도한 곳은 겁황전(劫荒殿)이라는 편액이 걸려 있는 문 앞이었다. 그가 가볍게 문을 밀자 문은 아무 소리도 없이 활짝 열렸다.

안은 바닥에서 천장, 그리고 그 공간을 지탱하는 기둥에 이르기까지 의미를 알 수 없는 화려한 문양으로 뒤덮여 있었고 규모도 매우 넓었다. 융단이 일직선으로 끝없이 깔려 있었는데 거의 삼십 장은 가서야 끝이 나 있었다.

그 끝에서 몇 계단을 올라가면 겁황전의 화려함만큼 사치스러운 태사의가 있었는데 누군가가 그곳에 앉아 있었다. 나이를 추측할 수 없는 노인이었지만 그의 전신에선 항거할 수 없는 거대한 기세가 뿜어져 나오고 있었다. 그것은 누군가를 다스리지 않고는 나올 수 없는, 이른바 황제의 기도였다. 그 노인을 자세히 볼 수 있고 느낄 수 있는 그는 저 노인이 아까부터 계속 자신과 공명했던 인물임을 알 수 있었다.

그는 노인을 향해 천천히 걸어갔다. 어쩌면 마지막일지도 모르는 대결전의 긴장감이랄까? 아무튼 이 묘한 느낌을 그는 충분히 느끼고 싶었다. 마치 옛날로 돌아간 것 같은 흥분. 이것은 그에게 너무나도 오랜만인, 경멸했지만 또 한편으론 느끼고 싶던 기분이었다.

"드디어 만나는군. 언젠가는 본좌와 같은 경지에 이른 자를 만나보고 싶었지."

노인은 왠지 모를 희열에 들뜬 목소리로 말했다. 그 마음을 그는 알 수가 있었다.

"난 싸움에 임하는 데 있어서 어떤 말도 더 이상 필요치 않다고 생각한다."

그는 냉막하다고 느낄 정도의 정감없는 목소리로 겁황천주에게 말했다. 하지만 그 목소리는 실상 모든 것에 초연해진 목소리였다.

그의 반말에 잠시 놀란 노인은 이내 무언가를 깨닫고는 희미하게 웃었다.

"이제 보니 반로환동한 것이군. 하긴 본좌도 젊음을 유지할까 고민도 했지만 나의 지위에서 필요로 하는 건 그것이 아님을 알고선 포기했지."

노인은 천천히 신형을 일으켰다. 그에 따라 그에게 가해지는 기도(氣度)에 의한 압박감은 더 심해졌다. 이에 그는 곧바로 혈영천마공을 일으켰다. 그러자 검붉은 운무가 그의 주위를 감싸며, 그의 몸을 압박하던 기운은 검붉은 운무에 타버린 듯 사라졌다.

"그래, 몇백 년 전에 그런 무공을 쓴 자가 있었다는 것을 알고 있지. 혈영천마(血影天魔)랬나? 바로 당신이군."

그 노인의 몸에서도 혈영천마공에 대응하기 위해서인지 지독한 사기(邪氣)가 뿜어져 나오기 시작했다. 서로를 잠식하기 위해 숫아오른 마기와 사기. 그 두 힘에 대기가 울릴 정도였다. 가만히 지켜보던 둘 사이에 선공은 혈영천마부려였다.

그의 손이 노인을 향해 뻗자 사방을 뒤덮는 착각이 들 정도로 거대한 혈강이 뿜어져 나갔다. 하지만 큰 폭음이 날 것이라 생각했던 그는 혈영장이 흔적도 없이 사라져 버리자 순간 놀랄 수밖에 없었다.

"크큭! 그깟 혈영장으론 본좌를 어쩌지 못한다. 아무리 그 힘을 얻었다고 해도 말이야."

그 말과 동시에 노인은 한 손의 검지를 내밀어 횡으로 긋는 시늉을 했다. 그 단순한 행동에 가공할 힘이 담긴 것을 느낀 그는 황급히 뒤로 피했다. 하지만 노인의 공격이 너무 빨라 완전히 피할 수는 없었는지 가슴에 약간의 혈흔이 생겨났다.

"…대단하군. 금강불괴에 상처를 입히다니……."

"네가 피하지 못했으면 결과는 더 심했을 것이다. 크크!"

혈영천마는 노인의 말에 대꾸하지 않고 무명오자 중 이초 천마장을 십여 장이나 연달아 쏘아냈다. 원래 혈영장, 천마장, 혈영천마장은 예전 무림에 활동할 당시 그의 성명절기로 그 대단한 위력 대신에 연달아 쓰는 것은 불가능했으나 은거한 후 무공에 대한 수많은 연구와 현재 이르러 있는 신비의 경지로 인해 연달아 쓰는 것이 가능하게 된 것이었다.

심상치 않은 천마장의 위력에다 피할 곳이 없음을 안 노인은 이번엔 검지와 중지 두 손가락으로 장력을 향해 어지러이 몇 번 휘둘렀다.

그러자 장력이 모두 갈라져 사라지더니 그것도 모자라 힘의 여파가 그를 향해 다가갔다. 그가 위험함을 느꼈을 때는 이미 그 기운이 거의 접근한 터라 피하지 않고 혈영천마공을 더욱 끌어올려 자신을 보호했다.

카카캉!

쇠에 부딪친 듯한 날카로운 소리가 나며 그는 뒤로 조금 밀렸다.

"대단하군. 강기를 전문적으로 파훼하는 겁황인(劫荒刃)을 강기로 막아내다니…….”

“이제 내 차례다.”

그는 벽에 걸린 검을 보고 접인공(接引功)로 끌어당겨 쥐고는 노인을 향해 검끝을 내민 단순한 기수식을 취하자 순간 그의 몸에서 엄청난 마기가 솟아오르기 시작했다. 숨 막힐 듯한 압박감에도 노인은 오히려 그것을 즐기는 듯 유쾌한 표정으로 파안대소했다.

“흐하하! 엄청나군, 그 힘! 정말 대단해! 얼마 만에 느끼는 긴장감이더냐!”

“지옥천마일식.”

그는 너무나 잔잔한 소리로 명을 말하고는 검을 휘둘렀다. 그의 손은 느리게 움직이는 듯했으나 그것이 엄청난 위력을 담고 있다는 것을 노인은 알 수 있었다. 엄청난 극패의 기운과 함께 어지러이 날아드는 검은 혈영천마 자신을 방어하지도 않고 있었다. 말 그대로 너 죽고 나 죽자인 공격 일변도의 공격이었으며 그 검의 환영은 단순한 환영이 아닌 듯 검마다 검강을 내뿜고 있어 웬만한 무림인이라면 두려움에 몸을 움직이지도 못할 정도로 무시무시한 광경을 연출하고 있었다.

“홋! 검강!”

노인은 급히 두 손을 활짝 펴 다가오는 검강을 향해 내뻗었다. 그의 손에서 형태가 없는 강기가 쏟아져 나갔고 그것들은 하나의 그물을 만들더니 검강을 막았다.

파앙!

신기하게도 북이 터지는 듯한 소리가 들리며 검강과 강기는 같이 소멸하고 말았다. 혈영천마는 이에 주저하지 않고 그가 들고 있던 검을 노인에게 던졌다. 그냥 힘없이 던진 듯 날아가는 검에는 힘이 없어 보였지만 신기하게도 똑바로 일직선을 그으며 날아가더니 이내 수십 조각으로 나뉘어져 하나당 검강을 다섯 자(150㎝)씩이나 띤 채 날아갔다.

분명 그것은 정상의 무공 상식에 벗어난 기공(奇功) 유유비도술이 극치에 이르러야 펼칠 수 있는 무공이었다.

하지만 그것만으로는 이 비상식적인 위력을 낼 수가 없었다. 바로 무한의 힘을 얻어야만 이 정도로 비정상적인 위력을 낼 수 있는 것이다.

그 장엄한 광경에 크게 놀란 노인은 황급히 세 손가락으로, 그것도 이번엔 두 손을 이용해 허공에 둥근 원을 그리는가 싶더니 그 원 안에 뭔가를 마구 써댔다. 놀랍게도 그가 손가락으로 뭔가를 쓸 때마다 회색 선들이 원 안에 그려졌다. 검 조각들이 다가오자 그는 황급히 기묘한 수인(手印)을 맺으며 외마디 소리를 냈다.

"진(震)!"

그러자 원이 엄청난 빛을 발하더니 이윽고 검 조각들과 부딪쳤다.

쿠콰콰콰콰쾅!!

엄청난 진동음과 함께 대전 천장의 일부가 무너져 내리기 시작했다.

"욱!"

그는 전신을 뒤덮어 버리는 크나큰 충격을 견디지 못하고 입에서 한 모금의 피를 토해내고 말았다. 고개를 든 그의 두 눈에는 경악의 빛이 흐르고 있었다.

"크크크큭! 어떤가? 꽤 괜찮지 않나?"

노인은 상당히 만족한 듯 기괴한 웃음을 흘려댔다. 하지만 그는 별

달리 아픈 기색 없이 태연히 자리에서 일어났다. 그 모습에 노인은 꽤 놀란 듯했다.

"대단하군. 하지만 이번엔 내가 봐주지 않겠다."

"흐하하하! 피는 흘렸지만 크게 상하지는 않은 것 같군. 그리고… 대단한 자신감이군! 얼마든지 받아주마!"

"…무(霧)."

무명오장 중 제사장(第四掌)이 첫 모습을 보이는 순간이었다. 삼파패를 능가한다는 미지의 위력을 가진 장공. 그 모습은 말 그대로 붉은 안개였다. 피를 연상시키는 붉은색이 퍼져 나가는 모습 안에는 본능을 자극하는 공포가 담겨 있었다. 그 혈무들은 서서히, 하지만 상대가 피할 곳이 전혀 없도록 노인에게로 다가갔다.

노인은 뭔가 섬뜩함을 느끼며 서둘러 피할 곳을 찾았지만 없었다. 도저히 빠져나갈 곳이 없었던 것이다.

노인은 긴장한 표정으로 아까와 같은 일련의 행동을 했다. 다른 것은 마지막에 약지를 물어 피를 빤 뒤 진(陣)을 향해 뿜은 것이었다. 피가 사방으로 뿌려지자 허공에 그려진 진이 붉은빛을 발하며 기묘한 소리를 내기 시작했다. 그때 노인의 목에서 나는 음량이라고는 믿기지 않을 정도로 큰 소리가 울렸다.

"가랏! 사극멸룡(邪極滅龍)!!"

그러자 진 안에서 칙칙한 회색 빛이 나더니 용의 형상을 띤 미지의 힘이 쏘아져 나갔다. 혈무와 회색룡이 부딪치고 이내 엄청난 빛과 함께 귀청이 째질 듯한 폭음이 울렸다.

우르르르릉!! 콰쾅!!

게다가 폭발의 기운으로 인해 이제 여기저기서 건물이 무너져 내리기 시작했다.

잠시 주춤했지만 혈영천마는 노인이 숨 쉴 틈조차 주지 않으려는 듯 바로 무명오장의 마지막인 황(荒)을 시전했다.

그의 손이 앞으로 내질러지는 순간 그것은 마치 영원 같았다. 아니, 정확히 시간이 정지한 것 같은 느낌을 주었다는 것이 옳았다. 하지만 그의 손에선 다른 장력들과는 달리 아무것도 나가지 않았다.

이상한 건 그 순간 주위가 마치 폭풍 전야같이 고요해졌다는 것이다. 주위의 공기가 무언가에 의해 사라져 버린 듯한 섬뜩함. 무인의 오랜 직감으로 노인은 심각한 위험을 느꼈다. 그래서 노인은 황급히 모든 힘을 두 손에 모아 땅을 향해 내뻗었다. 그리고는 약지를 더욱 깨물어 피를 땅에다 주르륵 쏟았다. 다음으로는 뭔가 이상한 주문을 외우더니 마지막엔 소리쳤다.

"어둠의 땅이 나를 지켜주리라!"

매우 빠른 그의 일련의 행동이 끝나고 외침이 울린 그 순간 두 사람 사이의 대기가 붉어졌다. 노인은 너무나 밝은 붉은색 빛에 자신도 모르게 눈을 감았다. 아무 소리도 없었다. 단지 엄청난 빛뿐이었다. 그리고 그 빛이 사라지는 순간 노인의 몸은 하염없이 뒤로 날아갔다.

"으우욱!!"

노인의 신형은 형편없이 땅에 널브러졌다. 그의 입에선 피가 꾸역꾸역 흐르고 있었으며 얼굴은 고통과 분노로 심하게 일그러져 있었다.

혈영천마의 앞에는 아무것도 없었다. 찬란한 태사의도, 푹신푹신한 융단도, 대전을 떠받치던 화려한 문양의 기둥들도 아무것도 없었다.

단지 모래만이 그의 앞에서 바람에 따라 이리저리 어지러운 춤을 추고 있을 뿐이었다. 말 그대로 폐허가 된 것이다.

혈영천마 역시 적지 않은 부상을 입은 듯 입가엔 피가 흘러내리고 있었고 덕분에 둘 사이엔 무거운 침묵만이 감싸고 있었다.

"…크큭… 크큭… 크하하하하하……!!"

노인은 누운 채 온몸을 부들부들 떨며 미친 듯한 웃음을 터뜨리더니 갑자기 자리에서 벌떡 일어났다. 그는 잠시 몸을 움찔거리며 이내 안정을 되찾았지만 뭔가 불안감이 마음속에서 싹트기 시작함을 느꼈다.

"크흐흐흐! 내 무공 중 최고의 방어를 자랑하는 현지벽호아(玄地壁護我)가 무너지다니……! 크큭! 하지만 그게 네놈 최후의 힘이라면 넌 내게 진 것이다! 으하하하하! 받아보아라!"

노인은 그 말과 함께 돌연 두 손으로 뭔가를 모으는 듯이 구부린 채 마주 보게 했다. 노인의 전신에선 어느새 끔찍한 사기가 넘쳐흐르고 있었다. 모용황룡이 말했던 악마의 사기가 지금 나타난 것이었다. 이에 혈영천마의 몸은 자신도 모른 채 부들부들 떨리고 있었다. 아마 지독한 사기로 인해 생겨나는 본능적인 두려움이 몸을 통해 발현된 것이리라. 그가 몸을 추스르며 방어 자세를 취하려는 순간이었다.

"사심(邪心)!!"

사기에 가득 찬 목소리가 장내를 울렸다. 그 기이함에 그는 잠시 몸을 부르르 떨었지만 그 외엔 아무 일이 없자 의아해했다.

'왜 아무 일도 없지? 어? 응? 왜… 왜 말이 안 나오는 거야?'

그는 목에서 말이 나오지 않음을 알고는 경악했다.

'앗!'

그도 모르는 사이에 주위는 엄청난 빛에 둘러싸여 있었다. 그가 주위를 황망히 둘러보자 돌연 주위가 밝아졌다.

‘엇?! 이곳은……? 옛날에 내가 살던 곳……?’

그가 어리둥절하며 주위를 두리번거리는데 어디선가 아름다운 여인이 나타났다. 그녀는 긴 머리를 땋아 올렸고 화려한 궁장을 입고 있었으며 흰 피부에 살짝 통통한 볼을 가지고 있는 미인이었는데 특히 입가의 점은 그녀를 육감적으로 보이게 했다.

‘방약진!’

그는 얼마나 놀랐던지 나오지 않던 말이 튀어나올 것 같은 느낌을 받았을 정도였다. 그의 옛 연인, 하지만 그의 인생에 큰 오점만 남겼던 그녀가 어떻게 이곳에 나타났단 말인가?

“가가, 뭐 하시는 거예요? 어서 저희 부모님을 뵈러 가야죠. 그렇게 지체하다가는 약속 시간에 늦겠어요.”

그의 몸은 의지와는 상관없이 그녀를 따라가고 있었다.

“가가, 이번에 저희 부모님을 뵈면 꼭 우리가 결혼할 것임을 말해야 되는 거 잊지 말아요.”

그녀는 기분이 좋은지 콧노래를 흥얼거렸다. 그는 아직도 영문을 모르겠다는 표정으로 그녀의 뒤를 따라가고 있었다.

“호호, 그동안 우리가 얼마나 애태웠는지 기억나요? 부모님께 허락받으려 애쓴 걸 기억하면 오늘은 꿈을 꾸고 있는 건 아닌가 하는 생각이 들어요.”

둘은 어느 거대한 집으로 들어갔다.

‘여기는… 방약진의 집!’

그는 자신이 무엇을 위해 그녀를 따라가고 있는 것인지를 눈치챌 수 있었다. 한데 갑자기 눈앞이 환해지더니 그는 곧 자신이 어느 집의 대사청에 있는 걸 깨달았다. 마치 꿈같은 이동이었으나 그는 이를 모르고 있었다.

"하하하하! 이보게, 사위. 이제 우리 딸을 잘 보살펴 줘야 하네. 하나 우리 딸이 워낙 응석받이로 자라 버릇이 원체 없으니 자네가 꽤 고생할 걸세. 하하하!"

"아버지! 이 사람 앞에서 못하시는 말씀이 없어요, 정말."

"호호호, 네 아버지 말씀이 옳지 않더냐. 아마 사위는 평생 고생할 거야. 우리 진아를 잘 잡아야 할 걸세."

그녀의 아버지와 어머니는 기분이 좋은 듯 연신 방약진을 놀려대고 있었다. 그 광경은 너무나도 화목해 보여 그는 자신의 목소리가 나오기 시작했다는 것도 모를 정도로 그 분위기에 동화되어 가기 시작했다.

"하하하! 장인어른, 그리고 장모님, 걱정은 딱 붙들어 매십시오. 따님을 꼭 붙들어 매고 살겠습니다. 그리고 반드시 행복하게 해주겠습니다. 하하하!"

"맘에 딱 드는군. 바로 그 자세야. 이제야 우리 진아도 임자를 만났군. 하하하하!"

"어, 어머? 아버지, 너무하세욧!"

그녀는 약이 올라 발만 동동 구를 뿐이었다. 그 모습에 셋은 더욱 기분 좋게 웃었다. 그는 이 화목한 광경에 마음이 희열로 가득 차는 것을 느낄 수 있었다.

'그래, 내가 심중으로 원하던 건 바로 이런 것이었어. 이제 된 거야.

이제 난 누구 못지않게 행복한 거야. 이대로……’

그는 서서히 자신의 상황에 안주하기 시작했다. 그가 속으로 항상 바랐던 작은 행복이 바로 그의 눈앞에 있는데 주저할 것이 어디 있겠는가.

“허허허, 그럼 자네 말대로 우리가 알아서 길일을 택하겠네.”

둘은 어느새 정자 안에 있었다. 서로 바싹 붙어 앉아 있었는데 둘은 너무나 행복한 얼굴로 밀어를 나누고 있었다. 앞에는 화려한 음식과 미주가 있었고 그녀는 나긋나긋한 손으로 그를 위해 술을 따라주었다.

“하하하, 진매, 난 평생 이렇게 행복한 적은 없었소. 마치 꿈을 꾸는 것 같소.”

“아이, 가가도 참. 꿈이면 어떡해요? 그럼 내가 꿈속의 인물이 되는 거잖아요.”

“하하! 맞소. 진매는 꿈속의 미녀요. 너무 아름다워 환상의 인물 같소. 하하하!”

“아이, 참……”

그녀는 얼굴을 붉힌 채 스스로 그의 품 안에 안겼다.

‘아아! 이런 거였나, 행복이란 것이? 삼백 년 만에 처음 느끼는… 아니, 삼백 년?!’

자신이 순간 했던 생각과 처해 있는 상황의 모순에 이상함을 느낀 그때였다. 그의 눈앞에 사람의 환영이 아른거리기 시작했다.

‘친구……. 그 아이도? 아니, 임사우, 고형강, 백매화, 비화, 마검, 모용군영. 그 무사 내외도……. 모용황룡!’

　그의 눈앞에 사람들이 하나하나 나타났다 사라지더니 마지막엔 모용황룡이 인자한 표정으로 자신을 보며 미소 짓고 있었다. 하지만 그 미소는 왠지 모르게 냉랭했다.

　"이보게, 기인! 자네는 내 딸을 보살펴 주겠다고선 여기서 뭘 하는 건가? 그깟 과거 일에 얽매여 현실과 환상을 구분하지 못한단 말인가? 자네는 겨우 그런 인물이었나?!"

　그는 자기도 모르게 쓴웃음을 지었다.

　"그렇소. 난 겨우 이런 인물이오. 마음속엔 언제나 과거를 다시 한 번만… 이라는 생각을 하고 있었소. 이것들을 보시오. 나를, 내 운명을 새롭게 바꿀 수 있는 기회가 여기 있지 않소. 날 뭐라고 해도 상관없소."

　"하하! 이봐, 친구."

　"아, 자네……?!"

　"뭐 하는 거야, 어서 닭다리를 준비하지 않고?"

　"아, 그, 그래. 깜빡했군. 자네를 위해 항상 닭다리를 준비했다는 것을 잠시 잊었어. 잠시만 기다리게. 닭다리를 곧 사 오겠네."

　유유객의 갑작스런 등장에 정신을 차리지 못하고 멍해 있던 그는 친구의 말에 자기도 모르게 그렇게 말하며 자리에서 일어났다.

　"아……!"

　그 순간 방약진은 모래처럼 가라앉아 버렸다. 친구가 나타난 것에 정상적인 심적 상태가 아닌 데다가 자신의 행복을 쌓아줄 방패막이였던 방약진이 모래성처럼 허망하게 사라져 버리자 그는 원래의 자신을 유지할 수 없게 되었다.

"약진, 약진! 어디 있소?!"

"친구! 뭐 하는 건가? 어서 닭다리를 사 오래두."

"닥쳐! 너 때문에 약진이, 약진이 사라졌단 말이다!"

"하하! 자네야말로 닥치게. 그 여자는 먼 옛날에 죽은 인물일세. 자네의 수명을 따라오지 못하고 죽은 여자야. 그리고 자네를 버린 여자지. 암, 그렇고말고. 그나저나 자네는 내가 부탁한 오파(五破)를 완성시켰나?"

"오, 오파?"

"그래, 혹시… 하지 못한 것 아닌가?"

"아, 아닐세. 다는 못했지만 사파까지는 완성했네."

"훗! 자네도 대단하군. 그렇게 오래 살고도 겨우 그 정도뿐인가? 하하! 차라리 뒈지게, 뒈져."

"자네, 너무한 거 아닌가?"

"너무하긴 뭐가 너무해! 그깟 과거에 얽매여 뭐가 중요한지도 망각하고는 자넬 버린 여자한테 헤벌레하는 꼴 하곤. 하하! 그러고도 자네는 깨달았다고 할 수 있는가? 무지개를 기억하지 못한단 말인가? 주어진 자네의 현실을 이제 수용할 수 있다는 깨달음을 주게 한 무지개를 말이야."

"무지개?"

"그래, 무지개. 그로 인해 자네는 새로운 친구들을 얻지 않았나? 청풍룡, 철신, 백매화, 비화, 마검. 응? 기억나지?"

"그, 그들이… 친구?"

"그래! 자넨 몰랐겠지만 그들은 자넬 친구라 생각한다네. 자네는 모르지만 자넨 참 멋진 사람이지. 암, 그렇고말고. 누구의 친군데."

"……."

비꼬던 어투에서 이번에는 은근히 회유하는 듯한 말투가 유유객의 입에서 흘러나왔다.

"그들이 보고 싶지 않나?"

"보, 보고……."

그는 망설였다. 감정을 드러낸다는 것이 그에게는 상당히 어려웠던 것이다. 또 자신도 정작 이렇게 어려운지 몰랐다.

"감정을 감추지 말게. 단지 일기에 써놓은 것만으론 자네 맘을 누구도 알지 못해. 보고 싶다고 크게 외치게. 자, 자네 몸에서 솟아오르는 그 무한의 힘! 느껴지지 않나? 그건 자네가 사용할 수 있는 최후의 힘이며 만물 중 최강의 힘이지. 보고 싶다고 외치게. 그 마음 그대로 또 외쳐! 무한역도구(無限力道球)라고!!"

"…보, 보고 싶어! 정말로 보고 싶어, 친구가! 친구가 그리웠어!!"

그는 보고 싶다는 단 한 마디에 몸 어디에서 그런 힘이 숨겨져 있었는지는 몰라도 머리끝에서 발끝까지 터질 듯 솟아오르는 무시무시한 힘을 느낄 수 있었다.

"또 외치게!!"

"……무한역도구(無限力道球)!!"

노인은 만족의 미소를 짓고 있었다. 사심(邪心)이란 무형의 고리가 혈영천마를 거의 다 옭아매고 있었던 것이다. 조이면 조일수록 그는 자신의 세계에 빠지고 있는 것이었으며 결코 헤어나지 못할 것이다.

‘크크큭! 이제 조금만 있으면 저놈은 죽는다!’

그의 얼굴은 평온과 행복으로 가득 차 있었다. 하지만 그건 죽음의 평온과 행복일 뿐이었다.

그때였다. 점점 그의 얼굴이 찡그러져 가고 있는 것이 아닌가? 그리고 그의 온몸을 조이던 사심의 고리가 어떤 저항으로 인해 점점 약해지고 있었다.

‘헉! 이, 이럴 수가! 사심이 약해진다!’

노인은 더욱더 사기를 끌어올렸지만 허사였다. 사심의 고리가 완전히 풀어져 버림을 느낀 순간 노인은 혈영천마의 엄청난 외침을 들었다.

“보, 보고 싶어!!”

“……?”

노인이 영문을 몰라 어리둥절하는 순간,

“무한역도구!!”

그 외침과 동시에 공포스러운 어떤 힘이 다가옴을 느꼈다. 아니, 느낀 순간 그것은 이미 노인의 눈앞에 있었다.

주먹만한 붉은 구체의 주위를 붉디붉은 뇌전이 감싸며 돌고 있었다. 그 구체가 지나간 길은 모두 파헤쳐져 있었다. 말 그대로 무한의 힘! 노인의 눈에 그 구체가 확장되었다.

“안 돼!!”

콰콰콰쾅!!

“…….”

그는 전신이 편안한 것을 느꼈다. 몸이 한없이 가벼운 덕분인지 그의 입에는 미소가 서려 있었다. 어느 순간 그는 얼굴에 뭔가 시원한 것이 간간이 떨어짐을 느끼며 스르르 눈을 떴다.

"……."

"이제 눈을 떴군."

"……!"

자리에서 일어난 그는 소리가 들려온 쪽으로 몸을 돌렸다. 그의 눈에 들어온 것은 공중에 뜬 채로 가부좌를 틀고 있는 노인 겁황천주였다.

"…우리 둘 다 죽은 건가? 이곳은 마치 다른 세계 같군."

주위는 회색 빛이 가득해 분명 현실과는 달랐지만 숨을 쉴 수 있다는 것, 걸음을 걸을 수 있다는 것은 현실과 다름없었다. 하지만 겁황천주가 공중 부양을 하고 있다는 것은 매우 특이했다.

"이곳은 사계(邪界)라 하지. 그리고 죽은 것이 아니야. 네가 이겼어. 난 얼마 살지 못해."

"……?"

그가 무슨 말인지 모르겠다는 표정을 짓자 노인은 기괴하게 웃었다.

"크크크크큭! 아무것도 기억나지 않나? 잘 생각해 보게."

"꿈을 꾼 것 같아. 과거 일의 꿈을……."

"꿈이 아냐. 환상이지. 뭐, 꿈이나 환상이나 일맥상통하는 것이기도 하지만 그 환상은 나의 최후의 힘, 사심이었다."

"사심……. 그래, 기억나는군. 정말 두 번 다시 당하기 싫은 끔찍한 사공(邪功)이야."

혈영천마는 쓴웃음을 지으며 고개를 설레설레 저었다. 정말 기억하

기 싫은 기억이 떠올랐으며 스스로 무엇을 바라고 있었는지에 대해 깨
달았기에 부끄럽기도 했다.

"큭큭큭! 너야말로 남 말 하는군. 나야말로 두 번 다시 당하기 싫은
끔찍한 무공이었다. 그 무한역도구……."

"아! 무한역도구……!"

"…너의 내단은 빨간색이겠지?"

"맞아. 어떻게 알고 있지?"

노인은 아무 말 않고 품속에서 책자를 꺼내 던졌다.

"그 책은 우리들처럼 이런 경지에 오른 자에 대한 설명이 나와 있지.
너도 아마 이 경지에 오르는 방법을 정확히는 모르겠지? 하긴 나도 몰
랐으니……. 그 책은 아주 우연히 천축국에서 구한 것이야. 내용을 보
자면 사람마다 내단 색깔이 다른데 그 색깔은 선천적으로 정해져 있다
고 한다. 색깔은 매우 다양하지만 가장 보편적인 내단의 색들에 대한
설명이 나와 있다. 예를 들어, 너 같은 빨간색, 그걸 무한의 역도[無限之
力道]라고 하지. 이 경지에 오른 사람들마다 독특한 최후의 무공이 하
나씩 있는데 아마 너는 무한역도구라 하는 것이겠지. 나의 최후 무공
은 아까 겪어봤듯이 사심이다. 참고로 나는 회색. 저주의 사기[詛呪之邪
氣]라고 부르지. 확실히 이 경지에 이른 자들은 타인들보다 훨씬 월등
한 힘을 얻게 돼. 하지만 너와는 엄청난 차이가 있어. 말 그대로 네 힘
의 특징은 무한의 힘이니까. 만약 순수한 힘으로 대결하면 내가 형편
없이 당하지. 내가 보기에 아까 마지막 두 장력은 그 힘을 기초로 한
비상식적인 무공 같더군. 나의 경우는 아까 사심을 쓰기 전에 느꼈던
사기가 나의 힘이다. 그 힘은 너 같은 강자조차 본능적으로 떨게 해 상

대방의 모든 능력을 평상시보다 떨어뜨리는 것이야. 애초부터 저주의 사기를 써야 했는데 내가 너두 방심한 것 같군. 너의 그 무한의 힘을 모른 덕분이지."

그가 받은 책은 천축 고대어로 쓰여 있었기 때문에 읽을 수가 없어 그저 노인의 말만 듣고 있어야 했다. 그러다 문득 생각나는 것이 있어 품속에서 흰 내단을 꺼냈다.

"이 흰색 내단은?"

"아니, 또 하나가 있었나?"

"내 친구의 내단이다."

"흠, 그 친구는?"

"죽었지, 꽤 젊었을 때."

"흠, 젊은 나이에 그 경지에 이르다니 놀랍군. 아무튼 그 흰 내단은 빛의 오의[光之奧意]라고 한다. 최후 무공은 사람마다 달라서 알 수 없지."

"빛의 오의……."

"…이걸 받아라."

노인은 품속에서 회색의 내단을 꺼내더니 그에게 던져 주었고 의아해하는 그에게 말을 이었다.

"우선 내단에 대해 내가 최근 알아낸 것은 내단, 자신의 것을 뺀 다른 사람의 내단을 먹으면 그 힘을 이어받을 수 있다고 하는군. 놀라운 건 그 내단의 원래 소유자의 최후의 힘 또한 사용할 수 있다고 한다."

겁황천주의 말에 그는 상당히 놀란 표정을 지었다.

"그 내단을 어떻게 하든 상곤없다. 이미 너의 손바닥에 천주의 인을 찍었으니 이제 나 다음의 천주는 너다. 겁황천을 삶아 먹든 구워 먹든 그건 네 마음대로야. 승자의 특혜지."

"……."

"겁황천 대대로 이어져 내려오는 사공은 나의 연공실에 있다. 그 책을 네가 익히든 말든 그것 역시 네 마음이다."

"왜 내게 이런 것들을 주는 거지?"

"글쎄……."

"……?"

노인이 눈을 스르르 감자 이상하게 여긴 그는 노인에게 다가가 보았다. 생기가 느껴지지 않는 것이 죽은 것 같았다.

다섯 개의 전설 중 하나를 차지하고 있는 겁황천의 천주, 그 큰 별이 하나 떨어진 것이었다. 비록 무림을 재패하려는 야욕이 있긴 하였으나 결코 비열하지 않게 싸운 것에서는 무인의 자격도 갖춘 자였다. 노인은 혈영천마와의 싸움을 죽어서도 기억할 것이다. 생애 최고의 싸움이었으니…….

"덕택에 많은 것을 얻었소. 진정 새로운 나 자신을 발견할 수 있는 길과 나의 친구들을 말이오. 그리고 이 힘에 대한 정보도……."

겁황천주가 죽어서인지 사계는 없어졌고 그는 오 장 반경의 연공실 같은 곳에 서 있었다. 겁황천주가 말한 것이 갑자기 생각나 왼 손바닥을 펴보니 회색으로 사(邪) 자가 찍혀 있었다. 그걸 보며 쓴웃음을 짓던 그는 바닥에 두꺼운 책 한 권이 있는 것을 발견하고는 그것이 겁황천의 비전임을 알고 호기심에 주워 펼쳐 보았다.

[겁황의 전설은 하늘에 군림하리라.]

이걸 쓴 사람은 상당히 오만한 성격의 소유자인 듯 거침이 없었다.

[겁황사제(劫荒邪帝)가 남긴다. 본인은 다섯 개의 전설 중 하나를 차지하는 겁황천을 세운 자이다. 본인은 나의 경쟁자들인 태양천라황(太陽天羅皇), 아수라혈(阿修羅血), 초인대제(超人大帝), 신마(神魔) 등과 나란히 천하제일을 다투는 중이다. 하지만 다섯은 모든 면에서 너무나 대등하여 도저히 우열을 나눌 수가 없다. 해서 이제 이 일을 나의 후예들에게 맡기려 한다. 겁황경을 익힌 자는 나의 후계자라는 자부심을 잊지 말고 반드시 나머지 네 경쟁자들의 후인들을 이기기 위해 절치부심하길 바란다.]

이 말을 끝으로 밑에서부터는 무공이 수록되어 있었다.

겁황무형사공(劫荒無形邪功).

그의 모든 무공의 근본이 되는 사공의 최고봉이었다. 이 사공은 형체가 없어 상대방이 잘 알아차리기 힘들다는 것이 그 특징이다. 혈영천마와 싸운 노인이 쓴 손가락 무공이 그 한 예였다.

겁황인(劫荒刃).

이것은 겁황무형사공을 이용하는 무공들 중에서 가장 강한 것이라 명시해 놓은 것에서 그 자부심을 느낄 수 있었다. 노인이 손가락으로 무형기를 뿜어내던 무공으로 손가락을 하나에서부터 다섯 개까지 사용할 수 있고 손가락이 더해짐에 따라 그 위력도 늘어나는 무공이었다. 다섯 개 이후로 여섯 개부터 열 개까지 사용하는 부분은 비어져 있어 아무래도 그 절기를 실전한 듯했다.

겁황사법(劫荒邪法).

겁황대제의 진실된 무공은 여기서 나왔다. 이것은 여타 사공과는 다른 정통의 사술이었다. 허공에 진을 그려 주문으로 그 힘을 쓰는 것이 대부분인 신비한 사법인 것이다. 안타까운 것은 혈영천마 자신의 무공 중 황(荒)을 능가하는 위력의 사법은 없다는 것이었다.

"하지만 특이하고 멋지군."

그는 노인이 싸우는 모습을 생각해 보았다. 확실히 노인이었지만 겁황사법을 쓸 때는 멋있어 보였다. 그의 사법이 도가에서 귀신을 잡을 때 쓴다는 주술과 거의 흡사했기에 마치 무인이 아니라 도술사 같아 보일 정도였다.

"위력은 세지만 나와는 그다지 맞지 않은 것 같구나."

자신이 겁황사법을 쓴다고 생각하니 아무래도 어울리지 않았다.

'내가 부적을 쓰고 허공에 진을 그리며 사법을 쓴다? 큭!'

고개를 살짝 저은 그는 두 권의 책을 품에 갈무리한 후 뒤처리를 위해 밖으로 나갔다. 자신의 목적을 일단 이룬 것이나 마찬가지였기 때문에 이제 겁황천에 있는 사람들에게 어떻게 해야 할지를 정해야 했기 때문이다.

◆제4장 ◆ 또다시 일상으로

[모월 모일. 맑음.

겁황천의 인물들은 나를 천주로 모실 의향은 있는 것 같았다. 하지만 난 그들과는 인연이 없다고 생각했기에 후인을 기다리며 힘을 기르라고 하고는 떠나 버렸다. 매우 무책임한 말일 수도 있지만 어차피 난 겁황천을 차지하기 위해서 온 것은 아니었기에 상관없다고 생각했다. 아마 그들도 나중에 알아서 그들의 천주를 새로 뽑아 전열을 재정비하든지 할 것이고 중원 침략에 대한 것은 내가 돗을 박아놨기 때문에 걱정할 것은 없었다.

손바닥의 표시를 지울 방법이 없냐고 물어보았는데 겁황무형사공을 극성으로 익히면 자유자재로 표시를 나타냈다가 없앨 수도 있다고 한다. 결국 마음에 안 드는 이 표식을 없애기 위해선 어쩔 수 없이 익힐 수밖에 없을 것 같다.

겁황천에 사십사겁황대(四十四劫荒隊)라는 겁황천 내 최고의 조직이 있는데 그곳의 제십대주(第十隊主) 딸이 날 무작정 따라오는 황당한 일이 있었다. 유아빈(柳蛾份)이란 아름다운 이름의 그녀는 붉은 머리에 붉은 눈을 가진 대단한 미인이었는데, 무엇보다 성격이 매우 솔직하고 쾌활해 꽤나 애먹일 아이다. 날 따라온 이유가 내가 겁황천주와 싸우는 광경을 보고 멋있어서라 하니 뭐라 할 말을 잃을 정도이다.

하지만 그녀는 내가 늙은이라는 것을 모르는 모양이었다. 그래서 내가 사실을 말하니 그녀는 꽤 충격을 받고 고민에 빠졌다. 그러나 그녀의 고민은 우습게도 몇 초 걸리지 않았다. 나의 행동과 말투 하나하나가 젊은이의 그것이란다. 물론 외모야 두말할 나위도 없고. 또 그녀가 워낙 막무가내라 쫓아내기도 힘드니 정말 난감할 뿐이다. 정말 대단한 여자다란 말 외엔 할 말이 없다.

사심에 당한 이후 난 많은 것을 깨달았다. 진짜 깨달음이란 생각과 글만으로는 부족한 것이며 진정한 깨달음은 실천이 따라야 하는 것이다. 나 자신을 바꾸는 것에는 가슴으로 느끼는 깨달음이나 사색이 중요한 것이 아니라 변화하는 모습을 스스로에게 보여주어야 한다.

얼마나 힘든 일이겠는가. 그러나 나는 할 수 있다. 나 자신에게 더 이상 부끄럽기가 싫다. 이번 일을 통해 난 깨달았고, 또 진짜 깨달았다.]

[모월 모일. 맑음.

사심(邪心). 지금도 그 생각을 하면 정말 내 자신이 한심스럽단 결론만 나올 뿐이다. 얼마나 나약한 나인가? 나이가 이 정도인데도 아직까지 과거에 연연하고 있는 나 자신이란…… 아직도 초월하지 못했다는 회의감도 들었다.

그때 나타난 모용황룡과 나의 친구. 둘은 정말 자신들의 영혼이었는가, 아니면 사심에서 벗어나려 했던 내 의지의 형태였는가? 생각해 보아도 도저히 모르겠지만 그 둘에게 감사한다. 그래서 난 조그맣게 중얼거린다. 고맙소…….

난 무한역도구에 대해 생각도 해보았다. 무한역도구……. 내 최후의 힘이다. 사심에 빠져 나도 모르는 사이에 깨달은 힘. 너무나 강력했기에 그 위력을 확인하고 싶어 나의 경지에 이른 자들과 한 번 더 싸우고 싶다는 생각이 들 정도였다.

그러나 문제는 그때처럼 무한역도구를 나의 의지대로 사용할 수 없다는 것이다. 아직 나의 경지가 그에 이르지 못한 듯해 아쉽기 그지없다. 좀 더 수련이 필요한 것일까?

아직은 다 알 수 없는 이 힘을 더 알고 싶다는 욕구가 자꾸만 떠오른다. 새로운 세계를 발견한다는 것이 이렇게나 흥분되는 일일 줄은 몰랐다. 무인의 본능을 아직도 버리지 못한 걸 보면 난 아직 무림인이다. 갑자기 씁쓸한 미소가 지어졌다. 무림인이란 나를 얼마나 증오했으며 그러한 감정 또한 얼마나 증오했던가? 그러나 떠날 수 없단 말인가……?]

[모월 모일. 맑음.

겁황천주에게서 받은 양피지 책을 연구할 필요가 있기 때문에 천축어를 공부해야겠다는 결심을 했다. 안타까운 것은 노인에게 이 경지에 이르는 방법을 물어 미리 알아놓지 못했다는 것이다.

서점에 가 천축어를 배우는 책을 끈질기게 뒤진 끝에서야 겨우 구입할 수 있었다. 주인이 글을 아는 자라 희귀한 책인 줄 알았기에 값을 꽤 비싸게 치렀다. 조금 봤는데 상당히 어렵다. 원래 천축어가 어렵다는 것은 익히 들어 알고 있었지만 이 정도일 줄은 몰랐다. 앞으로 어떻게 배워가나 하는 막막한 심정마저 들 정도다.]

[모월 모일. 맑음.

세월의 풍상은 느끼지 못할 뿐 생각보다 빠른 것이다. 사라성 근처의 시진에서 샀던 방울이 어느새 녹이 슬어가고 있었다. 세월의 풍상이 빠른 것인지 방울이 좋지 않은 것인지 의심 간다면서 아빈이 종알거렸다. 하긴 방울을 너무 싸게 샀기에 의심이 가긴 하지만 이미 늦었다.

해서 언젠지는 모르지만 예전에 백금을 입힌 적이 있는 그 대장간으로 갔다. 아직까지 하나 있는 그 방울이 멀쩡하게 청아한 소리를 내는 것을 보면 확실히 실력 하나는 믿을 만한 것 같았기 때문이다.

그곳에 간 나는 그때의 그 장인이 아직도 살아 있는 것에 놀랄 수밖에 없었다. 순간 아직 세월이 많이 흐르지 않은 것인가 하는 착각이 들 정도였다. 우연히도 그 역시 나를 기억하고 있었는데 그 오랜 세월 동안 내가 오히려 젊어졌다며 놀라워하는 표정이었다. 무림인들이 꿈에도 그리던 반로환동의 경지에 이르렀냐면서 상당히 놀란 것이다. 하지만 나 역시 마찬가지다. 보통 사람이 그렇게 오래 살 수가 있을까? 하긴 이 사람은 무공을 익힌 흔적은 보이지만 절대 이렇게 오래 살 수 있을 정도의 내공이 아닌 것을 보면 천수가 긴 것일지도 모른다.

우리 둘은 그날 거나하게 술을 마셨다. 그 장인은 나이에도 불구하고 상당히 원기왕성했지만 내가 이렇게 젊은 것을 상당히 부러워했다. 젊을 때

해보고 싶은 것 다 해보고 늙어야 했는데라면서 흔히 늙은이들이 하듯 연거푸 반복하여 말하며 술을 마구 입속에다 들이붓는 것이었다. 나이를 생각지 않는 엄청난 주량에 쓴웃음만 나올 뿐이었다.

그의 과거를 들었는데 그 역시 한때의 혈기를 참지 못해 무림에 나가 활동하다 금방 무림의 세태어 싫증을 느껴 은퇴해 가업을 이어받았다고 한다.

장수의 이유가 있는지 물으니 그는 무림에서 활동하던 중 어떤 영물의 내단을 먹은 적이 있는데 그것 때문에 이렇게 장수하는 것 같다고 했다. 금색 털을 가진 원숭이의 내단이라고 했는데 그 원숭이는 금모천원(金毛天猿)이라는 전설상의 원숭이로 그놈의 내단을 만들려면 최소 천 년을 살아야 하며 세월이 지나면 내단의 색이 변한다고 알고 있다. 최고(最古)가 죽을 때 남기는 금색 내단인데 노인은 그것을 먹었으니 최고의 내단을 먹은 것이었다.

아쉽게도 그 노인에겐 뛰어난 내공심법이 없었고 무림을 떠난 뒤로 무공에서 손을 뗐기 때문에 내단이 완전히 녹지 않아 내단의 모든 효능을 누리지 못하고 있었다.

난 그에게 그 내단을 녹여주겠다고 말했다. 그러면 그 금색의 내단이 엄청난 내공을 만들 것이고 아마 그 내단의 효과가 좋다면 순식간에 젊어질 것이라고 했다. 그는 기뻐하며 흔쾌히 동의했지만 그러면 자신은 뭘 해줄 수 있겠느냐며 갑자기 침중한 표정을 지었다.

그 말에 난 곧바로 나의 친구가 되어달라고 대답했다. 그는 또다시 기뻐하며 그건 오히려 자신이 쿠탁하고 싶은 일이라며 다시 활력을 되찾았다.

그날 난 그의 잠재된 기운을 모두 녹여 내단으로 만들었다. 역시 내단의 효과가 좋은지 그는 늙은이에서 삼십대의 몰라볼 정도의 젊은 모습으로 변했다. 이제 속은 늙었지만 겉은 젊은 사람이 둘이 생긴 것이다. 왠지 모를 안도감에 피식 웃음도 났다. 동류가 있어서 외롭지 않다는 것인가?

그는 나와 함께 술을 마시며 내게 이런 말을 했다, 옛날 내가 처음 왔을 때를 기억하는데 그때의 나는 죽은 사람의 얼굴이었지만 지금은 살아 있는 자의 얼굴이라고.

살아 있다라……. 그런 것 같다. 나 스스로도 그걸 느낀다. 깨달음 이후로 난 새롭게 태어났던 것이다. 그날 난 몇백 년 만에 처음으로 대취했다. 나 스스로의 힘으로 사귄 첫 친구를 기념하기 위해서.]

[모월 모일. 맑음.

봄이라 그런지 계속 따뜻한 날들의 연속이다. 그래서인지 아빈은 낮잠 자는 버릇이 생겨 버렸다. 이 날씨에 무리도 아니다. 나조차도 사막을 보다가 잠이 든 게 한두 번이 아니었던 것이다. 요즘은 말 그대로 잠으로 하루를 보낸다 해도 과언이 아닐 정도다.

요즘 새로운 시대를 맞아 서역으로의 무역이 한창이라 상인단들의 움직임이 매우 활발하다. 한나라 때 개척된 비단길을 이용한 서역으로의 무역이 당나라를 세계적인 나라로 한창 키워가고 있다는 사실은 이제 시진 아무 데서나 누구를 잡고 물어봐도 알 수 있는 사실이라 한다.

서역. 신비한 나라라고 한다. 다녀온 사람들의 말에 의하면 중원인들과는 많이 다른 생김새, 독특한 문화, 이곳에서는 쓰이지 않는 처음 보는 물건 등으로 신비롭기 그지없다고 한다. 하지만 그곳에서도 이곳은 우리가 느끼는 것과 마찬가지인 신비한 곳이겠지.

상인단의 움직임이 활발하다는 사실에 원래 할 말이 따로 있었는데 잠시 서역 이야기로 새어버렸다. 상인단의 왕래가 활발하여 사람들의 왕래가 예전보다 훨씬 많아져 그렇지 않아도 번잡한 옥문관이 더욱 번잡해졌다.

그로 인해 자연적으로 마적단의 횡포 또한 극심해졌고 이것이 또 옥문관을 더욱 번잡하게 한다. 마적단들의 피해를 줄이기 위해 황실에서는 상인단에게 병사를 붙여주었기 때문이다. 병사들의 행렬과 수많은 낙타를 이끄는 상인단의 행렬로 인해 너무 복잡하다.

그러나 병사들이 있어도 되지 않는 마적단이 있다 한다. 천궁단(天弓團). 이들은 여타 마적단들과는 달랐다. 인원수가 그렇게 많지는 않지만 그들 하나하나가 상당한 실력자들로 이루어져 있으며 시시한 마적과는 달리 잘 훈련되어 있어 그 움직임이 조직적이기까지 해 황궁의 병사들에게는 상대하기가 매우 껄끄러운 자들이라 한다.

그들 개개인이 쏜 활은 놀랍게도 병사들의 갑옷을 쉬이 뚫는다고 하니 마적단치고는 엄청난 무공을 지닌 셈이다. 어느새부터인지 이제는 아예 그들에게 일정한 물품과 돈을 바치고 지나간다고 하니 황궁으로선 기가 찰 노릇일 것이다.

활, 천궁……. 이것을 생각하니 대부분의 사람들에겐 거의 잊혀진 이야기지만 옛날 사람이라고 할 수 있는 나에겐 아직도 기억에 남아 있는 이야기가 있다. 그것도 이곳과 관련해서.

돌연 아빈이 자자고 보챈다. 불을 켜놓으니 잠을 설치는 모양이다. 활과 천궁의 이야기는 내일 써야겠다.

[모월 모일. 맑음.

사막에서 대규모적인 사람들의 이동이 있으니 숨을 쉬기 곤란할 정도로 모래 바람이 많이 일어난다. 아빈이 하루 종일 투덜거렸지만 그런 모습이 오히려 나에겐 귀여울 뿐이다. 나에게 방도를 찾으라고 보챘지만 나로서도 어쩔 수 없는 일이다. 하루 종일 강기로 집 주위를 막고 있을 수도 없는 노릇이니까. 아빈과는 같이 지낸 지가 겨우 일주일 조금 넘었지만 상당히 편한 느낌이다. 왜 일까?

어제 생각하다 만 이야기를 써야겠다. 전국 시대, 그러니까 아마 후대에도 영원히 남을 위대한 무인 천뢰상인이 한창 그 이름을 떨치고 있을 그때이다.

이곳 옥문관 넘어 황량한 사막에 잊혀진 무인이 있었다. 그는 내가 한창 활동할 그 당시만 해도 이름있는 무인으로 전해져 오고 있었지만 아마 지금은 잊혀졌을 것이다. 천궁자(天弓子)라는 별호를 가졌던 그는 대단한 무공의 소유자라고 알려져 있다. 그는 그 당시 유일하게 천뢰상인과 일주일을 겨룬 끝에 패배했다는, 어찌 보면 운이 나빠서 졌다고도 할 수 있는 대단한 무인이었다. 그의 활을 이용한 천궁천멸(天弓穿滅)이란 무공은 천뢰 신공에 버금가는 무공으로 세인들에게 많이 알려져 있다.

천뢰상인에게 패배한 후 영원히 무림을 나오지 않았다고 하지만 천궁천멸이란 말은 어린이들에게 천뢰오장과 함께 대단한 유행어였다. 피식 웃음이 난다. 하지만 패자는 결국 시간이 흐르면 잊혀지기 마련이다. 그는 아마 지금쯤 세인들에게 잊혀져 나이 많은 노인들이 아닌 이상 알지 못할 이름이 되어 있을 것이다.

그리고 보니 천뢰의 힘을 이은 천풍공자 뇌운성이란 자가 있었군. 천뢰의 힘을 제대로 이어받았을까? 그때 무림대회 때 그는 자신의 실력을 몇 푼 숨겼음에도 청풍룡 임사우를 이겼으니 확실히 대단한 능력을 지녔음에 틀림없다.

아까 아빈이 금을 탔는데 아름다운 선녀가 금을 타는 것 같은 모습과 뛰어난 음의 선율에 눈을 떼기 힘들 정도였다.

하지만 마지막 말만 없었으면 끝까지 칭송해 줬을 것을……. 금을 다 타고는 대뜸 나보고 '오빠, 나한테 반했죠? 나 예쁘죠?' 이런다. 정말 못 말릴 아이다. 지금은 침대에서 뒹굴거리면서 흥얼거리는데 요즘 낮잠을 많이 자서 그런지 슬슬 부작용이 나타나기 시작하나 보다. 밤잠을 제대로 못 자는 것은 아닌지…….]

[모월 모일. 맑음.

오늘은 아빈과 새로 사귄 친구 집에 갔다. 그의 둘째 손자와 여러 대장장이들과 함께 정신없이 풀무질을 하고 있었는데 물어보니 요즘 사라성에서 무기를 많이 사들여 한창 바쁜 때라고 한다.

그의 이름은 궁여만. 나이는 이백이 넘었는데 아들은 죽고 아들이 낳은 두 손자 중 둘째와 함께 살고 있었다. 첫째는 혈기왕성한 나이어 무림으로 나가 어느 정도 명성을 떨쳐 사라성에서 꽤 높은 지위를 차지하고 있다고 한다. 둘째 손자는 지금 가업을 이어받아 자신의 대장간을 운영하고 있는 중이었다.

첫째는 본 적이 없지만 둘째는 그을린 얼굴, 강인한 눈빛과 입매가 그와 너무나 닮은 아이였다. 내가 나이가 많다는 것을 그에게 들어 알고 있어 날 보면 정중히 인사를 하는데 나이 든 사람이 젊은 사람에게 고개를 숙이는 모습이라 영 어색하기 짝이 없다.

아빈을 소개시켜 주었더니 친구는 늦은 나이에 추태라며 놀려대지만 그런 종류의 말주변이 없던 난 그저 쓴웃음만 지을 뿐이었다.

그는 사라성에서의 주문뿐만 아니라 이름을 알 수 없는 곳에서도 대량으로 주문해 장사가 잘되는 것은 좋지만 자신까지 일을 해야 한다며 투덜대면서도 그의 눈빛은 아직도 혈기로 살아 있었다. 몇 년 내로 큰 전쟁이 일어날 것이니 그때를 대비하여 무기를 꾸준히 만들어놓아야 한다며 손자에게 일일이 간섭하는 것을 보면 그는 아직은 대장간 일에서 손을 놓을 때가 아닌 것 같았다.

며칠 후에 첫째가 휴가를 내어 집에 온다고 하니 인사나 하란다. 손자 자랑 하는 사람은 팔푼이라더니 쉴 새 없이 자신의 손자 자랑 하는 양이 그가 딱 그것이다. 천수환도(千手還刀) 궁상(穹尙)이 첫째 손자의 별호이자 이름이다. 그는 사라성의 오 개 대(隊)에서 비도대(飛刀隊)의 대주라고 한다. 듣기론 사라성의 체계가 일전(一展) 삼비(三秘) 오대(五隊) 육축(六軸), 이렇게 되어 있는 것이라 하므로 상당히 높은 지위가 맞는 모양이다.

그렇게 간단히 인사를 마치고 점심 식사를 한 후 다음을 기약하며 우리는 다시 옥문관으로 돌아왔다.

저녁의 사막, 달빛과 별빛, 살짝 닿는 바람……. 너무나 좋다. 딸랑……. 방울 소리에 아빈도 기분이 좋은지 소리 내어 웃는다. 나는 집 앞에 있는 세 개의 봉분을 보았다. 친구……. 난 그의 이름을 모르며 그도 나의 이름을 모른다. 난 그가 유유객이란 것만을 알고 그도 내가 혈영천마라는 것만 안다. 그렇지만 우린 친구였다. 내 평생 다시는 없을 진한 우정을 나눈 친구다.

방홍강……. 어린 나이에 운명이니 뭐니 어려운 말을 쉴 새 없이 늘어놓고 피를 토해도 아픈 기색 하나 없던 아이. 그리고 내가 정을 너무나 줘버린 아이. 어쩌면 나의 핏줄일지도 모를 아이. 그러나 설혹 그렇다 하더라도 난 후회하지 않을 것이며 또 그럴 필요가 없다고 생각한다. 난 예전의 내가 아니라 새롭게 태어난 것이나 마찬가지이기 때문이다.

모용황룡. 위대한 천검문의 문주로 무림의 평화를 언제나 생각했던, 그러나 나에겐 그가 걱정쟁이로만 보였을 뿐이지만 그 생각과 인품과 능력 모두 무림의 영웅이라 불릴 만한 자로서 내가 그보다 나이가 어리고 무공도 약했다면 그를 무척이나 존경했으리라.

셋 모두 나에게 결코 적지 않은 영향을 미친 나의 친구들이다.

아빈이 어느새 잠들었는지 한참 적고 있는 나의 어깨에 기대어 잔다. 이제 내가 잠이 잘 오지 않는다. 낮잠을 너무 잔 까닭이다.]

[모월 모일. 맑음.

낮에 아빈과 함께 시진으로 갔다가 옥문관이 발칵 뒤집혀 상당히 소란스러웠던 까닭에 그 연유를 물으니 성주의 딸이 마적단들에게 납치되었다고 한다.

이로 인해 병사들은 성주의 지시에 의해 출전 준비로 분주했으며 방을 붙여 성주의 딸을 구해주는 자에게는 거금으로 보상하겠다고 알렸다.

객점에서 밥을 먹다가 귀동냥으로 들은 이야기인데 납치되었다는 성주의 딸은 대단한 미인으로 중원 본토에까지 그 이름이 알려져 있을 정도이며 이곳 옥문관에서는 선녀로까지 통한다고 한다. 황태자비 후보로까지 내정되어 있는 여인이었기에 황실에서도 이 일을 주목할 것이라고 한다.

성주의 딸이자 그런 미인을 납치했다는 것은 마적단의 단주가 황궁을 상대로 대적할 자신이 있다는 것이거나 아니면 욕정에 미쳐 우발적으로 일으켰다는 것 중에 하나이지 않을까 한다. 돈을 원하든지 아니면 그녀 자체를 원하는 것인지는 그쪽 마음이겠지.

내가 이 이야기를 쓴 까닭은 아빈이 나에게 하고 있는 돈 독촉 때문이다. 요즘 돈이 다 떨어져 가는 것에 아빈이 민감해진 것 같다. 하긴 몇백 년을 먹고 놀면서 산 내가 그동안 모은 돈이 안 떨어지고 아직도 남아 있다면 양상군자가 아닐 수 없다.

아무튼 그런 까닭에 아빈이 돈을 벌기 위해서 성주의 딸을 구하자고 한다. 별로 간섭하고 싶지는 않지만 정말 돈이 없는 까닭에 심각하게 고려해 볼 사항이긴 하다. 좀 더 정보를 얻어야겠다.]

[모월 모일. 맑음.

성주 쪽에서의 입장으로 본다면 문제가 만만치 않을 것이다. 그들이 상대해야 하는 마적단이 그냥 마적단도 아닌 천궁단이라고 한다. 그들은 여타 마적단과는 달리 매우 조직적이고 훈련이 되어 있어 마치 하나의 강력한 무림 단체나 다름없는 집단이었다.

더구나 그들이 요구하는 돈은 정말 말도 안 되는 액수로 자그마치 황금 삼만 냥이라고 한다. 정확한 시세는 모르겠지만 내가 은거할 당시 가지고 있던 돈이 황금 이천 냥으로 지금껏 거의 옷 외에는 먹는 것만 사는 데 써서 몇백 년을 견딜 수 있었는데 황금 삼만 냥이라면 계산조차 제대로 되지 않는 어마어마한 액수인 것이다. 물론 강호인들이 활동을 위해서 쓰는 돈과 나처럼 생활을 위해서 쓰는 돈을 비교하는 것이 잘 맞지는 않지만 절대적인 액수로 볼 때면 분명 큰돈임이 분명했다.

아무튼 그런 까닭에 보상금이 많이 올라 황금 오천 냥을 내걸었다. 이 정도의 돈이라면 웬만한 무림인이라면 끌릴 수밖에 없는 액수이다. 전국으로 방을 낸 까닭에 무림인들이 상당수 모일 것이고 그렇게 되면 귀찮은 일들이 많이 발생해 나에게는 꽤나 귀찮은 일이 될 것이다. 난 조용한 것을 원한다.

난 그냥 간섭하지 않고 두고 보기로 했다. 어차피 그 정도의 액수가 걸렸다면 이름있는 무림명파어 연락도 했을 것이고 시일 내에 구해질 것이 분명했다. 아빈이 날 때리면서 보챘지만 난 꿈쩍도 하지 않을 것이다. 애교스런 목소리로 유혹까지 하는 그녀지만 늙은이한테 그래 봤자다.

피식. 그러고 보니 난 늙은이라는 것을 한동안 잊고 살았다. 아마 아빈이라는 젊은 사람이 내는 밝은 기운에 나마저 동화된 것은 아닌지.

갑자기 십만대산 낙정곡이 생각난다. 왜 그 생각이 났는지는 모르겠지만 나중에 세상 구경도 시켜줄 겸 아빈과 함께 가봐야 할 것 같다.

난 얼마나 살았는가? 생각해 보면 너무 오래 살고 있는 것 같다. 죽어도 한참 전에 죽었어야 할 이 몸은 하늘이 주신 끝없는 생명력으로 이어가고 있기에 분명 하늘은 날 뭔가에 쓰기 위해 남겨둔 것이라고 생각하고 있다. 수많은 죽음, 수많은 눈물, 수많은 피, 수많은 고뇌를 맛본 나를 이렇게 남겨둔 것이다.

난 이들에게서 모두 초월했는가? 자신할 수 없다. 어쩌면 난 피를 보고 스스로의 자책감에 이제 눈물을 흘릴지도 모르고 미쳐 버릴지도 모른다. 그러나 단 한 가지, 내가 할 일은 이겨내야 하는 것이다.

갑자기 이런 생각을 하니 옛날의 기억이 하나하나 떠오른다. 그러나 지금 마음 상태야 이런 생각을 해도 그저 담담할 뿐이다. 무디어졌거나 정말 그들에게서 초월했거나…….

난 예전에 정말 살인을 많이 했다. 그냥 마음 상태에 따라서였다. 그날 좋지 않은 생각에 기분이 나빠지면 보이는 무림인은 그냥 죽여 버리는 것이 나의 일상이었다. 그 당시 난 상당히 불안정했으며 너무 젊었기에 아무것도 모르는 상태였다.

아마 한 달인가? 그렇게 오랜 기간을 우울한 기분 상태로 보냈다. 그때 무림은 나로 인해 피바다로 변했다. 그리고 정말 거짓말 하나 보태지 않고 내 손엔 항상 피가 묻어 있었다.

아빈이 갑자기 이상한 몸짓을 하면서 흥얼거린다. 내가 어리둥절해 쳐다보니 뭐가 웃긴지 까르르 웃는다. 그 덕분에 약간 침체된 기분이 원래대로 돌아왔다. 정말 볼 때마다 기분 좋고 편한 아이다. 고맙다, 아빈.]

[모월 모일. 맑음.

무림의 소문은 예나 지금이나 무섭다. 방을 붙이러 사람들을 보낸 지 이틀이 되지 않아 벌써부터 무림인들이 모이고 있는 것이다.

객점에서 사람들이 말하는 것을 들었는데 지금 오는 무림인들은 두 부류라 한다. 하나는 천궁단의 실력을 알지만 자신이 있어서 오는 부류, 그리고 나머지 한 부류는 천궁단의 실력을 깔보고 오는 무지한 부류.

맞는 말인 것 같다. 천궁단의 실력을 잘 모르는 나로서도 제법 많은 무림인들이 천궁단을 깔본 채 돈만 보고 몰려든 것 같았다. 어떻게 될지…….

성주는 시일 내에 파견대를 조직할 것이라 한다. 우선 몇 가지 심사를 거쳐 믿을 만한 사람을 뽑은 뒤 소수 정예 형식으로 보낸다고 하는데 꽤나 현명한 판단이다. 좋지 못한 실력을 가진 채 가봤자 허무한 죽음만을 맞이할 뿐이니 차라리 강한 고수들만 보내는 것이 피해를 줄이는 방법이다.

아빈이 여전히 돈 벌러 가자고 보챘지만 애써 무시했다. 강한 고수들도 제법 올 것이고 특별한 변수가 없는 한 그들이 잘 해결할 것이다.]

[모월 모일. 맑음.

귀찮게도 오후에 웬 사내 한 명이 집을 방문했다. 정확히 말하면 방문은 아니고 우연히 들른 것이지만. 누가 봐도 무림인임을 짐작케 하는 차림의 사내였는데 돈이 없는 가난한 사람이라면서 하루만 재워달란다.

머리에 걸린 커다란 죽립, 허리에 찬 특이한 흑도, 몸에서 물씬 풍기는 음울한 분위기. 제법 지저분한 몰골이었지만 자세히 보니 나이는 서른이 조금 안 된 것 같아 보였다.

하지만 그는 자신의 말처럼 온몸에서 정말 가난하다는 것을 드러내고 있었다. 상당히 굶은 듯했고 옷은 다 헤어져 거지에 버금갔다. 그는 신발조차도 신지 않고 있었다.

얼마나 가난하게 보였으면 내가 그를 처음 봤을 때 그에 대한 인상마저 한마디로 가난이란 단어가 떠올랐을까. 웃길지도 모르지만 그랬다.

하지만 무림인으로서 보는 그의 실력은 상당했다. 충분히 천궁단으로 성주의 딸을 구하러 갈 만한 실력은 되었다. 무림에서도 꽤나 알아주는 이름일 것 같았는데…… 가난한 것을 보니 어디에 쉽게 적을 두지 못하는 성격인 것 같다. 고고하면서도 또한 고독한 성격이겠지.

옛날의 나 같다는 생각이 문득 들어 기분이 묘했다. 그와 우선 외양적으로 다른 것을 굳이 치자면 난 죽립을 쓰지 않았었고 저렇게 가난하지도 않았다. 하지만 도를 차고 있는 것과 신발을 신고 있지 않은 것은 똑같다.

저녁을 먹고 나서 한 시진가량을 하늘의 별만 바라보더니 지루했는지 묻지도 않은 말을 꺼냈다. 자신이 무척 사랑하는 한 여인이 있는데 몸이 좋지 않다고 한다. 죽을 병 같은 것은 아니지만 항상 고생하고 있는 것이 안타까워서 고쳐 주고 싶다고 한다. 그러려면 상당한 돈이 필요하기 때문에 자신은 돈이 필요없지만 그녀를 위해 이렇게 돈을 벌러 왔단다.

자신은 무림에서 고독빈랑(孤獨貧狼)이라 불리면서 조금 이름을 날리고 있으며 무림에서 활동한 지는 팔 년이 다 되어간다고 한다. 고독빈랑……. 내심 조금 웃었다. 정말 어울리는 별호이다. 고독하고 가난한 늑대…….

자신은 또한 독한 놈이라고 스스로 말한다. 하지만 자신이 독했기에 지금까지 살아왔으며, 독하기에 사부의 반대가 있음에도 자신 같은 놈을 생각해 주는 그녀를 포기할 수 없다고 했다. 설혹 이러다 죽어도 여한이 없다는 말까지 하였으니 그가 얼마나 그녀를 지독히도 사랑하는지 충분히 알 만하다.

그 말에 아빈은 멋지다면서 쉴 새 없이 칭찬을 해대었다. 그러면서 안 그러는 남자도 있으니 세상은 정말로 불공평하다고 투덜대면서 날 흘깃 보던 그 표정이 아직도 생생하다.

독한 놈이라……. 쿡, 독한 것까지 날 닮았군. 저 사내처럼 옛날의 나는 독한 녀석이었다. 그런 나였기에 뒤늦게 혼자서 시작한 무공을 여기까지 올려놓은 것이겠지.

보아하니 저 청년은 오늘 자지 않을 심사인 것 같다. 위험한 길임을 알기 때문에 마지막일지도 모르는 밤을 지켜보기 위함이겠지……. 이미 잠든

아빈을 보면서 슬쩍 미소 짓는다.]

[모월 모일. 맑음.

　그는 오늘 파견단에 뽑혀 정확히 정오에 끝도 보이지 않는 사막을 향해 떠났다. 천궁단의 세력권이 있는 곳으로 안내할 안내원까지 총 서른한 명이 갔다. 그들은 하나같이 무림에서 제법 알려진 사람들이기에 성주가 매우 기대하고 있다 한다. 이제 결과만 기다리면 되는 것이다.

　오늘 친구가 자신의 큰손자가 도착할 것이라며 사람을 보냈다. 손자가 오기 전에 어서 오라고 난리다. 무림에, 그것도 당대 천하제일이라는 단체에 몸담고 있는 사람과 안면을 트는 것이 솔직히 탐탁지 않지만 그래도 친구의 손자이기에 가보았다.

　꽤나 성대한 차림으로 손자를 맞을 준비를 하고 있었다. 오랜만에 보는 손자라서 그런지 친구는 상당히 들뜬 표정이었다. 오늘은 특별한 날이므로 일을 하지 않는다고 희희낙락이다. 아직까지 어린애 같은 그를 보니 웃음이 났다.

　성대한 음식에 아빈은 정신을 못 차리며 즐거워했다. 주방에서 이것저것 집어 먹느라고 이리저리 날뛰었다는 표현이 정확하리라. 내가 온 지 두 시진 정도 지나자 큰손자가 도착했다. 오십여 명의 인부들과 그의 아내, 그리고 입 밖에도 내긴 뭐했지만 그의 증손자, 증손녀도 왔다. 증손자, 증손녀란 어감이 그동안 폐쇄적으로 지낸 사람과의 관계가 익숙하지 못한 내게는 너무나 어색할 뿐이다.

　첫째나 둘째나 둘 다 자신의 할아버지에게 상당한 효손인 것 같다. 보자마자 큰절을 하고는 회춘했다는 소문은 들었는데 이 정도일 줄은 몰랐다면서 가가대소하면서 기뻐했다.

인사가 모두 끝나고 나서 그를 따로 나에게 데리고 와서는 자신의 친구라고 날 소개시켜 주었다. 그는 상당히 경악했지만 자신의 아버지도 회춘했는데 다른 사람도 회춘하지 말라는 법 없지 않냐는 친구의 핀잔에 다소 수긍하는 눈치였다. 하지만 내가 나이 든 노인네라는 사실은 믿지 않는 듯했다. 쓴웃음만 나올 뿐이다. 이런 문제가 내게는 상당히 난감하다.

성대한 식사를 가진 후 어린 사람은 어린 사람끼리 담소를 나누었다. 아빈으로 인해 나도 거기에 있게 되었다. 쓸쓸했지만 일단 겉은 어렸기에, 그리고 궁상 외에는 아무에게도 말을 하지 않았기에 이십대로 행세하는 것이 낫겠다 생각했다.

궁상의 아들, 그러니까 친구의 증손자, 증손녀들은 나이가 열여덟 살, 열일곱 살이었다. 아빈의 나이가 열아홉이니까 그들에게는 누나, 언니가 되는 셈이다.

증손자의 이름은 궁대현, 증손녀의 이름은 궁소현이다. 대현은 아버지를 닮아서 그런지 곱상한 외모와는 달리 상당히 호탕한 성격이었다. 소현 역시 만만찮아서 귀여운 외모와 달리 성격이 상당히 걸걸했다. 아빈이랑 비슷한 점도 없잖아 있어서 둘은 금세 친해졌고 이내 날 못살게 굴었다. 말재주가 없는 나로서는 역시 속수무책이었다. 같은 남자인 대현도 말재주에는 신통한 능력이 없어서인지 날 도와주지 않았다. 아니, 오히려 간간이 둘의 말에 동조하기까지 하는 것이었다.

오늘은 친구의 집에서 자는 것이다. 아빈은 벌써 자고 있다. 우리가 같은 방을 쓰는 것에 대하여 대현과 소현은 처음에는 꽤나 놀랐지만 결혼한 사이인 것으로 지레짐작하고는 곧 수긍해 버린 것 같았다.

하지만 약간의 아쉬움이 남는 대현의 눈빛, 나에게 쓸쓸함으로 다가오는 것이 아니라 약간의 유쾌함으로 다가왔다. 귀엽다고나 할까? 풋풋함이 느껴지기 때문이리라.

확실히 아빈의 붉은 머리와 붉은 눈은 눈에 띈다. 불의 요정이라 할 수 있을 정도로 아름답다.

그녀의 어머니는 붉은 머리의 서역인으로 아빈은 그녀의 어머니를 그대로 닮았다고 한다. 성격까지 똑같았다니 아빈의 아버지가 두 여자 사이에서 얼마나 고생했을지는 보지 않아도 눈에 훤하다. 피식. 요즘 들어 내가 진짜 어려지는 느낌이 드는 것은 나만의 주책일까? 간간이 젊을 때에만 할 수 있는 그런 재미있는 생각들이 떠오르곤 한다. 확실히 아빈이 내게 많은 영향을 끼치고 있는 것은 사실이다.]

[모월 모일. 맑음.

여전히 상인단과 병사들의 왕래는 빈번했다. 그 탓에 정말 나의 집에 피해가 이만저만이 아니다. 사람들이랑 조금 외진 곳에다 집을 지어놨기 때문에, 그 말은 즉 사막에 더 가깝게 지어놨기 때문에 피해가 유독 심했다는 말이다.

아빈은 오늘 하루 종일 모래 바람 때문에 이불 속에서 지냈다. 뭔가 대책을 강구해야 하는데 상인단의 왕래가 줄어드는 일 외에는 도저히 생각이 나질 않는다. 굳이 있다면 이사를 가는 것인데 당연히 그러고 싶은 마음은 없다.

아직도 간간이 천축어 공부를 하고 있는데 정말 어렵다는 것을 새삼 느낀다. 도저히 진전이 나가고 있질 않기에 나의 경지에 대한 정보를 얻으려면 한참 걸릴 것 같다.

나의 이 경지를 뭐라 부를까 생각해 보다가 초월경(超越境)이라 하기로 했다. 양피지 책에는 이 경지에 대한 정의를 해놨을지 의문이지만 일단 나 스스로 부르기 편하도록 이렇게 부르기로 했다.

겁황천주와의 싸움 이후 아직 나 스스로 부족하다는 것을 느꼈다. 확실히 무의 세계란 끝이 없다는 것을 난 새삼 확신했다. 자칫 여기가 끝이라고 생각할지도 모르는 나의 이 경지 이상으로 강해질 수 있음을 난 느꼈다. 무는 끝이 없으니까. 무에 끝이 있다고 생각하는 강자는 더 이상 강자가 아니다. 당연한 것이 아니겠는가.

조금씩, 아주 희미하지만 오파(五破)의 그 무엇인가가 설명할 수는 없지만 보이기 시작했다. 정확히 말하면 그것은 겁황천주와의 사투 직후부터였다. 인간의 한계로는 결코 익힐 수 없을 것 같은 마지막 오파. 친구는 어떻게 이런 무공을 생각해 낼 수 있었을까. 대단하단 생각뿐이다.

일파에서 사파까지의 네 가지 무공은 매우 강하면서도 괴이한 무공이다. 그의 유유비도술 같은 무공답게 기공(奇功)이었다.

내가 처음 그의 일파를 보았을 때 난 영문도 모른 채 당했다. 갑자기 내 몸이 폭발하는 듯한 느낌이 든 후 기절해 버렸으니까. 금방 깨어나긴 했지만 사술에 걸린 것같이 순간적으로 정신을 잃었고 온몸에서 힘이 빠져나가는 느낌이었다.

일파 멸과 이파 멸은 결코 사람을 죽이는 무공은 아니지만 강하다. 하지만 삼파 패와 사파 패는 사람을 죽이는 살상 무공이다. 일파와 이파. 이파부턴 내가 당하지 않아서 확실히는 모르지만 아마 몸에서 폭발하는 느낌과 함께 온몸에서 힘이 빠져나가며 기절하게 될 것이다. 아마 일파보다는 이파가 그 정도가 더하지 않을까 싶다. 삼파는 느낌만으로 끝나는 것이 아니라 진짜 상대방의 몸을 폭발시켜 버리는 무공이다.

일정한 초식이 아닌 마법(魔法)이나 사법(邪法)이라 할 정도로 기괴한 무공이지만 초강자라면—진짜 초강자라야 하지만—강기로 막을 수는 있다. 하지만 사파 패는 그 궤도를 달리하는 무공이다. 그 위력이 무명오장의 마지막 오장 황(荒)과 비슷하다. 무공의 위력을 비교한다는 것이 그렇게 신빙성 있는 것은 아니지만 대충 이렇다고 보면 되겠다. 하지만 나의 오초 황(荒)은 직선적이라면 사파 패는 역시 기괴하며 기이하다. 지금 상당히 괜찮은 표현을 생각해 냈다. 그것은 친구의 내단과 관련해서이다. 사파 패는 빛과 흡사하다고 하면 되겠다. 그 특성이 빛이라고 하면 이상하지는 않을지……. 타인에게 제대로 전달될 수 있는 표현일지는 확신하지 못하겠다.

오늘은 갑자기 생각난 친구의 무공 때문에 일기가 길어졌다. 아빈은 잠든 지 오래고 눈앞의 사막은 너무나 고요하다. 하지만 무엇일까? 이상하게도 평소와는 다르게 그다지 마음에 들지 않는 고요함이다.

저 멀리 간헐적으로 푸른빛이 간간이 난다. 나도 간신히 볼 수 있을 정도로 희미하게.]

[모월 모일. 맑음.

그가 죽었다. 그란 며칠 전에 나의 집에서 하룻밤 신세를 졌던 고독빈랑이란 젊은이를 말한다. 정오 때쯤에 그가 나의 집을 방문했다. 정확히는 만신창이의 몸을 이끌고 간신히 찾아온 것이지만. 치명상이라 회생은 불가능한 상태였다.

서른 명, 정확히 서른한 명 중에 생존자는 단 한 명, 고독빈랑이었다.

그의 오른쪽 가슴 아랫부분에 구멍이 나 있었는데 매우 매끄러운 구멍인 것으로 보아 엄청난 공력에 의한 것 같았다. 그렇게 많은 피를 흘리고도 여기로 찾아올 때까지 죽지 않은 것을 보면 독하긴 독한 청년이었다.

나의 집에 왔을 때는 거의 의식이 가물가물했지만 반 시진이나 계속 말을 해대고서야 죽었다. 참고로 난 그에게 아무런 조치도 취하지 않았다. 무림인이라서 그런지는 몰라도 대단한 생명력이 아닐 수 없다.

그가 여기에 도착했을 때, 그러니까 우리가 그를 발견했을 때 가장 먼저 한 소리는 자신은 역시 독한 놈이었다는 것이다. 씁쓸한 미소와 함께…….

천궁단이 그렇게 강한 단체냐고 물으니 부하들은 파견단에 비해 사람 수가 많아도 그나마 상대할 만했지만 한 명, 단 한 명이 일행을 몰살시켰다고 한다. 그는 단궁을 들고 있었고 앞머리가 얼굴을 거의 다 뒤덮고 있어 얼굴은 볼 수가 없었지만 그의 실력은 정녕 인세에 있어서는 안 될 말도 되지 않는 것이었다고 말했다.

그가 시위를 한 번 당길 때마다 활이 없었음에도 두세 사람씩 쓰러졌다고 한다. 다행히 자기는 그 사람이 시위를 튕길 때 반사적으로 몸을 비틀어서 살았다고 한다. 비틀어봤자 결국은 이 꼴이라며 씁쓸한 웃음을 지었다.

열다섯 명 정도 남았을 때—부상자인 고독빈랑을 제외한—모두는 위기를 느끼고 최후의 합공을 했다 한다. 고독빈랑과 비슷하거나 아니면 더 강한 고수들이었던 그들의 공격은 말로 표현하기 힘들 정도로 가공했다. 하지만 그의 몸 전체에서 푸른 광채가 폭발하는 듯이 나와 사방으로 강기 형의 화살이 쏘아져 날아가자 열다섯 명의 공격은 모두 사라지고 남은 것은 먼지

뿐이었다고 한다. 그들의 시체조차 깨끗이 사라진 것이다.

난 그가 계속 말하는 것을 막으려 했지만 그는 무시한 채 여인의 이야기를 꺼냈다. 그녀의 병을 고치려면 돈이 필요하다면서 그녀를 위해 돈을 벌러 왔건만 이렇게 됐다면서 가난한 자가 돈을 벌려니 이렇게 되는 건가 하고 허탈한 미소를 지을 떠 아빈은 그만 울음을 쏟았다.

그는 나에게 간절한 눈빛으로 그녀를 위해 돈을 갖다 주라면서 나에게 몇 가지 패물을 건네주었다. 어디서 난 것일까? 내가 궁금한 눈빛을 띠자 그는 기괴하게 웃으면서—피를 쏟았지만—몸을 보존한 채 죽은 자들의 품을 뒤져서 나온 것이라고 말했다.

내가 뭐라 말하기도 전에 아빈은 그 패물을 받고는 반드시 갖다 주겠다며 약속했다.

그는 또 천궁단에 있던 그 강자에 대해 이야기를 하기 시작했다. 사경에 처해 있어서 그런지 말에 두서가 없었지만 뜻은 알아들을 수 있을 정도였다.

키며 그의 몸놀림, 사용했던 무공의 특징 등등을 이야기하더니, 마지막에 보았던 눈부신 광채는 너무나 아름다웠다며 환상을 헤매듯 몽롱한 눈빛을 했다. 한밤에 비추어진 것이라 더욱 아름다웠다며……. 천궁천멸. 그는 슬쩍 중얼거렸지만 난 마치 천둥이 이는 듯한 느낌을 받았다. 천궁천멸!

그가 돌연 상체를 일으켜 집 주위를 둘러보더니 그때 보았던 세 개의 무덤을 향해 시선을 고정시켰다. 저기가 마음에 드는군. 이 말을 끝으로 상체를 누이더니 그는 더 이상 갈을 하지 않았다.

무덤……. 난 쓸쓸한 웃음을 흘릴 수밖에 없었다. 네 사람의 인생이 여기서 끝을 맺었다. 얼마나 더 많은 사람이 끝을 맺을 것인가? 옛날에도 그

랬고 지금은 더욱 그렇지만 그 의미야 어떻든 죽음은 기분 좋은 느낌은 절대 아니다.]

[모월 모일. 맑음.

무덤이 하나 더 늘었다. 운치가 풍기던 무덤에 슬픈 죽음 하나가 더 늘어 이젠 을씨년스러워졌기 때문인지 고독빈랑이란 청년이 괜히 원망스러웠다.

내가 이 말을 슬쩍 하니 아빈은 그의 죽음을 운치로 바꿀 수 있는 일을 하면 된다고 말한다. 과연 그의 복수를 함으로써, 그의 부탁을 들어줌으로써 바꿀 수 있을까? 그리고 왜 난 그의 복수를 생각하는 것일까? 만약 천궁단에 간다면 그 목적은, 명분은 무엇이 되는가? 성주의 딸을 구하는 것인가, 아니면 고독빈랑의 복수인가? 아니, 강자에 대한 호기심일지도 모른다.

언제나 즐겁던 아빈도 오늘만큼은 꽤나 조용했다. 조금은 나를 위한 이유를 만들어볼 참이다. 날 위해 모든 것을 버리고 따라온 아빈을 위해, 그녀의 웃음을 다시 찾아주기 위해 그들을 찾아간다면 갈피를 잡을 수 없는 마음이 좀 더 편해지지 않을까 한다. 아빈이 따라올 것 같아 걱정되지만 어차피 오지 말라고 해도 따라올 것이다.

강자. 이 한 단어에 모든 무인의 피가 들끓는다. 옛날의 난 무인이 아니라 살인자일 뿐이었으나 지금은 무인임을 스스로도 어느 정도 인정하고 있다. 그래서 기뻐해야 할 것인가, 아니면…… 생각이 많으니 번뇌도 많다. 초월해야 할 나이인데도 여전히 이렇게 부끄러울 뿐이다.]

◆제5장 ◆ 믿기지 않는 일

"나도 따라갈 거예요!"

"…마음대로 하거라."

그는 이미 예상했던 일이기 때문에 쉽게 승낙한 것이지만 정작 당사자인 아빈은 위험하기에 따라오지 말라고 거부할 것으로 생각했기 때문에 약간 당황했다. 덕분에 그 뒤로 짜놓은 모든 계획이 무산되는 순간이었다.

안 된다고 하면 바로 그에게 달라붙어서 애교스런 목소리로 제발 따라가게 해달라고 갖은 술수를 부리려고 했었다. 그는 그녀의 이런 애교에 꼼짝도 하지 못하기 때문이다. 애초부터 그녀를 설득시킬 말주변도 없을뿐더러 아빈의 노골적인 그런 애교엔 치(?)를 떠는 그였다.

"호, 호호호!"

이런 계획이 무산되자 약간은 허탈해진 그녀는 웃음을 지을 수밖에 없었지만 그로서는 영문을 모르는 수밖에. 그저 허락해 줘서 기쁜가 보다 생각할 뿐이었다.

오늘도 여전히 상인단의 움직임은 활발했다. 성주 딸의 납치 사건 이후로 상인단을 보호하는 병사들의 눈빛은 더욱 매서워질 수밖에 없었다. 성주 직속의 병사들로서의 그들의 명예와 마적단들에게 위협당할 그들의 목숨을 위해선 당연한 것이었다.

그들의 곁을 지나가는 둘은 심하게 휘날리는 모래 바람을 피하기 위해 피풍의를 입고 옷에 달린 모자를 깊게 눌러쓰고 있었다. 둘은 천궁단이 어딘지 모르기에 이들을 따라갈 수밖에 없었다. 요 근래는 천궁단으로 인해 주위의 마적단이 상당수 정리된 상태라 천궁단이 이곳 관외의 사막을 차지하다시피 했다. 상인단은 항상 사막의 지배자인 천궁단에 일정한 물품을 바쳐야만 길을 지나갈 수 있었기에 이들을 따라가다 보면 천궁단을 만나게 될 것이라는 것이 그의 생각이었다.

"둘이 부부인 것 같은데 대체 왜 이런 험난한 사막에서 우리를 따라오는 것이오. 말리고 싶다만 우리를 따라오고 싶다니 할 말은 없소. 하지만 한 시진만 더 걸으면 천궁단이 있는 영역에 들어가게 되어 우리도 그대들의 안전을 보장할 수 없을 것이오. 비록 그들에게 물품을 바치기 때문에 안전할 수도 있지만 세상일이 어디 맘대로 되오? 위험한 일에 빠질 수도 있지."

그들의 옆을 지나는 한 병사가 자신들의 행렬을 따라가고 싶다며 고집하는 터에 어쩔 수 없이 허락한 이 둘에게 한마디 하는 것을 잊지 않

았다. 한마디가 아니라 장황한 말이었지만 둘은 그저 미소로 그 말을
일축해 버렸다.

"이 상인단은 어디까지 가는 것이오?"

그가 잔잔하고 조용한 목소리로 묻자 병사는 자신도 모르게 맘이 편
해짐을 느끼며 친절하게 말해 주었다.

"항상 그렇지만 이 옥문관을 지나는 상인단은 저 멀리 대식국을 비
롯한 여러 제국으로 간다오. 대식국이 지금이야 가장 많이 알려진 서
역의 한 나라이지만 그보다는 다른 여러 제국에서 더 많이 교역을 하
지. 하나 요즘은 정말 큰일이오. 제국 쪽에서 오는 교역단들이 천궁단
때문에 맥을 못춰 여러 제국에서 본국에 엄청난 항의를 하고 있는 실
정이오."

"큰일이군요."

아빈이 정말 제 일처럼 눈을 빛내며 병사의 말을 경청했다. 이에 신
이 났는지 병사는 묻지 않은 것까지 이야기하기 시작했다.

"심한 나란 무역을 끊겠다는 사신까지 보내니 천궁단의 폐허가 이만
저만 아니오. 이번엔 황태자비 후보인 성주의 딸마저 납치해 갔으니
그 패악이 정말 하늘을 찌르고 있소."

자신의 말에 흥분을 한 듯 병사는 주먹을 불끈 쥐고 침까지 튀기며
말을 이었다.

"이번에 황제 폐하께선 대군을 보내실 예정이라 하오. 한 번의 경고
를 보낸 뒤 그래도 해산하지 않으면 그 주위의 모든 마적단을 포함해
서 깡그리 토벌할 것이라는 강경책을 고집하고 계시오. 잘 선택하신
것이지."

"음, 이해가 가오. 그들의 행실이 갈수록 도를 더해가는 것은 사실이니. 하지만 그들은 정말 강하다던데 비무림인들로 이루어진 황실병으로 무슨 대책이라도 있는 것이오? 그 수가 아무리 많다 해도 비무림인이니 피해가 막심할 텐데……."

"하하, 공자는 아직 소식이 어둡구려. 황군 말고도 무인들로 이루어진 비밀 결사대가 있어서 그들이 사실상 모든 일을 해결할 것이오. 이것은 비밀이지만 또한 누구나 알고 있는 공공연한 비밀이기도 하지. 또 그만큼 실력이 뛰어나 비밀이 아니라도 자신이 있다는 말도 되지 않겠소."

"그렇군요."

아빈은 별 생각 없이 여전히 눈을 반짝이며 그 말을 받았다. 하지만 그는 슬며시 웃으며 아무도 못 들을 정도로 중얼거렸다.

"황제는 그럴 필요없을 것이오. 오늘 이후로 천궁단은 해체될 것이니."

한 시진쯤 걸었을까? 그동안 들린 소리라곤 낙타들의 거친 숨소리와 짐들 간의 부딪침, 그리고 사박거리며 밟히는 모래 소리뿐이었다. 또 있다면 병사들의 갑옷의 철컹거림일까. 침묵으로 일관된 행렬에 바람만이 그들의 대화를 대신하고 있었다.

어느 순간 상인들과 병사들의 표정은 굳어지기 시작했다. 긴장으로 숨소리마저 들리지 않을 정도였다. 그는 그들의 표정에서 천궁단의 세력권에 들어왔다는 것을 느낄 수 있었다. 그는 긴장으로 위축되어 있는 상인과 병사들을 고요한 눈으로 지켜보고 있었다. 그 역시 그들의 표정으로 이곳이 천궁단의 서력권에 들어왔음을 충분히 느낄 수 있었다.

이제 얼마 안 있으면 천궁단원들이 나타나 이들에게 물품을 요구할 것이고 이는 그의 일이 시작됨을 의미했다.

'어떻게 해야 하는가? 아까부터 생각했던 것이지만 아마 그 강자만 해결하면 모든 것이 끝나겠지. 하지만 그는 분명 이런 일에는 끼지 않을 것이다. 그들의 본단을 알아야 하는데 방법이 생각나지 않는군. 그냥 위협하는 방법뿐인가?'

최대한 피해를 줄이려는 방법을 생각하던 그는 우선은 두고 보기로 했다. 정 생각나지 않으면 그들을 힘으로라도 위협해서 본단으로 찾아가는 전형적인 방법을 쓰면 되는 것이었다.

그들의 움직임은 그들의 영역권 안에서는 조심해야 했기에 자연히 느려지고 있었다. 비록 그들에게 물품을 바치면 무사하다고 해도 불안한 마음은 어쩔 수 없는 것이다.

그는 지겨움 속에서 생각에 빠져 있었다. 그것은 고독빈랑이 죽어가면서 말했던 천궁천멸, 그리고 하나의 예술을 본 것 같은 눈빛과 황홀한 표정을 잊을 수가 없었다. 사람이 죽어가면서 그런 표정을 지을 수 있는가 하는 의구심이 들 정도로.

천궁천멸. 얼핏 듣기엔 파괴력 극치의 무공 같은데 그의 황홀해하던 표정은 공포를 안겨주는 것이 아니란 말이 된다. 강한 것은 분명 사실이겠지만 거기에 황홀함이 깃들었다는 것은 그만큼 그자의 천궁천멸은 예술이라 표현해도 무방하다는 것이 된다.

'천궁자가 후에 하나는 잘 얻은 것 같군. 과연 어느 정도로 강할까?'

이런 궁금증은 무인임에야 당연한 것일 수밖에 없었다. 그가 인정한, 그리고 세인들마저 인정한 전설적인 무인 천뢰상인과 버금가는 무공을 지닌 또 하나의 위대한 무인, 천궁자의 후예.

그리고 어쩌면 천뢰상인 외엔 아무도 알지 못하는 궁극의 천뢰오장과 대등할지도 모르는 천궁천멸. 그의 가슴이 두근대는 건 어쩔 수 없는 무인의 본능이었다. 과연 자신의 무한역도구, 아니, 만약 그자가 그런 경지가 아니라면 자신의 무명오초 황을 능가할 수 있을까?

분명 전국 시대에는 엄청난 강자가 많았지만 그중 최강이 천뢰상인임은 누구나 다 아는 사실이고 천궁자처럼 천뢰상인 못지않은 강자도 많았다. 그 시대에 그 둘만 압도적으로 강했다는 법은 물론 없을 것이다. 그는 그들 둘 못지않게 강한 무인을 떠올리려 했다. 워낙 옛날에 들은 기억뿐이라 떠올리기가 쉽지 않았다.

'……!'

그는 한 사람이 갑자기 생각났다. 갑작스럽게 난 생각이지만 이제야 떠올렸다는 것에 자신이 진짜 늙긴 늙었구나 하는 생각이 들었다.

'벽사혈색마(碧邪血色魔).'

그는 별호 그대로 색마였지만 거물이었다. 천뢰상인과 맞상대할 수 있는 무공을 지닌 몇 안 되는 사람 중에 하나였기 때문이다.

시시껄렁한 채음보양술로 내공을 채우는 것이 그에게는 절대 없었다. 실력 그 자체로 대단한 무인이었던 것이다. 그의 무공은 바로 당대 천하제일이라 불리는 사라성주가 사용하고 있는 벽사옥룡공으로 괜히 사라성주가 당대의 천하제일이라 불리는 것이 아니었다. 옛날 그 유명했던 천하제일색마인 벽사혈색마의 무공을 밑바탕으로 두고 있기 때문이었다.

옛날의 벽사혈색마는 색으로 인해 악인으로 불렸지만 지금의 사라 성주는 그의 무공으로 당대 최고의 지위를 누리고 있으며 강직한 성격으로 천하의 인심을 얻고 있는 것을 보면 참으로 묘한 일이 아닐 수 없었다.

'무공이 사람의 마음을 결정짓는 것이 아니지. 바로 사람의 마음이 무공의 성격을 결정짓는 것이야.'

그는 당연하지만 너무나도 깨닫기 힘든 사실을 생각하며 슬며시 미소 지었다. 그리고 묘한 으연에 잠시 의아스러웠다.

'참 사람 일이란 알 수 없군. 전국 시대를 풍미하던 세 명의 무인의 후예가 같은 시대에 동시에 나타나다니 말야. 하지만 재미있군. 그런 그들과 싸워본다는 것은 무인으로서는 한번 겪어봄 직한 일이 아닌가?'

그때 갑자기 사구(砂丘) 쪽에서 태양에 반짝이는 무엇인가가 빛살처럼 날아왔다. 그러고는 상인단의 제일 앞에 있는 낙타 앞 모랫바닥에 절묘하게 꽂혔다. 실로 신묘한 솜씨가 아닐 수 없었다.

덕분에 낙타는 깜짝 놀라 경련을 일으켰고 그 위에 타고 있던 상인과 낙타에 걸려 있던 많은 무역품들이 모랫바닥으로 떨어져 버렸다.

그것을 시발점으로 상인단은 엄청난 소란에 휩싸였다. 그들도 사람인지라 천궁단의 출현에 불안할 수밖에 없었다. 그나마 다행인 것은 병사들이 그런 그들을 다독이고 있었고 얼마 가지 않아 상인들은 곧 잠잠하게 되어 천궁단원들의 모습이 나타나기만을 기다렸다.

그들 역시 오래 걸리지 않아 바로 상인단들을 향해 모습을 드러냈다. 그들의 전방 오십 장 앞에서 한 무리의 사람들이 나타난 것이다. 대략 백여 명 정도였는데 그들의 공통점은 푸른색 일변의 옷을 입고 있었고 하나같이 한쪽 어깨에 활을 걸고 있다는 것이었다.

하지만 그중 튀는 색깔이 있었다. 백여 명의 정확히 가운데에 위치한 빨간색의 옷을 입은 사람으로 바다 색의 정확한 파란색이 아닌 하늘에 가까운 색이었지만 빨강과의 보색을 이루어서인지 너무나 선명하게 눈에 띄었다.

적의(赤依)를 선두로 하여 나머지 푸른 옷을 입은 천궁단의 마적들은 부채 모양의 진 형태로 그들에게 다가왔다.

"저 빨간 옷을 입은 사람은 누구지? 이때까지 본 적이 없는데……."

몇 번 천궁단을 본 적이 있는 몇몇 병사가 하는 소리에 그들을 처음 보는 병사들은 물론 본 적이 있는 병사들도 다같이 당황하지 않을 수 없었다.

대번에 보기에도 붉은 옷을 입은 사람이 왠지 천궁단을 이끄는 사람처럼 보였기 때문이다. 하지만 그들이 더 가까이 다가와 상인들과 병사들의 시야에 보일 정도에 이르자 그들은 더욱 놀랄 수밖에 없었다. 붉은 옷을 입은 사람, 그 사람이 여자였기 때문이다.

"여, 여인이야!"

한 병사가 자신도 모르게 소리를 내질렀다. 그만큼 그들의 놀람은 컸다. 여인의 몸으로 엄청난 위명을 떨치고 있는 천궁단을 이끌고 있다는 것은 대단한 일이었기 때문이다.

그는 물론 천궁단원들이 사구에서 나타났을 때부터 그녀를 볼 수 있었다. 타는 듯한 붉은 옷을 입었으며 뒷머리를 한 가닥으로 묶어 상당히

야성적인 느낌이 들기는 했지만 이 사막에서는 너무나 어울리는 머리와
살아 있는 눈빛, 그 속에 담겨진 독심, 그리고 오만함과 자신감을 나타
내는 듯한 묘한 미소, 당당한 걸음걸이, 누구보다 눈에 띄는 보궁(寶弓),
그리고 느껴지는 놀라운 내력은 그로서도 제법 놀랄 수밖에 없는 여인
이었다. 물론 모두에게도 놀랄 인물이기도 했다.

거친 사막에서는 도저히 어울리지 않을 뛰어난 미모를 지닌 그녀는
이십 중반 정도의 나이로 보였다.

"저 여인이… 아닌 것 같은데……?"

유아빈은 그렇게 중얼거리며 그를 쳐다보았다. 그는 어떤 생각에 잠
긴 듯 모랫바닥만 쳐다보고 있었지만 결코 그녀의 말을 못 들은 것은
아니었다. 그 역시 그녀와 같은 생각을 하고 있었기 때문이다.

'맞아. 절대 그녀가 아니다. 그녀의 공력은 저 나이에 비해서 이룬
성과가 엄청나다 할 수 있지만 결코 열다섯의 고수들을 죽일 정도의
천궁천멸을 쓸 수 있다고 생각하진 않는다. 확실해. 그럼 그 사람은 누
구인가?

그가 천궁천멸을 쓰는 인물에 대해 이리저리 생각하고 있는 와중에
도 그녀를 위시한 천궁단원들은 당당하게 상인들과 병사들을 향해 다
가왔다.

그들의 오 장 앞으로까지 다가왔을 때였다. 그들 중 붉은 옷을 입은
여인이 좀 더 그들을 향해 다가왔다. 그녀의 입에 달린 미소는 처음부
터 끝까지 변치 않은, 스스로에게 자신있는 미소였다.

그녀가 그들의 일 장 앞까지 왔을 때였다. 모두가 그녀의 미모에 잠
시 넋을 잃은 동안 그녀의 아름답고 육감적인 입술이 열렸다.

"오늘은… 좀 특별한 일로 본녀가 친히 왔다."

그녀의 첫 말은 너무나도 오만하였지만 누구나 인정할 수밖에 없는 위엄이 있었다.

'저, 저것이 천궁단을 이끌고 있는 사람의 느낌이란 말인가?'

장내의 사람들의 한결같은 생각일지도 몰랐다. 아름다운 목소리, 그러나 듣기에 따라선 말투가 너무나 사람의 신경을 거슬리게 하는 종류였다. 괜히 사람을 기분 나쁘게 하는 말투랄까? 아빈이 그런 느낌을 받은 것이다.

'기, 기분 나빠…….'

정말 괜히 기분 나빠지는 유아빈이었다. 그랬기에 그녀에 대한 인상은 같은 여인이었지만 가히 좋지 않았다. 애초에 좋은 목적으로 온 것도 아닐뿐더러 첫인상조차 좋지 않으니 만약 시비가 붙었다면 어떤 일이 일어날지는 불을 보는 듯 뻔한 일이었다.

장내의 자신을 바라보는 반응이 마음에 드는 듯 그녀는 약간의 웃음을 지으며 말을 이었다.

"호호! 소문이 너무나 무성하더군. 황군이 얼마 있지 않아 본 천궁단을 치러 올 것이라고. 그렇게… 자신있단 말인가?'

그녀는 애매하게도 질문을 하는 것인지 혼잣말을 하는 것인지 알 수 없이 말하면서 그녀의 눈은 한 병사에게 묻는 듯한 시선을 보냈다. 이에 당황한 그 병사는 우물쭈물하며 어찌할지 몰라 했다.

대답을 기대한 것은 아닌 듯 그녀는 곧 시선을 돌려 하늘을 살짝 바라보며 말을 이었다. 그런 그녀의 모습이 얼마나 아름답고 매혹적인지 사람들의 시선은 계속 그녀의 얼굴을 향해 있었다.

"과연 그런지 그것은 두고 보면 알겠지만 확실히 이것만은 알아두거라. 본 단은 이 사막의 주인이다. 그리고 이제껏 모아온 재정과 본 단원들의 실력은 결코 사막만을 보고 있지 않다는 것을. 내가 이것을 말하는 것은 황군과 마찬가지로 자신있다는 것임을 바보가 아닌 다음에야 알고 있겠지?"

말을 끝낸 그녀는 장내를 찬찬히 둘러보았다. 무언가를 찾고 있는 듯이.

그러다 우연히 행렬의 중간쯤에 왠지 동떨어진 듯한 느낌을 주고 있는 두 사람을 발견하였다. 너무나 동떨어진 분위기와 이들과는 전혀 맞지 않는 옷차림은 무엇인가 달랐다.

그녀는 사내가 일단 이들과 다른 옷을 입고 있는 그저 평범한 남자라 단정 지었지만 그의 옆에 있는 여인에게서는 뭔가 모를 긴장감 비슷한 것을 느꼈다. 하지만 그 이상은 아닌지라 그저 범상치 않은 여자 같다는 생각뿐이었다. 그러다 그녀는 우연히 재미있는 것을 발견했다.

"호오! 적발, 적안이구나……."

그녀의 눈이 반짝이며 중얼거렸다. 확실히 적발, 적안은 이곳 사막에서도 흔치 않은 것이었다. 눈에 띄지 않기 위해서 가린다고 가렸지만 그녀 같은 고수의 예리한 눈은 벗어나기 힘든 모양이었다.

"본녀가 이곳에 친히 온 이유는… 피를 보기 싫어서이다. 피차 황군과 우리가 싸운다면 피를 볼일은 당연한 것. 황제가 비록 강경하게 나온다 하나 우리는 피를 보기 싫다. 그래서 생각한 것이 바로 인질이다. 성주의 딸을 납치한 것도 그 일환이며 이번에 온 것도 내가 친히 또 하나의 인질을 얻기 위함이다."

그녀의 말은 조용히 말하는 듯했지만 내공이 실려 있어 상인들과 병사들의 귀에 선명히 들렸다. 그리고 그녀가 마지막에 한 말은 그들에게 상당한 충격으로 다가올 수밖에 없었다.

"이, 인질이라니……!"

병사들은 절로 무기를 쥔 그들의 손에 힘이 들어갈 수밖에 없었다. 그들은 이들 상인단을 지켜야 했다. 더군다나 이들 상인단 안에는 목숨을 바쳐 지켜야 할 사람도 몇 있기 때문이었다. 그 사람들만은 절대 저들에게 내주어서는 안 되는 사람들임을 밀령을 통해 누차 다짐받았었다.

국가적으로 매우 중요한 인물이었으므로 나라에서는 그 사람들을 일반 상인단으로 위장하여 이들 가운데 끼어 있게 함으로써까지 무사히 사막을 건너가기 위해 위험을 감수하려 했던 것이다.

"호호! 본녀가 모를 줄 아느냐? 내가 다 알고 있다는 것을 모르는구나, 너희들은. 어리석구나."

그녀는 득의양양한 표정으로 그들을 바라보더니 곧 사악하게 미소 지었다. 그녀의 말에 병사들은 조금씩 동요하기 시작했다. 그것은 걷잡을 수 없는 불길의 번짐과도 같았다.

"그 사람을 어서 내놓아라! 그렇지 않으면 진짜 학살이 무엇인지 내 친히 보여주겠다!"

그녀의 눈에서 순간 섬뜩한 빛이 나타났다가 사라졌다. 그 살기에 병사들과 상인들은 몸을 부르르 떨 수밖에 없었다. 일반인들이 봐도 그녀가 엄청난 고수임을 알 수 있었다. 더구나 그녀가 이 상인단 안에 있는 그 사람들을 알고 있다는 것은 너무나 의외의 일이었다.

상황을 쭉 살펴보던 그는 어느 정도 상황 파악이 되고 있었다.

'이 안에 국가적으로 매우 중요한 사람이 끼어 있단 말인가? 그리고 그녀는 그 중요한 사실을 어떻게 알아냈을까? 황궁 내에 그녀가 심어 놓은 간세도 있단 말인가? 대단한걸. 그것도 그런 정보를 알아낸 것을 보면 상당한 지위 같은데……. 정말 꿈이 큰 여인 같군. 후후, 모든 것이 허무한 것임을 모르는 젊은 나이구나, 나완 상관없지만……. 그리고 내게 중요한 건 당신이 아니라 뒤에서 모든 것을 지켜주고 있는 절대고수의 존재일 뿐이니까. 아마 그 자신감도 그 사람을 믿고 있어서일지도 모르지.'

그녀는 동요하고 있는 사람들을 보며 좀 더 매혹적이면서도 더욱 매몰차게 말했다.

"어서 스스로 나오는 것이 좋을 것이다! 그것이 피차 서로 간에 안전하고 편한 일이니까! 본녀가 너희들 하나 찾지 못할 것 같으냐?!"

그녀는 이 말을 끝으로 아무 말도 하지 않고 하늘로 시선을 돌렸다. 그 모습이 너무나 도도하게 보이는 게 오히려 일국의 왕보다 더한 위엄이 있는 것 같았다. 그 모습을 본 그는 가만히 생각해 보았다.

'대저 한 시대마다 여장부가 태어나기는 힘든 법인데 대단한 여장부가 나타난 듯하구나. 결코 누군가가 그녀를 지켜주고 있다는 것만으로는 저런 위엄이 나오질 않지. 대단해. 선천적인 것인가?

그는 그녀의 기세에 곧 대립하게 될 적이지만 마음속으로 감탄하고 있었다.

상인들과 병사들은 서로 동요하며 무엇인가를 이야기하고 있었고 그런 그들 앞에서 그녀의 자세는 요지부동이었다. 그렇게 일각이 흘렀을까? 그들에게서 여전히 아무런 기미도 보이지 않자 그녀는 약간 분노한 표정으로 소리쳤다.

"너희들이 감히 본녀에게 수치를 준단 말이냐! 호호, 좋다! 난 결코 두 번의 기회는 주지 않는다! 그것이 이제껏 본녀가 천궁단을 이끌어 온 철칙이니!"

그녀는 매몰찬 표정으로 오른손을 살짝 들었다. 그것을 신호로 하여 천궁단원 백여 명이 일제히 활을 들었고 엄청난 위압감이 그들에게서 나오자 사람들은 절로 두려워할 수밖에 없었다. 병사들이 저마다 무기를 꼬아 쥐고 전투 태세로 돌입하려는 찰나 상인들 가운데서 연약하지만 약간 큰 여인의 소리가 났다.

"자, 잠깐만요!"

연약한 여인의 목소리가 들리자마자 그녀는 무표정하게 오른손을 내렸다. 그러자 백여 명의 활이 일제히 다시 어깨에 걸렸다. 실로 놀라운 그 모습에 그는 탄성이 절로 나올 수밖에 없었다.

'호오! 정말 대단한데? 그녀의 엄청난 위엄이랄까? 천궁단원들의 복종심이 대단하구나. 충성심도 상당할 것 같군. 겁황천을 다 보진 못했지만 내가 본 일부로썬 저들 만하지 못했다. 사라성도 저만 할까?

한 여인이 상인들 가운데서 앞으로 나왔다. 여타 상인들과 같은 갈의를 입고 있던 그녀는 얼굴을 가리고 있던 두건을 벗었는데 특이하게도 노란 머리를 한 서역의 여인으로 약간의 두려움을 띤 표정을 짓고 있었지만 곧 의지 굳은 표정으로 고쳐먹고는 말을 꺼냈다.

"내, 내가 바로 그대들이 찾는 사람일 겁니다!"

"…내가 찾는 사람이 그대란 것을 어떻게 알지요?"

그녀의 교묘한 말에 노란 머리의 서역 여인은 입술을 꼭 깨물더니 어쩔 수 없다는 듯이 대답했다.

"내, 내가 바로 그대들이 찾는… 회흘국(回紇國:위구르 제국)의 공주다!"

그녀는 눈을 질끈 감으며 떫은 감을 씹고 있는 듯한 표정으로 말했다. 그 말에 홍의녀는 그녀 앞으로 다가오더니 마치 뭔가를 찾는 듯이 그녀를 이리저리 살펴보기 시작했다. 그런 그녀의 모습에 자칭 회흘국의 공주란 여인은 약간은 불안한 모습으로 홍의녀를 바라보았다.

그녀의 주위를 재미있다는 듯이 훑어보며 돌던 그녀는 공주의 정면으로 서더니 더욱더 황홀한 미소를 지었다. 그리고 갑자기 손을 휘둘러 그녀의 뺨을 세차게 때렸다.

짝!!

"까아악!"

공주란 여인은 그녀의 손에 뺨을 맞고는 이 장이나 나가떨어졌다. 그나마 봐준 것이겠지만 그녀의 입과 코에서는 피가 많이 흐르고 있어 처참했다.

"호호호호! 네 이년! 네깟 년이 공주라 할 수 있겠습니까? 기껏해야 시녀나 보내놓고 그리고도 일국의 공주라 할 수 있겠습니까? 어서 나오지 못하겠어요?!"

그녀에게 욕을 하면서도 존경체를 쓰는 그녀의 특이한 말투에 다들 어리벙벙해했다. 씁쓸한 미소를 지으며 그녀를 보던 그는 말투에 대한 그녀의 습관을 쉽게 알 수 있었다. 그런 버릇을 가진 사람을 언젠가 본 적이 있었기 때문이다. 홍의녀는 많은 사람들 앞에서는 하대를 하지만 개개인에게 말할 때는 어떤 일이 있어도 공대하는 습관을 가진 것이다.

그녀의 내공이 실린 외침은 사막 저 멀리까지 울려 퍼졌고 병사들은 내공이 실린 외침에 얼굴을 찌푸리며 비틀거렸다. 저항력이 약한 상인들 중 몇몇은 자리에 주저앉기까지 했다.

"…미안하군요. 제가 나가겠습니다……."

차분하면서도 아름다운 목소리와 함께 같은 상인단의 옷을 입고 있는 한 여인이 나왔다.

그녀는 나오면서 두건을 풀었는데 갈색 머리에 아름다운 초록 눈을 하고 있어 기이한 느낌을 주는 아름다움을 풍기고 있었다. 중원의 전형적인 아름다움이 아닌 그곳만의 아름다움이라면 정확한 표현일까? 이국적인 느낌이 확실히 풍기는 여인이었다. 그리고 '진짜 공주다' 라는 느낌이 들 정도로 몸에서는 고아하면서도 품위있는 분위기를 내고 있어 홍의녀는 그제야 만족스런 미소를 지었다.

그녀는 나가떨어진 자신의 시녀를 부축하여 병사들에게 맡기고는 홍의녀에게 다가갔다.

"제가 회흘국 공주 파루나호(巴淚羅湖)입니다."

"호호호! 역시 이번엔 속이지 않고 제대로 나왔군요. 위구르 족에서는 나올 수 없는 기형적인 색인 그 녹안! 호호호! 날 바보로 생각하고 속인 점은 용서할 수 없지만 넓은 아량으로 여기서 끝내겠어요."

그녀의 오만한 말에 공주는 약간 인상이 굳어졌지만 이내 자신의 처지를 생각하고는 정중히 말을 받았다.

"고맙군요. 대신… 다른 관료들은 그냥 보내주시기 바랍니다. 저 하나만으로도 인질의 효과는 충분할 거예요."

"좋아요. 어차피 사람 수가 많아봤자 복잡해질 뿐이니까요."

그녀는 기분이 좋아진 듯 흔쾌히 공주의 부탁을 수락하고는 부하들에게 눈으로 공주를 가리키자 수하 세 명이 다가와 신속히 그녀를 잡고 뒤에 시립하였다.

"좋아, 여기서 그대들은 그만 보내주지. 특별히 물품도 받지 않겠다. 호호호! 그러나 또 한 가지……."

그녀는 살짝 눈웃음을 짓더니 돌연 장내를 지켜보기만 하던 유아빈을 쳐다보았다.

"거기 붉은 머리에 붉은 눈의 아름다운 서역의 아가씨."

"저, 저기, 나요?"

유아빈은 그녀가 돌연 자신을 지목하자 깜짝 놀랐다. 별 생각 없이 있다가 자신이 지목되니 아무리 단순한 그녀라도 깜짝 놀라지 않을 수 없었던 것이다.

"물론이죠. 적발, 적안이 여기서 아가씨 말고 또 있나요? 호호, 이름이?"

"유… 아빈이요……."

그녀는 자신의 이름을 가르쳐 준다는 것이 괜히 꺼림칙했지만 일단 상황이 상황인만큼 마지못해 대답해 주었다. 그녀의 불편한 심기를 상대방도 눈치챘건만 상대방은 전혀 상관하지 않고 놀랄 만한 말을 하였다.

"예쁜 이름이군요. 아가씨도 여기로 와야겠어요. 아가씨도 우리의 인질이 되어야겠네요."

"네, 네?!"

아빈은 갑작스런 말에 깜짝 놀랐지만 왜냐고는 묻지 않았다. 이미 왜라는 질문은 이런 상황에서는 맞지 않은 것임을 알고 있었다. 그쪽은 다수의 힘이 있었고 이쪽는 그렇지 않았다. 게다가 옆에서 자신이 좋아하는 그가 순순히 따라가자고 전음을 보내오고 있었다.

아빈의 표정을 가만히 살피던 그녀는 아빈이 현명한 여자임을 직감했다. 아무 말 없이 자신을 따라올 것이라 생각하고는 말을 이었다.

"좋아요. 현명하군요. 옆의 남자는 동행인 것 같은데 같이 갈지 말지는 그쪽이 정하면 되는 것이고……."

그녀는 다시 상인단 쪽을 보더니 만족한 듯 미소를 지었다. 전에도 그랬지만 지금도 확실히 자신이 뜻한 대로 일이 착착 풀려 나갔다. 그만큼의 자신감과 능력이 그녀를 받쳐 주는 것이기도 했지만.

"오늘은 무척 기분이 좋다! 너희들은 이제 그만 갈 길을 가도 좋아. 호호호! 물론 회흘국의 왕에게 알려야겠지? 그리고 당황제에게도. 호호호호!! 본 단의 요구 사항은 곧 당황제에게 알릴 테니 걱정 말거라! 호호호호!"

그녀는 같은 단원들이 보기에도 오늘 상당히 기분이 좋은 것 같았다. 유난히 많이 웃기 때문이었다. 사갈 같고 냉혹하였으며 공사가 철저하여 철벽을 보는 듯하던 그녀의 모습이 오늘은 웃음으로 인해 약간 풀린 것같이 보일 정도였다.

그녀는 회흘국 공주 파루나호의 옆에 서 있는 아빈과 한 남자를 보고는 아무 말 없이 단원들이 서 있는 곳으로 걸어갔다. 그러자 앞에 있던 백여 명의 단원들은 썰물처럼 그 자리를 벗어나기 시작했다. 그녀의 뒤를 이어 세 명의 인질이 뒤따랐다.

"오빠, 이대로 괜찮을까요? 이대로 그들을 따라가도……."

아빈은 반 시진쯤 걸었을 때 돌연 그에게 전음을 보냈다. 홍의녀가 생각한 것 이상으로 뛰어난 덕분인지 아무리 그가 있다지만 불안하기는 어쩔 수 없는 모양이었다.

그녀의 뒤에 버티고 있을 남자는 둘째 치고 그녀의 존재는 확실히 예상외로 대단했다. 아빈도 나름대로 스스로에게 자신감이 있었지만 앞에 걷고 있는 여자의 능력은 상상을 불허할 정도이니.

"괜찮다. 그리고 이렇게 포로로 된 것이 우리로서는 차라리 잘된 일이야. 번거로운 일 없이 바로 그자를 볼 수 있겠구나. 날 믿거라. 그리고 일단은 그들의 본거지에 도착하면 아무 말 없이 인질로 행세하거라. 아마 성주 딸도 볼 수 있을 것이고 그녀의 신변과 옆의 공주라는 여인의 신변의 안전이 확실해지던 그대로 떠나도 되겠지. 아마 그렇게 되긴 힘들겠지만……."

그의 전음처럼 바로 그녀의 뒤에 존재하는 천궁천멸의 소유자. 그자가 생각하는 대로 무서운 강자라면 쉽게 탈출하긴 어려울 것이다. 하지만 해볼 수 있는 만큼은 해봐야 했다.

"아……."

회흘국의 공주 파루나호는 귀하게 자란 탓인지 걷는 데 매우 지쳐 있었다. 물을 주긴 했지만 반 시진이나 사막을 걷는 일을 웬만한 남자라도 상당히 힘든 일이었다. 그녀는 쓰러질 듯 말 듯하면서도 지금까지 잘 견뎌내었으니 의지 하나만큼은 인정할 만했다. 그러나 그것도 정도가 있었다.

"앗!"

그녀는 결국 다리에 힘이 풀려 넘어지려 했다. 하지만 그 순간 옆에 있던 그가 그녀의 몸을 한 팔로 거뜬히 받아냈다.

"아, 고맙습니다, 중원의 사내여."

파루나호는 자신이 넘어진 것이 부끄러운 것인지 남자에게 약간이나마 안겨 있는 것이 부끄러운 것인지 살짝 얼굴을 돌리고 감사의 표시를 하고는 몸을 추슬렀다. 순간 그녀는 자신의 몸에서 약간의 활력이 솟는 것을 느꼈다.

"……?"

그녀는 왜 자신이 갑자기 힘이 솟는지는 몰랐지만 다행이라 생각하며 힘을 내어 무리들을 따라갔다. 자신이 안전해야 양국 간에 문제가 일어나지 않을뿐더러 자신의 나라에 큰 도움이 될 수 있었다. 그것만 생각하면 무엇이든 견뎌낼 수 있다고 생각하는 파루나호였다.

새삼 힘을 내는 그녀를 보며 잠시 미소 지은 그는 다시 천궁단원의 뒤를 따라 걸어갔다. 그런데 갑자기 아빈이 그의 등을 마구 치는 것이었다.

뭔가 해서 그녀를 봤는데 심하게 찌그리고는 불만에 가득 찬 눈으로 바라보고 있는 그 표정이 말로 표현하기 어려웠다. 그러고는 다시 마구 그의 등을 소리나게 쳤다. 그것이 여인의 귀여운 질투임을 안 그는 그저 쓴웃음을 지으며 갈 길을 걸어갔지만, 그런 그를 집요하게 따라가며 아빈은 자신의 이 유치할 수도 있는 질투심이 풀릴 때까지 계속 쳐대었다.

재미 반 질투 반으로 그의 등을 치며 걸은 지 다시 반 시진이 흘렀을까? 셋의 눈에 멀리서 무언가가 보이기 시작했다. 아빈과 그의 눈에 끝없는 사막 한가운데 마치 동물의 우리처럼 나무를 세워 경계를 친 군락이 보였다.

그 넓이는 상당했다. 나무로 세워진 경계는 원을 이루고 있는 듯했는데 원의 호는 엄청난 길이였다. 아마 그 안에는 오아시스가 있어서 군락 생활이 가능할 것이다. 그러나 한 집단치고는 상당히 허술한 느낌이 없잖아 있는 본채였다.

'산적보다 못하군.'

그는 쓴웃음을 지으며 다시 한 번 그들의 본채를 살펴보았다. 어느 정도 다가갔을까? 그의 표정이 조금씩 굳어지기 시작했다.

"……."

"왜 그래요, 오빠?"

아빈은 그의 굳어진 얼굴에 걱정스런 표정을 지으며 조용히 물었다. 하지만 그는 아무 말 없이 계속 전면을 바라보기만 했다.

그는 갑자기 뭔가 말로 표현하기는 힘든 무언가를 느끼기 시작했다. 분명 공명 같았지만 어찌 보면 공명은 아닌 것 같은 느낌이었다. 자신과 같은 힘을 가진 것 같았지만 또한 아닌 것 같은 그 묘한 모순적인 느낌에 그의 얼굴은 더욱 굳을 수밖에 없었다.

'이상하군. 공명이면 공명이지 왜 애매모호하지? 아닌 것 같기도 하고……. 뭐랄까, 현재의 것이 아닌 느낌이랄까? 맞는 표현인가? 훗! 내 생각이지만 너무 이상하군.'

그는 오래지 않아 굳은 표정을 풀었다. 그도 자신을 느낄 것이기 때문이었고 그렇게 되면 어차피 그와의 일전은 피할 수 없을 것이라 생각되었다. 그럴 것이라면 그냥 맘 편히 있어도 상관없을 것이다.

정문 아닌 정문까지 도착했다. 이미 천궁단원들은 셋 빼고는 다 들어간 상태였고 그들을 이끄는 여인과 천궁단원 셋, 인질 셋만이 아직 들어가지 않고 있었다.

"너희들은 이제 이곳에서 한동안 지내게 될 것이다. 하지만 만약 우리의 요구 사항이 이루어지지 않는다면 어떻게 될 것인지는 말하지 않아도 알겠지?"

그러고는 안으로 들어갔다. 들어가자마자 보이는 것은 그녀의 맞은편에서 얼굴을 죽립으로 가리고 묵묵히 서 있는 한 남자였다.

"계속 여기 서 있었군요. 이제 내가 왔으니 들어가세요."

그녀는 지금까지 보였던 모습과는 달리 매우 다정한 말투로 그에게 따뜻하게 말을 걸었다. 그러나 그는 묵묵부답이었다. 그녀는 그가 자신의 말을 잘 듣는 평소의 반응이 아니자 상당히 놀랐지만 이내 무엇 때문인지 알고는 말했다.

"저들은 우리 천궁단을 위해 잠시 필요한 인질입니다. 크게 신경 쓰실 것 없어요."

그러면서 그녀는 들어가자는 의사를 내비추었다. 그러나 그는 바로 반응하지 않고 약간의 시간을 두고 가만히 있더니 이내 그녀와 어딘가로 가버렸다. 그는 죽립을 하고 있어서 도무지 어떤 표정을 지었는지, 무엇을 보았는지 알 수가 없었다.

"……"

하지만 그는 알 수 있었다, 그 죽립인이 천궁천멸을 쓰는 자라는 것을. 그리고 그가 자신을 느낀다는 것도.

하지만 정작 자신은 그 죽립인이 이상했다. 가까이 오면 확실히 알 수 있을 거라 생각했는데 그게 아니라 더욱 묘했던 것이다. 그는 다른 사람들이 보면 물론 평범하겠지만 자신이 보면 알 수 있는 그런 공명이 매우 불확실했다. 있는 것 같기도 하고 없는 것 같기도 한 이상한 느낌은 겹황천주 때와는 너무나 달랐던 것이다.

그는 그 느낌을 대체 어떻게 해석해야 할지 몰라 약간의 긴장감을 느꼈다. 자신마저 그런 느낌이 들 정도로 강자란 말인가? 하지만 자신마저 평범하다는 느낌이 드는 그는 대체 얼마나 강해야 그런 느낌이 든단 말인가? 이런 생각이 들었지만 그렇다고 두렵거나 위축되는 감정은 전혀 아닌 그였다.

셋은 어느 나무 집으로 인도되었다. 여기까지 오면서 그가 느낀 것은 생각 외로 그들은 인질들을 거칠게 대하지 않았다는 것이었다. 물론 따뜻하게 대해주지도 않았지만.

나무 집은 제법 컸고 겉으로 보기에도 여러 명이 같이 지낼 수 있을 것 같았다. 그 집의 문 앞에는 천궁단원 한 명이 서 있었고 그는 아무 표정 없이 그들이 오자 문을 열어 들어가라는 의사를 내비추었다. 셋 역시 아무 말 없이 문 안으로 들어가려 했지만 그때 갑자기 한 소리가 그들의 움직임에 제동을 걸었다.

"너희들이 단주가 데리고 온 인질들이구나?"

"……?"

셋이 누군가 하고 뒤를 돌아보자 세 명의 천궁단원은 어느새 없어졌고 다른 한 인물이 서 있었다. 걸걸한 목소리를 한 그는 육 척 오 촌(약 195cm 정도)은 족히 되는 엄청난 장신으로 눈빛이 예사롭지 않았지만 그러한 장신이 하고 있을 전형적인 무사풍의 얼굴과 몸이 아니라 의외로 서생풍의 단아한 얼굴을 하고 있었다. 그래도 날카로운 눈매와 야성적인 미소로 인해 거친 느낌을 주는 사내였다. 그는 씨익 웃더니 말을 이었다.

"나는 천궁단의 부단주 황장경이라 한다. 크크큭! 앞으로 자주 보게 될 텐데 내 이름 정도는 외워두거라! 참고로 난 활을 쓰지 않지. 앗! 이런 말을 하려고 온 것이 아니지. 으하하하!"

그는 뭐가 웃긴지 혼잣말을 하더니 크게 웃었다.

"내가 온 것은 몇 마디 해주려고 온 것이다. 여기를 벗어나려고 하지 말아라. 그랬다간 당장 부하들의 활에 꿰뚫릴 테니까. 아니, 나의 검에 뚫릴 수도 있지. 아니면 그자의 무형궁에 당할 수도 있고. 그럼 이만. 하하하하!"

그는 말을 마치고는 바로 그 자리를 떠나 버렸다. 순식간에 나타나 할 말만 하고는 혼자 웃으며 사라져 버린 그를 이들은 어벙벙한 표정으로 볼 수밖에 없었다.

'그자의 무형궁? 그 죽립인을 말하는 것이군. 그런데 왜 부단주란 자가 그를 그자라고만 부르는 것이지?'

의문은 있었지만 곧 지워 버리고는 파루나호와 아빈이 이미 들어간 집 안으로 들어갔다. 집에 들어가서 처음 나온 공간은 제법 큰 곳으로 식탁이 가운데 놓여 있었고 식탁 앞에는 다섯 개의 의자가 있었다. 그리고 그 공간에는 문이 두 개가 있었는데 그가 하나의 문을 잡고 밀자 침구와 탁자가 전부인 방이 나왔는데 제법 큰지라 세 명은 문제없이 기거할 수 있을 듯했다.

"앗! 오빠!"

아빈이 놀라 급히 부르는 소리에 그는 방을 둘러보다 말고 밖으로 나와 나머지 열려 있는 문 안으로 들어갔다. 안에는 파루나호와 아빈이 그들의 맞은편에서 웅크려 떨고 있는 한 여인을 바라보고 있었다.

"오빠, 성주의 딸인 것 같아요."

"……."

그가 보기에도 맞는 것 같았다. 그간의 심적 고생으로 좀 수척해졌지만 몸에서 풍기는 귀티와 아름다움은 그대로였다. 아빈이 자신을 아는 척하자 두려움에 떨던 그녀는 영문을 몰라 했지만 이너 그들을 짐작할 수 있었다.

"다, 당신들은 저를 구하러 온 사람들인가요?"

여전히 두려웠던지 웅크린 몸은 풀지 않고 있었지만 그 목소리는 사람의 마음을 녹일 정도로 영롱하면서도 어린 티가 나 묘한 매력을 풍기고 있었다. 일행이 대답하기도 전에 그녀가 말을 이었다.

"하지만 당신들도 잡힌 것 같군요……. 죄송해요, 저 때문에……."

그녀는 그 말이 결코 틴말이 아님을 보여주기 위함인 듯 눈에서 눈물을 흘리기 시작했다. 자신을 구하려다 잡힌 것이기에 눈물을 흘리는 착한 마음씨 때문에 다른 사람이 본다면 분명 감동받을 만한 것이었다.

아빈은 그런 감정을 조금 받았지만 지금 상황에서 그런 게 중요한 것이 아님을 알기에 감정을 추슬렀다.

"일이 잘 되는구나. 성주의 여식을 쉽게 찾아냈으니 말이다."

그가 아빈에게 전음을 보내자 아빈도 그 말을 받았다.

"그럼 이제 바로 나가면 되겠네요?"

"아니다. 아직 알아야 할 것이 더 있다. 더구나 성주 딸의 심적 상태가 좋지 않구나. 한동안 그녀 옆에서 그녀의 마음을 편하게 해 불안감을 가라앉혀야겠다. 그리고 옆에 있는 회흘국 공주도 그냥 두고 갈 수는 없는 노릇 아니냐. 그녀가 잡혀온 이유도 알아야 할 것이고. 가장 큰 문제는 아까 정문에 있던 죽립인에 대해 어느 정도의 정보는 알아야겠다. 그자의 힘은 나도 알 수 없을 정도로 깊더구나.”

그의 말에 아빈은 크게 놀랐다. 자신이 몸담았던 겁황천의 천주마저 이긴 그다. 애초에 하늘이라 여기던 천주를 이긴 그의 실력은 그녀로서는 이미 천하제일이라고 단정 짓고 있었는데 그런 그가 확신할 수 없을 정도의 강자라는 말에 그녀는 일을 너무 쉽게 생각했음을 깨달았다.

막말로 그녀는 그를 믿고 마구 부수면서 헤집고 나오면 된다고 생각했지만 옆의 회흘국의 공주 문제도 있고 서른 명의 고수와 싸워서 압도적으로 이긴 그자의 존재도 문제였다. 물론 의외의 존재였던 천궁단의 단주도.

그녀의 걱정스런 모습을 보던 그는 슬며시 웃으며 다시 전음을 보냈다.

“너무 걱정 말거라. 내가 반드시 해결할 테니까. 어차피 우리의 목표는 싸워 이기는 것이 아니라 사람을 구해 빠져나가는 것이니까 말이다. 그것은 싸워 이기는 것보다 훨씬 수월한 일이란다. 그러니 맘 편히 먹고 일단 여기서 지내보자꾸나.”

그 말에 그녀는 다시 마음이 편해질 수 있었다. 애초에 그를 보고 한번에 그에게 모든 것이 가버린 그녀였으니 그를 믿고 왔다면 끝까지 믿어야 할 것이다. 그런 생각을 하자 맘이 매우 편해지는 것은 당연한 것이었다.

울고 있던 성주의 딸을 위로하던 파루나호는 그들이 전음이란 것으로 대화하고 있던 것을 조심스레 쳐다보다가 그들의 대화가 끝난 것 같자 말을 걸었다.

"중원의 남자와 아름다운 서역의 여인이여, 그대들은 이 귀한 신분의 여인을 구하러 온 것입니까?"

그가 아무 말도 없자 아빈이 말을 했다.

"네, 그렇습니다, 회흘국의 공주님. 이 아가씨는 태자비의 후보 신분으로서 중요한 분이기에 그녀를 구하러 온 것이에요."

"그렇게 어려운 호칭을 쓸 필요는 없답니다. 그냥 파루나호라고 불러주세요. 저도 그대를 아빈이라고 편하게 부르겠습니다."

그녀의 성격이 의외로 솔직 담백하다는 것을 알고 아빈은 그녀와의 거리가 약간 가까워짐을 느끼며 얼굴에 활짝 미소를 짓고는 그녀와 대화하기 시작했다.

그녀의 이름은 단호란이라 했다. 이틀 정도는 호란이 마음에 안정을 갖도록 신중해야 했다. 다행히 여자가 둘이라 그 일은 그렇게 어렵지 않았기에 시간이 지나자 예전의 모습처럼 빛을 발하며 아름답게 웃을 수 있었다.

남은 일은 신비한 죽립인에 대한 정보와 파루나호가 잡혀온 일 이후의 회흘국의 반응이었다.

신기한 것은 그들의 식사를 부단주인 황장경이 갖다 준다는 것이었다. 원래 한 집단에서 그런 일은 최하 말단이 하는 일임이 당연한 것인데 부단주가 그런 일을 도맡아하는 것은 분명 이상한 일임이 분명했다.

그 일에 대해서 아빈이 물었는데 그는 이렇게 대답했다.

"크큭, 뭐, 내가 하기 싫은 것은 아니지만 어쩔 수 없이라도 해야 한다. 전 단원들과 너희들이 밥을 먹는 시간이 다르지. 왜냐고? 단원들은 그 시간에 모두 단주의 지휘 아래 엄청난 수련을 받기 때문이야. 그렇기 때문에 우리 천궁단이 이렇게 강한 것이기도 하지. 크크크, 마침 내가 지금 식사 시간이기 때문에 그냥 너희들에게 갖다 주는 것뿐이다. 그 이상도, 그 이하도 아냐."

어찌 보면 그들에게 대우를 잘해주는 것이라 생각할 수도 있었다. 단원들이 밥을 먹는 시간에 그들 넷의 식사 시간을 맞추면 되는 것이기 때문이었다. 좀 이상했지만 그들은 그냥 그러려니 하고 받아들였다.

그러나 실상은 조금 달랐다. 부단주인 황장경은 대단한 주방장이기도 했다. 음식에 일가견이 있는 자임을 아는 단주는 부단주인 그가 음식을 만들어 베푸는 음식이라면 단원들의 사기와 충성심이 더욱더 올라갈 것이라는 생각 하에 그의 동의를 얻어 이렇게 하고 있는 것이었다.

실로 대단한 여인이라 할 수 있었다. 그녀의 야심이 어디까지인지는 모르지만 아마 충분히 자신의 야심을 이룰 수 있는 능력이 되는 여인이리라.

일주일 가까이 지나고 음식을 날라주는 황장경과의 대화 시간이 많아지자 어느 정도 정보가 모이기 시작했다.

황장경은 그들에게 그러한 사실을 알려도 별 상관 없는 듯 웬만한 질문에는 별다른 의심 없이 잘 대답해 주었다. 단주의 능력이 워낙 뛰어나고 통솔력 또한 압권이었기에 그의 할 일은 생각만큼 많지 않았고, 남은 시간은 무공 수련과 한가하게 때우는 것으로 보내야 했기 때문에 인질과의 대화도 그렇게 재미없지만은 않은 모양이었다.

단주—그녀의 이름은 사마진영이라 했다—는 과거를 알 수는 없지만 대단한 야심가라고 한다. 그만큼 대단한 능력자이기도 하였다.

천궁단을 만든 지는 겨우 삼 년. 사막 주위에서는 이미 최고의 명성과 실력을 날리고 있는 것을 보면 이를 이룬 그녀는 분명 인물이긴 인물이었다. 또한 그녀의 철학은 모두가 강해야 집단 또한 강해질 수 있다는 것이었기 때문에 부하들에게 무공의 전수를 아끼지 않았다.

그녀는 거의 완벽을 추구했기에 그들의 충성심 또한 완벽을 원했으며 그들에게 자상한 보살핌을 아끼지 않았다.

하지만 공사는 철저한 인물이었기에 잘못을 가하면 추호의 용서도 없었다. 그것이 지금까지 천궁단을 이끌어온 철칙이었으며 단원들 또한 그것에 철저히 따른다고 한다.

자신이 부단주가 된 것은 이 년 전으로 사막을 방랑하다 죽을 뻔한 것을 그녀가 구해주었다고 한다. 무림에는 잘 알려지지 않은 그였지만 그 실력이 그녀가 보기에는 엄청나게 보였는지 바로 부단주의 직위에 올려주었다고 한다. 물론 그간한 실력이 뒷받침되고 있는 것은 당연하리라.

"나도 내 나름대로 무공과 지식이 제법 쌓여 있지. 으하하하하!"

그는 이렇게 말하면서도 제법 자신감을 가지고 있는 듯 뻔뻔한 얼굴이었다.

단주의 야심이 어디까지인지는 말한 적이 없어 모르지만 일단 제일 중요한 것은 자금이었다. 그녀는 일단 중원에서 사업을 시작하였으며 그것도 모자라는지 상인들을 습격하는 일도 감행했다.

자존심 상하는 일이었지만 곧 그들이 스스로 물품을 바칠 때까지만 하면 되는 것이었고 이는 곧 이루어지게 되었다. 하지만 그 정도로는 성이 차질 않는지 꽤나 고심했다고 한다.

중원의 한 세력을 잠식해 보는 것도 괜찮은 일이었지만 현실은 거의 사라성 독주라 자칫 무림의 공분을 살 수도 있어 쉽게 건드릴 수도 없었다.

하다못해 생각해 본 것이 바로 인질극이었다고 한다. 우선은 쉽게 가까이 있는 성주의 딸을 납치했으며 언제 간세를 심었는지 모르게 황궁에서 정보가 흘러나왔다. 바로 회흘국의 공주가 변장하여 본국으로 돌아간다는 것. 언제 중원으로 온 것인지는 몰랐지만 일단은 좋은 기회라 생각하고 바로 일을 착수했으며 지금은 거의 성사 단계라고 한다. 그녀는 외교 능력까지 일품인지라 쉽게 거금을 얻어낼 수 있을 것 같다고 자랑스러워했다.

곧 성주에게도, 그리고 회흘국에서도 엄청난 양의 자금을 얻을 수 있을 것이고 그에 따른 황궁의 보복도 외교로 인해 유야무야시킬 것 같다고 했다. 정말 대단한 일이 아닐 수 없었다. 하지만 그도 그 죽립인에 대해서는 잘 모르는 듯했다.

"흥, 그 따위 냄새도 나지 않는 자식. 단주가 어느 날 나가더니 그 남자를 데리고 오더군. 평소엔 보여주지도 않던 따뜻한 미소를 그 자식에겐 잘도 보여주면서 말이야. 하지만 그만큼 그의 능력은 무서운 것이었지. 다른 것은 몰라도 무공 하나만큼은. 크크크!"

그는 죽립인을 못마땅하게 생각하고 있는 말투였는데 손이 약간 떨리는 것을 보면 두려움마저 느끼고 있는 듯했다.

"오빠, 이제 어떻게 하죠? 이대로 지켜볼 수만은 없잖아요. 이젠 뭔가를 해야 할 것 같아요."

"그래야겠지. 아무래도 죽립인에 대해서는 더 이상 알 수가 없겠구나. 아마 단주 외에는 아무도 모르겠지. 앞일이 어떻게 될지는 모르겠다. 이미 놀랄 만큼 일을 성사시켜 버려서 우리가 할 일은 그냥 도망치는 것뿐이겠다. 성주의 딸과 공주가 무사히 귀환한다면 일은 끝나겠지."

"일은 그렇게 쉽지만은 않은 것 같습니다, 대협."

파루나호가 조용히 그에게 반론을 제시했다.

"우리가 비록 무사히 빠져나간다 해도 이들의 반응이 문제입니다. 이들이 그냥 포기하면 일은 쉽게 끝나겠지만 이들의 반응이 분노로 이어진다면 피바람이 일 것 같군요."

"하지만 이들을 모두 해체시키지 않는 한 그것에 대한 대책은 없을 것이오. 그것은 쉽지 않은 일이기도 하오. 그러니 우리가 우선 할 일은 여기서 무사히 나가는 것이지. 우리의 목적은 살아남는 것이지 뒤의 일이 아니잖소. 그리고……."

그는 어차피 자신과는 상관없는 일이라고 말하려다 그만두어 버렸다. 그런 말은 지금의 자신과는 약간 어울리지 않는 말이기도 했고 파루나호와 단호란은 자신이 아무런 힘이 없는 평범한 사람으로 알고 있기도 했다.

파루나호도 그의 말이 맞다고 생각했는지 아무런 말도 하지 않았다. 그러고 보면 그들이 여기에 일주일간 있었던 의미가 크게 무색해지는 듯했다. 물론 그것은 그만의 생각이었다. 자신의 능력이라면 충분히 빠져나갈 수 있기 때문이었다. 그가 일주일간 머문 것은 어디까지나 죽립인에 대한 정보와 두 여인에 대하여 천궁단과 성주, 회흘국왕 간의 협상 진행 방향을 알기 위함일 뿐이었다.

일단 가장 생각하기 쉬운 것으로는 밤을 이용하여 빠져나가는 것이었다. 그것이 그들 넷에게는 가장 안전한 방법이었다. 그와 아빈 둘이라면 낮이라 해도 빠져나가는 것은 충분했지만 무공을 모르는 두 사람의 안전이 매우 중요했기 때문에 밤이라 해도 쉽지는 않았다. 아무래도 자신도 예측할 수 없는 강자인 죽립인이 뒤에서 버티고 있기 때문에 부담감이 드는 것은 어쩔 수 없었다.

'이래저래 그자가 신경 쓰이는군.'

그는 쓴웃음을 지으며 고개를 저었다. 운이 좋아 그를 따돌릴 수 있다면 몰라도 그것의 가능성은 희박함이 분명한 이상 차라리 들켰을 시에 그들에게는 안전할 수도 있는 낮이 오히려 나을지도 몰랐다. 낮이 아무래도 싸우기에도 편하기 때문이었다.

그렇다고 나가는 순간부터 발각되어 버리면 당연히 안 되는 문제였기에 신중해야 했다. 시간대가 중요했다.

그것은 단원 전원이 훈련하는 시간을 택하면 되는 것이었다. 그 시간에 부단주인 황장경이 음식을 갖다 줄 겸 감시할 겸으로 오는데 그를 제압하는 것은 그에게는 쉬운 일이었다.

그 죽립인이 무엇을 하고 있느냐가 문제인데 최소한 일각이라도 들키지 않으면 충분히 이들을 안전한 곳으로 옮길 수 있을 것이다. 생각보다 천궁단의 본단이 크고 나무로 만든 경계는 어른 키만도 못한 높이였기에 그의 이목을 숨기고 빠져나갈 확률은 제법 되었다.

'설령 들킨다 해도 내가 그들을 막으면 되겠지. 내가 시간을 벌면 최소한 이들 셋은 멀리 도망갈 수 있을 거야. 결국 귀찮게 나만 또 이렇게 되는군.'

그는 속으로 한숨을 쉬고는 곧 다가올 점심 식사 시간을 기다렸다. 그동안 그는 아빈에게 전음으로 자신의 계획을 이야기해 주었고, 확실한 방법은 아니었지만 그 이상의 계획은 없었기에 그녀도 동의했다.

만약 발각되면 그녀가 책임지고 둘을 안전한 곳으로 옮겨야 했다. 그녀는 그를 믿기에 설령 혼자서 많은 수들과 싸워도 충분히 이길 것이라 생각했다. 어쩔 수 없는 걱정이야 있었지만 그의 실력을 생각한다면 기우일 뿐이라 생각하는 아빈이었다.

그녀에게는 황장경이 오기를 기다리는 시간이 억겁과도 같았다. 겁황천에서 가르쳐 주었던 겁황공을 배웠다고는 하지만 아직 오래되지 않아 자신을 지킬 정도밖에 안 되는 무공을 지니고 있었기에 만약의 사태에서 두 여인을 데리고 무사히 빠져나갈 수 있을지에 대해서 자신이 없었고 당연히 기다리는 동안 긴장될 수밖에 없었다.

그녀가 바라는 것은 그마저 안색이 굳을 정도의 강자일지도 모르는 죽립인이 자신들을 발견하지 못하는 것이었다. 어디까지나 바람일 뿐이지만 그렇게 되면 일이 편하게 될 것이 아닌가.

창문을 통해서 보이는 태양의 위치로 보건대 곧 황장경이 식사를 들고 올 시간이 분명했다. 아빈은 둘에게 그가 오면 도망갈 것이라고 말했기에 두 여인도 약간 긴장하고 있었다.

그것 때문인지 방 안의 공기는 긴장감이 돌고 있었다. 아빈마저 불필요한 긴장을 하고 있어 그걸 느낀 그는 아빈에게 편안한 말을 해주었다.

"어차피 이 긴장감은 풀기 힘들지만 아빈 너마저 긴장할 필요는 없지 않느냐. 날 믿거라. 그거면 되는 거야."

간단한 이 말에 그녀는 자신의 실수를 깨닫고 얼굴을 붉혔다.

그는 이 긴장감이면 아마 황장경이 들어오자마자 이상한 감을 느낄 수도 있을 것이라 생각했다. 그러나 서두를 필요는 없었다. 그는 우리들이 도망갈 것이라는 생각도 하고 있지 않았고 자신들의 실력을 다 모르기에 유리한 건 일단 자신들이었다. 얼마 지나지 않아 그가 오는 소리가 들렸다.

저벅저벅.

끼익.

문 열리는 소리가 나면서 예전처럼 그가 들어왔다. 육 척 오 촌의 장신에 빛나는 두 눈, 그에 조금은 부조화스러운 단아한 얼굴. 그는 무표정으로 들어오다 순간 묘한 긴장감을 느끼고는 흠칫했다. 하지만 그 이상 생각하지는 않았다. 그저 왜인지는 모르지만 넷 사이에 뭔가 일이 있었구나 하는 짐작만 할 뿐이었다.

"오늘 분위기가 왜 이래? 하하하하! 자, 먹어보라구. 오늘은 내가 좀 신경 썼지. 크흐흐, 맛있을 게야."

그는 음식들을 바닥에 놓으면서 걸걸하게 말했다.

음식을 옮기는 것을 도우면서 아빈은 눈치를 보며 황장경에게 물었다.

"다들 훈련하러 갔나 봐요?"

"그래. 예전과 같아. 단주와 함께 지옥의 훈련을 하러 갔지. 요즘은 부쩍 강해지고 있는 느낌이야. 단주도 매우 흡족해하고. 으하하하! 나? 나도 좋지!"

그는 묻지도 않은 자신의 감정까지 이야기하면서 씨익 웃었다. 그는 음식을 바닥에 다 놓고는 먹자며 사람들을 재촉했다. 그의 순진하기까지 한 무방비 상태의 고습을 토며 아빈은 약간 미안했지만 이내 지워버렸다.

황장경이 수저를 들었을 때였다. 갑자기 뒤에 있던 그가 황장경의 어깨를 가볍게 두드리는 것이었다. 황장경은 순간 깜짝 놀랐지만 이내 진정했다. 하지만 의문은 있을 수밖에 없었다.

'언제 뒤에 있었지? 아무리 즌재감이 없던 남자라고는 하지만 내 어깨를 두드리러 다가온 손의 기척마저 못 느끼다니?

"……?"

"밥 말이오."

"밥?"

"오늘따라 상당히 맛있게 보이는구려."

"……?"

그는 약간 황당함에 잠시간 할 말을 잃어버렸다. 평소에 말수도 거의 없을뿐더러 이런 읠상적인 대화와는 전혀 어울리지 않을 것 같은 무표정한—그는 초월한 표정처럼도 느꼈지만—얼굴로 그런 말을 하자 황당했던 것이다.

"자네, 오늘 좀 이상……?"

그는 말을 하다가 갑자기 뒤로 쓰러져 버렸다. 둘의 대화를 조용히 지켜보고 있던 셋은 깜짝 놀랐다. 아마 당사자의 혼이 이 일을 보았다면 오죽이나 놀랐을까.

"됐다. 거칠게 할 필요는 없지. 전신 신경을 마비시켰다. 그리고 정신도 잃게 했지. 깨어나려면 하루는 걸릴 거다. 이제 나가자."

아빈을 제외한 둘은 심장이 터질 정도로 놀랐지만 평범한 여인들은 아닌지라 금방 상황을 파악했다. 그가 천천히 걸어나가자 셋도 뒤를 이어 따라 나왔다.

그는 씁쓸하게 웃었다. 그냥 정신을 잃게 하면 되는데 그동안 자신들을 위해 수고한 그의 웃음과 노력이 괜히 걸린 때문이었다. 아마 일어나면 눈에 띄는 변화를 느끼고는 아마 눈치가 빠르다면 자신들을 그렇게 원망하지는 않을 것이리라. 그의 몸에 약간의 조치를 해두어 공력이 꽤나 올라갈 것이기 때문이었다.

그는 죽립인이 어디쯤에 있는지 느껴보았다. 조금 멀리 떨어져 있었는데 죽립인도 아마 자신을 느끼고 있을 것이라는 생각이 이제야 들었다. 치명적인 실수를 저질렀지만 이미 엎질러진 물이었다.

서로를 느끼는 이유는 공명과 비슷한 것이었기에 자신이 심한 이동을 하지 않는다면 그쪽이 크게 이상함을 느끼지는 않을 것이라 생각한 그는 조금씩 조금씩 이동하기 시작했다. 거의 대부분이 수련을 갔기 때문에 안은 꽤나 한산했다. 지키는 단원도, 돌아다니는 단원도 없었던 것이다.

마치 한 군락 같은 이곳 천궁단은 모르는 사람이 본다면 상당히 편안하고 살기 좋으며 인심 좋은 마을이라 생각될 정도로 소박한 곳이었다.

일각 정도 은밀히 이동하자 곧 나무 담 앞에 도착하게 되었다. 아무 말도 없었지만 넷은 각각 표정이 달랐다. 그는 여전히 무표정이었고 아빈은 조금 긴장한 표정이었다. 파루나호는 뭔가를 생각하는 표정이었고 단호란은 상당히 겁에 질린 표정이었다. 하지만 자신이 무사히 돌아가야 문제가 작아질 것이라는 생각이 그나마 그녀의 몸을 지탱하고 있었다.

'저 남자는 정말 대단하구나. 모든 것이 담담해. 부러워……'

단호란이 생각하는 그의 모습이었다. 이런 긴박한 상황어서도 담담한 그가 멋있어 보이기까지 했다.

그가 아빈에게 눈빛을 브내자 그녀는 우선 파루나호를 안고 담을 넘어갔다. 이어서 그는 단호란을 말없이 한 팔로 안고는 가볍게 담을 넘었다.

"한동안은 힘들겠지만 되도록 모래 바람을 일으키지 말고 경공을 펼치거라."

그는 아빈에게 이렇게 전음을 주며 그녀의 백회혈에 손을 갖다 대었다. 그러자 그녀는 몸에서 큰 힘이 흐르기 시작함을 느끼고는 감동받은 눈빛으로 그를 보았다. 그런 그녀를 보며 가볍게 미소를 지어주고는 다시 호란에게로 갔다.

그가 호란을 한 팔로 안으려고 팔을 벌리는 순간이었다.

"앗!"

파루나호의 단말마와 그의 몸이 흠칫한 것은 동시였다.

핑!

무엇인가가 바로 아빈의 심장을 정확히 노리고 날아들었던 것이다. 너무나 정확해서 소름 끼칠 정도로.

이미 그것은 그녀의 반 장 앞까지 날아왔다. 형태는 없었지만 무언가 보였다. 그것은 너무나 무형태에 가까워 천궁단 쪽으로 몸이 향해 있던 파루나호도 아주 우연히 그것을 보았을 뿐이었다. 아빈이 피하기에는 이미 늦어 있었다.

티팅!

"아앗!"

파루나호와 단호란이 무슨 일인가 하고 정신을 차려보았을 때는 모랫바닥에 아빈과 그가 넘어져 있었다. 워낙 순식간이라 옆에 있던 둘도 무슨 일이 일어났는지 알아차리지 못한 것이었다.

무언가가 아빈의 심장 앞까지 날아왔을 때 그는 약간 늦게 알아차렸지만 간신히 손바닥으로 막을 수 있었던 것이다. 하지만 온전한 힘으로 손바닥에 강기를 형성시키지 못해 그 충격의 여파에 뒤로 밀려 같이 바닥에 넘어져 버린 것이었다. 아슬아슬하게 손바닥으로 그 무언가를 막았기에 망정이지 아주 약간이라도 늦었을 경우 그 뒤는 보지 않아도 뻔한 일이었다.

"오빠, 괜찮아요?!"

"너야말로 괜찮느냐?"

그는 심상찮음을 느끼고는 다음 사태에 대비하기 위해 바로 자리에서 일어났다. 아빈의 걱정에 일일이 답할 정도의 여유도 없었다.

그 생각은 적중했다. 이번엔 두 개가 파루나호와 단호란에게 날아오고 있는 것이었다. 속도가 너무 빨라서 벌써 둘의 앞까지 날아왔기에 그라도 막지 못할 것 같았다.

그때 아빈이 파루나호를 끌어안고 바로 바닥으로 넘어지는 것을 본 것은 찰나였다. 그는 지체하지 않고 날아오는 그 무엇의 뭇지않은 속도로 다가가 단호란을 안고는 그것을 한 손으로 강하게 쳐냈다.

카앙!

마치 쇠가 부딪치는 소리와 함께 그 무엇인가가 소멸했다.

'무형궁(無形弓)이군! 그 많은 고수들을 소리없이 죽인 죽립인의 무공이다!'

확신과 함께 머리가 맑아지는 느낌이 들자 바로 그자가 보였다. 그는 놀랍게도 삼십 장(90m) 정도 떨어진 곳에서 하늘 위로 둥둥 떠 있었다. 천궁단의 가장 높은 건물에서 오 장(15m)가량 더 떠 있었던 것이다.

'벌써 발각되었단 말인가?'

사태는 긴박했다. 이제 바로 생각했던 대로 일을 추진해야 했다.

"아빈아, 어서 내가 말했던 대로 이곳을 최대한 멀리 떠나거라. 우리 집이라면 충분히 안전할 거다!'

"네!"

아빈은 바로 파루나호와 단호란을 재촉해 길을 떠났다. 그 외중에도 죽립인은 그들의 도주를 보주지 않으려는 듯 무려 다섯 개의 무형궁을 날렸다. 그는 다섯 개의 범위가 크지 않은 것을 보고는 바로 천마장을 날렸다.

콰콰쾅!!

그의 전방 십 장 정도에서 부딪쳤는데도 여파가 심하게 그를 향해
몰려왔다.

'상당하군. 약간 밀리는 느낌이 들 정도다.'

그는 덤덤한 표정으로 하늘에 떠 있는 죽립인을 보았다.

"……."

원래 같으면 바로 그와 일전을 벌였겠지만 그는 아빈 일행이 도망쳐
야 하는 시간을 벌어주는 것이 우선이었기 때문에 최대한 시간을 끌어
야 했다.

죽립인은 이번에도 자신의 공격이 막히자 일곱 개의 무형궁을 날렸
다. 그중 세 개는 아빈 쪽을 향해 날아갔다. 그런데 그 속도가 정말 경
악할 만했다. 그들을 향해 날아가는 세 개와 그를 향해 날아오는 네 개
의 속도에 차이가 있었는지 혈영천마가 어떤 반응을 하기도 전에 어느
새 아빈 일행 뒤까지 와 있었고 네 개는 그의 바로 면전까지 와 있었
다. 죽립인의 신묘한 능력은 놀랄 만했으나 그를 과소평가한 것인지도
몰랐다.

그의 신형이 바로 사라지면서 아빈과 두 여인의 뒤에 나타나서는 주
먹으로 세 개를 한꺼번에 쳐버리자 큰 폭음을 내며 소멸해 버렸다. 그
가 원래 있던 자리의 모랫바닥엔 네 개의 구멍이 나 있었다. 놀라운 일
은 모래가 그 구멍을 다시 메우는 것이 아니라 힘이 계속 작용하고 있
는지 그 구멍 상태를 여전히 유지하고 있다는 것이었다.

"어서 가거라."

아빈은 아무 말도 하지 않고 급히 그들을 이끌고 다시 갈 길을 가기

시작했다.

그는 그가 공격하기 전에 선제를 가하기로 마음먹고는 품 안에서 비도 세 개를 재빨리 꺼내어 그중 하나를 죽립인을 향해 날렸다. 그 속도 또한 가히 빛과 같아 순식간에 죽립인의 앞까지 날아갔다. 또한 그것은 도강을 석 자나 띠고 있어 무시무시한 위력이 품어져 있음을 알 수 있었다.

이어서 그는 나머지 두 개를 그에게 바로 날리지 않고 좌우로 날렸다. 그 비도는 약간의 시간 차는 있었지만 곡선을 그리면서 그의 양 옆으로 날아갔다. 삼십여 장 정도의 거리를 순식간에 좁혀 버린 그의 비도 실력 역시 죽립인의 두형궁 못지않게 대단했다.

죽립인은 옆으로 피하려다 순간 양 옆으로도 비도가 도강을 석 자나 띤 채 날아오자 일순 흠칫하고는 위로 삼 장 더 솟아올랐다. 하지만 놀랍게도 양측에 있던 두 비도가 생명을 띤 듯 따라 솟아올라 그의 양 옆으로 날아왔다. 게다가 비도에서 도강이 더 솟아나 다섯 자나 되었다. 그리고 그의 정면으로 날아가던 비도는 황당하게도 그가 원래 있던 공간에서 멈춘 채 공중에 떠 있었다.

죽립인은 두 개의 비도를 피할 수 없음을 느끼고는 번개 같은 손놀림으로 양 옆으로 한 번씩 두 번 시위를 강하게 튕겼다.

팽! 팽!

꽤나 강하게 튕겼는지 그 시위 소리가 삼십 장 밖에 있는 그에게도 큰 소리로 들릴 정도였다. 아마 가까이에 있었다면 고막이 터질 정도였으리라.

'폭(爆)!'

그가 구결을 읊으며 마음으로 외치자 죽립인을 향해 날아가던 두 개의 비도는 도강과 함께 엄청난 폭발해 버렸다.

콰콰콰쾅!!

그 정도는 그가 상처도 입지 않을 거란 생각을 하면서 공중에 띄웠던 비도에 내공을 더 주입했다. 이번엔 심혈을 기울이는 듯 그는 인상이 약간 굳어 있었다.

'회섬(回閃)!'

곧 그 비도는 엄청난 회전을 하면서 아까보다 더 빠른 속도로 폭발로 인한 뿌연 안개 속으로 날아갔다. 아무것도 띠지 않은 그 도에서는 붉게 빛이 나고 있었다. 그것은 회섬의 구결과 자신의 무명오장 중 사초 무(霧)의 구결을 접목하여 시전한 무공으로 설명이 필요없는 회심의 일격이었다.

"크악!"

인간의 소리가 아닌 것 같은 단말마가 들리고는 아무런 반응이 없었다.

'베었다!'

뿌연 먼지가 사라지길 기다리는 그는 분명 죽립인을 베었다는 느낌을 받았지만 뭔가 석연치 않았다.

먼지가 가라앉기도 전에 천궁단에서 반응이 일어나고 있었다. 소란스러운 것이 무슨 일이 일어났음을 알아차린 모양이었다.

'너무 빨리 알아차렸군. 꽤 시끄러웠나? 하긴 저자가 높은 곳에서 저러고 있는 것을 보면 충분히 알아차렸겠지.'

그런 생각을 하는데 갑자기 먼지 속에서 죽립인이 나타났다. 꽤나 크게 베인 듯 그의 다리에서 피가 나고 있었다. 그는 목을 노렸지만 그 순간에 그것을 피한 것을 보면 역시 만만한 상대가 아니었다.

조금씩 천궁단 내에서 먼지가 심하게 일면서 사람들의 이동이 일어나고 있는 것 같자 갑자기 죽립인이 아래로 내려가서 모습이 보이지 않게 되었다.

"……."

그는 시간을 많이 끌지 못했음을 느끼고는 좀 더 여기에 있을 필요를 느꼈다. 그는 반 다경 정도를 가만히 있어도 아무런 반응이 없자 천궁단의 나무 담을 향해 한 손을 내밀었다. 혈영장이 엄청는 기세로 날아가 부딪쳤다.

콰쾅!!

나무 담뿐만 아니라 그 뒤에 있던 집마저 완전히 박살이 나버렸다. 그때 그는 빠른 속도로 한 무리들이 다가옴을 느꼈다. 백여 명 정도의 천궁단원들이 그를 향해 다가오고 있는 것이 보였다.

그것을 보고 그는 유유서행(遊遊徐行)으로 아빈이 간 방향과 약간 어긋나도록 나아갔다. 그들이 계속 추적해 옴을 보고 됐다 싶어 어느 정도 더 가서는 멈추었다. 그리고 죽립인이 따라오는가 궁금해 그를 느끼려 했지만 아무것도 느껴지질 않았다.

'그를 느낄 수 있는 거리를 벗어났군.'

그는 별 생각 않고 그들을 어떻게 상대할까 고심했다. 그들이 그에게 다가오자 그들은 서서히 진을 만들기 시작했는데 그들 중 일부가 그의 후위를 점하려고 하자 그는 혈영장과 천마장을 동시에 날리면서 위협하여 뒤로 오지 못하도록 막았다.

‘거의 다 왔나? 이상하군. 나 하나를 잡기 위해 이렇게 많은 사람이 왔단 말인가?’

천궁단에서 자신과 죽립인이 싸우는 것을 보고는 자신을 심상치 않은 사람으로 여기고 있다는 생각이 가장 합당할 것 같았다.

그들은 진이 대충 형성되자 바로 그를 향해 활을 날렸다. 그의 전면에만 있었지만 그중 상당한 실력자도 있었는지 활이 곡선을 그리며 자신의 옆으로도 오는 것이 이십여 개나 되었다. 자신이 뒤로 피할 것이라는 판단 하에 그것까지 생각해 자신의 키를 약간 넘도록 쏘아 포물선을 그리면서 자신의 뒤로 날아갈 정도로 기막히게 쏜 활도 상당히 많았다.

하지만 꼼짝도 못하고 당할 것이라 생각한 그들은 놀랄 수밖에 없었다. 그가 꼼짝도 않고 있는 것은 그들의 예상대로였지만 그의 몸에서 혈무가 솟아나고 활이 그를 향해 부딪치자 그를 향했던 모든 활들이 힘없이 땅에 떨어져 버렸기 때문이다.

“다시 쏘아라! 천강파신시(穿剛破身矢)!!”

지휘자인 듯한 누군가가 명령을 내리자 아까의 것과는 다른 힘이 담긴 활들이 그를 향해 날아왔다. 역시 그가 피할 것까지 계산하여 쏜 화살이면서 동시에 무시하지 못할 기운도 담고 있어 상당히 위협적이었다. 만약 그들이 완벽한 진을 이루었다면 정말 무서운 일이 일어났을지도 모를 일이었다.

아무리 그라도 강기만을 전문적으로 파훼하는 화살을 강기로 막기는 무리였는지 그는 바로 무명사초 무(霧)로 밀어붙이려 했지만 최대한 시간을 끌어야겠다는 생각에 좌측으로 몸을 바람같이 움직였다. 천천히 걷는 듯했는데 놀랍게도 몇 개의 활을 없애 버리고는 유유히 원래 있던 자리에서 오 장 옆으로 이동하였다. 그 덕에 날아오던 많은 화살들이 모두 소용없게 되어버렸다.

그들은 두세 번 더 위협적이고 패도적인 활 공격을 하였지만 상대방이 너무나 간단하게 피해 버리자 더 이상 공격하지 않고 대치 상태에 들어가게 되었다. 이 상태가 시간을 끌기에는 차라리 좋음을 느끼고는 안도하며 가만히 자리에 서 있었다.

아마 천궁단원들은 그의 실력에 두려움마저 느꼈으리라. 인질이라고 생각했던 힘 하나 없이 보이는 남자가 중원 천하 어디에 내놔도 결코 손색이 없는 자신들의 전체 공격을 상처 하나 없이 받거나 피해 버렸으니 말이다.

그는 일 다경 정도 시간이 흐르자 뭔가 이상함을 느꼈다. 조금만 더 있으면 죽립인이 나타나 협공할 것이라 생각했는데 아직도 나타나지 않고 있었기 때문이다.

'뭐지? 왜 나타나지 않는 것이지? 내 생각대로라면 단주인 그녀와 죽립인이 나타날 것인데…… 앗!!'

그는 엄청난 착오를 했음을 통감했다. 경중의 차이가 있다는 것을 그는 잊고 있었던 것이다. 그들의 목적은 자신이 아니었다. 자신이 아무리 강한 인물일지라도 그보다 중요한 것은 바로 파루나호와 단호란이었다.

그 생각이 미치자 단주인 사마진영은 역시 한인물 하는 사람임을 느꼈다. 교묘하게 자신을 다른 곳으로 신경을 돌리게 하고는 아빈 일행을 따라간 것이다. 자신이 시간을 끌려 했지만 오히려 자신이 시간을 지체당한 것이다. 자신의 계략에 자신이 넘어간 것. 그의 표정이 굳어 졌다.

"역시 난 그다지 머리가 좋은 편은 아니군."

그는 쓰게 중얼거리며 내공을 크게 일으켰다. 그리고 두 손바닥을 합장하여 가슴에 위치하고는 심호흡을 했다. 제법 강하게 힘을 끌어올 리기 위해서였다. 그의 몸에서 혈무와 흑무가 솟아올라 기묘한 분위기 를 연출하자 뭔가를 하려는 듯한 그 모습에 단원들은 크게 긴장하며 그를 향해 활을 장전했다.

"쏘아라!"

핑핑! 핑!

"혈영천마장."

고요한 소리가 그들의 귀에 확연하게 들렸다. 그리고 그의 손에서 방출되는 거대한 장력. 검붉은 장력이 쏘아져 나가 화살과 부딪치자 활은 아무런 힘도 발휘하지 못하고 가루가 되어버렸다. 그리고 혈영천 마장은 여전한 힘으로 그들을 향해 나아갔다. 살상의 목적은 없었는 듯 그들의 앞 모랫바닥에 부딪쳤지만 그 여파는 엄청났다.

퍼퍼펑!!

둔탁한 소리와 함께 엄청난 모래 바람이 그들에게 일어났다.

"크윽!"

그들은 갑작스럽게 솟아오른 모래 바람에 눈과 코가 막힘을 느끼고 는 고통스러워 허리를 구부릴 수밖에 없었다. 혈영천마장이란 힘의 여 파마저 있어서 몸마저 저릿저릿했다.

반 다경이 조금 안 되고서야 모래 바람이 가라앉았는데 그들의 예상

대로 그의 모습은 보이지 않았다. 남은 것은 그들 앞에 깊게 패인 모랫
바닥뿐이었다.

"역시 보통 인물이 아니구. 현 무림에 저런 무공을 지니고 있는
자가 몇이 될지……."

천궁단원 중 하나가 감탄 섞인 투로 중얼거렸다.

그는 최대한 속력을 내어 그들에게 가고 있었다. 유유서행의 빠르기
는 놀라워 그의 움직임은 보이지 않는 빛과 같았다.

'제발……. 이 정도면 곧 그들을 따라잡을 수 있을 것이다.'

그는 이제 곧 다가올 엄청난 일전을 생각하면서 품속에 남아 있는
열 개의 비도를 생각했다. 그리고 아빈이 부디 무사하길 내심 빌었다.

아까의 싸움에서 죽립의 사내에게 제법 힘을 썼는데도 겨우 죽립인
의 다리에만 상처를 입힐 수 있었다. 그것도 그 죽립인이 잠시 방심하
고 있었기에 가능했지 그렇지 않고 제대로 싸웠다면 어떻게 될지 알
수 없을 상황이었다. 그 생각에 겁황천주와의 일전이 갑자기 떠오르는
그였다.

'다 알 수 없는 일이지. 삼류와의 싸움에서도 그 뒤는 알 수 없는 거
야.'

그는 마음을 편히 하며 경공에 박차를 가했다. 시간이 조금 더 흐르
자 그가 느껴지는 거리에 당도했음을 느꼈다. 그 역시 상당한 속도로
이동하고 있었지만 자신만큼 빠르게 이동하고 있지는 않은 것 같았다.
아마 아빈의 뒤를 여유를 가지며 뒤쫓고 있기 때문이란 생각에 아직
아빈이 무사함을 알 수 있었다.

어느 정도 더 가자 죽립인이 희미하게 보였고 그 옆에는 사마진영이 같이 가고 있었다. 죽립인이 간간이 시위를 당기는 것이 보였는데, 그 앞에 아빈 일행이 가고 있음이 분명했다. 그는 지체하지 않고 품 안에서 비도 하나를 꺼내어 죽립인이 아닌 사마진영을 향해 날렸다.

'섬광(閃光).'

비도는 사십여 장의 거리를 말 그대로 섬광처럼 순식간에 날아갔다. 놀랍다는 말 이외에는 뭐라 표현할 수 없는 절기.

편히 추적을 하고 있는 편이라 둘은 여유가 있었다. 간간이 죽립인이 쏘는 무형궁에 아빈이 상처를 입고 있었다. 그녀도 어느 정도 무공을 익혔는지라 간신히 치명상을 피하기는 했지만 팔다리에 상처가 제법 많이 났기 때문에 출혈이 꽤 있었다.

아빈은 두 여자를 양팔에 안고 경공을 펼쳤기 때문에 호신도 힘들었을뿐더러 오랜 시간 시전한 경공으로 지쳐 쓰러지고 싶은 심정이었다. 하지만 조금만 더 있으면 그가 올 것이라는 기대감이 그의 다리를 재촉하고 있었다. 그리고 다행히 저쪽에서는 자신을 죽일 의사는 없는지 치명상은 피할 수 있어 조금 더 시간을 지체할 수 있었다.

사마진영은 아빈이 상당 시간을 견뎌내자 어쩔 수 없다는 듯 죽립인에게 명령을 내렸다.

"어쩔 수 없군요, 저 유아빈이라는 여인을 죽일 수밖에. 지금 중요한 인물은 저 두 여인이니까요."

그 말에 죽립인은 활에 시위를 당기려는 순간 멈칫하고는 빠른 속도로 몸을 돌려 사마진영을 향해 날아오는 비도를 향해 강하게 시위를 당겼다.

티잉!!

상당히 큰 소리가 나면서 시위가 당겨지며 그것은 비도와 강하게 부딪쳤다.

픽!

이상한 소리가 나면서 비도가 밀리는 듯했지만 놀랍게도 무형궁을 그대로 찢어버리고는 계속 그녀를 향해 날아갔다. 하지만 사마진영 또한 만만치 않았기에 깜짝 놀라면서도 간신히 몸을 비틀어 비도를 피해 냈다.

안심하며 누구인가 하고 보려는 순간 죽립인이 갑자기 또 시위를 당기자 심한 폭음과 함께 그녀의 뒤쪽에서 비도가 폭발해 버렸다. 그냥 끝난 것이 아니라 바로 돌아서 그녀의 등을 찌르려 했던 것이다.

"이, 이기어검(以氣馭劍)?"

그녀는 경악에 찬 표정으로 중얼거렸다. 그녀는 다시 누군가 하고 보았다. 어느새 그들의 이십 장 앞에 와 있었는데 저들과 함께 있던 그 사내였다.

"이 정도였단 말인가?"

그녀의 오만했던 얼굴은 경악스런 표정을 하고 있었다. 처음에 죽립인이 그들을 한 번에 제압하지 못한 것을 보고 상당한 실력자라고 생각했지만 이 정도일 줄은 몰랐던 것이다. 게다가 자신들의 수하들로 된 방어선마저 아무런 피해 없이 뚫고 나온 것이 아닌가?

둘을 향해 다가오던 그는 둘을 그대로 지나쳐 앞에 있던 아빈에게 다가갔다. 팔다리에서 많은 피가 흘러나오고 있었지만 아직도 쓰러지지 않았다. 그러나 위태위태한 것이 곧 쓰러질 것 같아 보였다. 이를 악다문 의지였는지 그가 왔음에도 여전히 둘을 두 팔로 안고 있었다.

"오, 오빠, 왔군요. 나, 잘 참았죠? 헤헤……."

그녀는 그제야 두 사람을 바닥에 놓고는 그 자리에 주저앉듯이 쓰러져 버렸다. 그는 재빨리 그녀를 잡고 상체를 일으킨 뒤 품에서 환약을 꺼내 먹이고는 백회혈에 기를 주입했다. 응급 치료치고는 상당한 효과를 보았는지 피가 금세 멈추고 좋지 않던 표정이 안정되었다.

"잘했구나, 아빈아."

그는 정신을 잃은 아빈의 뺨을 한 번 쓰다듬고는 두 여인에게 아빈을 넘겼다. 둘 역시 상당히 육체적으로나 정신적으로나 지쳐 있었지만 대단한 실력을 보인 그를 보고는 어느 정도 안정된 마음을 가질 수 있었다.

그가 죽립인과 사마진영을 마주 보고 서자 사마진영은 곧 입을 열었다.

"대단하군요. 솔직히 평범한 남자로 보았는데… 대체 실력이 어느 정도인지 알 수가 없군요. 아마 나는 상대도 되지 않겠죠?"

그러면서 뒤로 살짝 물러나는 것이 죽립인에게 모든 것을 맡긴다는 의미 같았다. 죽립인 역시 자기가 상대해야 한다는 듯 앞으로 몇 걸음 나왔다.

둘 사이에는 아무 말도 없었다. 죽립인이야 그로서도 말을 하는 적을 본 적이 없었지만 그 역시 싸울 때는 말을 하는 법이 거의 없었다.

바람만이 둘의 긴장감을 재미있게 구경하는 듯 소리 내고 있을 뿐 사마진영이나 파루나호, 단호란은 침묵으로 일관한 채 긴장된 표정을 짓고 있었다. 하나 정작 당사자인 그는 무표정했다.

갑자기 죽립인이 자신을 향해 천천히 걸어왔다. 모래 위였음에도 상당히 절제된 걸음걸이를 하고 있어 그 수련의 깊이를 보여주고 있었다. 그는 어느 정도 걸어오면서 활을 들더니 시위를 한 번 당겼다. 아까의 속도를 생각했던 그는 보다 빨라진 무형궁의 속도에 적응하지 못하고 옷깃을 베이고 말았다.

다행히 상처는 없었지만 그는 놀랄 수밖에 없었다. 하지만 생각도 잠시, 자꾸 이어져 나오는 무형궁으로 그는 이리저리 피하는 데 바빴다. 그의 반응 속도 역시 대단해 무리없이 잘 피하고 있었지만 그 와중에도 죽립인이 자꾸 다가와 둘 사이의 거리는 꽤나 좁혀졌다.

어떨 때는 세 개, 어떨 때는 한 개, 어떨 때는 다섯 개, 이렇게 불규칙적으로. 그리고 움직임에 맞춘 시간차 활을 쏘는 그의 솜씨는 가히 신궁(神弓)이라 할 만했다.

'과거의 천궁자도 이 정도는 되었을까?'

그는 반쯤 즐거운 마음으로 상대방의 무형궁을 받아내고 있었다. 그러면서 품속에서 하나의 비도를 꺼내어 작열하듯 비추어 눈조차 뜨지 못할 태양을 향해 가볍게 던지고는 자신을 향해 날아오는 일곱 개의 무형궁을 유유서행을 이용하여 교묘하게 피해 버렸다. 그러고는 그를 향해 강맹한 천마장을 연거푸 오 장을 쏘았다.

죽립인은 자신을 향해 날아오는 엄청난 패도 장력을 향해 시위를 좀 더 강하게 메겼다.

퍽!

만약 촛불이 꺼질 때 큰 소리를 낸다면 이런 소리이리라. 그런 소리와 함께 천마장은 흔적도 없이 사라져 버렸다.

“…….”

둘은 역시 아무런 말도 없었다. 그런 둘을 바라보는 사마진영은 놀라움을 금치 못했다.

'어떻게 저 무형궁을 피할 수 있지? 그와 대등한 실력을 지녔단 말인가? 어떻게, 어떻게 사람이 그런 실력이 가능하지?!'

그녀는 자신의 그 좋던 머리가 혼란스러워짐을 느꼈다. 아무리 생각해도 그것은 불가능한 일이었다. 그러다 내린 결론은 하나. 결국 저 평범한 남자는 그를 이길 수 없다는 것이었다. 그것은 그녀가 죽립인을 천궁단으로 데려왔을 때, 아니, 그를 처음 보았을 때 내린 그에 대한 절대적인 믿음이었으며 지금도 그 믿음은 변하지 않았다.

그는 곧 이어 죽립인을 향해 혈영천마장을 쏘아냈다. 엄청난 위력에 사마진영은 급히 십여 장 뒤로 물러났으며 죽립인은 시위를 최대한 당길 수 있는 범위의 딱 반을 당기더니 바로 놓았다.

그러자 무언가가 날아가 혈영천마장과 부딪쳤고 이어서 강풍이 두 힘이 부딪친 곳에서 일어났다. 그 바람은 더욱 거세지더니 이내 주위 십 장이 돌풍의 영향권에 들게 되었다.

휘이이잉!

사막의 용권풍에 못지않은 모래 바람이 일어났으며 때문에 모래가 심하게 일어나 그들의 시야를 가렸다. 그는 강기로 자신을 향해 날아오는 먼지와 바람, 그리고 힘의 여파를 막아내면서 구결을 읊으며 하늘에 떠 있던 비도를 움직였다.

'진(震)!'

갑자기 하늘에서 붉은 벼락이 내리치는 것 같은 형상이 비춰지며,

콰쾅!!

"크아악!"

그의 비명 소리는 정녕 인간이 내는 소리 같지 않게 특이했다. 심한 비명 소리와 함께 먼지가 어떤 힘의 여파로 인해 밖으로 급히 퍼지기 시작했다.

얼마 지나지 않아 시야를 가리던 것들이 멀리 퍼져 나가자 죽립인이 있던 자리에 시커멓게 탄 듯한 큰 흔적 위로 그가 비참하게 엎드려 쓰러져 있는 것이 보였다.

'이겼나……?

하지만 좀 이상했다. 자신이 생각한 것치고는 너무 쉽게 이겨 버렸기 때문이다. 이런 생각을 하자마자 죽립인의 몸이 꿈틀거리며 아직 살아 있다는 것을 표현해 주는 몸짓을 그는 볼 수 있었다. 그는 쓴웃음을 내면서 가만히 보고 있었다.

"안 돼!"

사마진영이 경악에 찬 표정으로 죽립인을 향해 날아왔다. 그녀는 급히 죽립인을 잡으려다 그의 몸이 너무 뜨거움을 느끼고는 손을 본능적으로 놓아버렸다. 내공으로도 어쩔 수 없을 만큼이었지만 그녀는 다시 그를 잡았다.

그녀는 자신의 살이 지글지글 타기 시작했지만 개의치 않았다. 순간 그의 죽립이 벗겨졌으며 그는 죽립인의 얼굴을 그제야 볼 수가 있었다.

"……!"

그의 얼굴은 매우 하얗다 못해 너무나 창백해 이를 본 혈영천마는 놀라고 말았다. 자신의 절기를 받고 온몸이 타버렸건만 그의 얼굴은 그와는 정반대로 마치 시체처럼 매우 창백했다.

"괜찮나요?! 일어나세요! 제발!"

그녀는 그의 몸을 흔들면서 외쳤다. 울지는 않았으나 무척 마음이 타는 듯 안타까워하는 표정이 역력했다.

"아, 이제 괜찮나 보군요!"

"……!"

그녀의 말에 그는 흠칫했다. 그것을 맞고도 죽립인은 부스스 일어났던 것이다. 죽립인의 얼굴은 역시 무표정했다.

그의 무표정과 죽립인의 무표정은 뭔가 다른 느낌이었다. 그는 초월한 듯한 표정이었지만 죽립인은 마치 시체 같았다. 그 눈마저 동태처럼 얼어 있어 눈동자의 움직임이 없었다.

"……."

죽립인은 그녀를 뒤로 거칠게 밀쳐 내더니 다시 앞으로 나와 그를 마주 보고 섰다.

ㅡ이제부터 진짜다!

마치 이런 말을 하고 있는 것 같은 느낌을 받은 것은 그만의 착각일까? 그는 품에서 다섯 개의 비도를 꺼내었다. 유유비도술은 자신의 힘을 이용한 무궁무진한 응용이 가능했기 때문 정말 유용하고 강한 무공이었다. 그 생각과 함께 이번 다섯 개로 죽립인과의 결전에 끝을 내리라 다짐하는 그였다.

그때 갑자기 죽립인이 그를 향해 엄청난 속도로 날아왔다. 엄청난 위압감이었다.

장거리에서 싸울 줄 알았건만 갑작스레 접근전을 하려는 기미가 보이자 그는 잠시 멈칫했지만 이내 죽립인의 공격을 받아내야 했다.

죽립인이 활을 그의 바로 앞에서 주먹을 휘두르듯 거세게 휘두르자 날카로운 소음과 함께 활 모양의 기가 그를 향해 쏟아져 나왔다. 생전 처음 보는 절기에 그는 깜짝 놀라 뒤로 물러나면서 주먹을 마주 휘둘렀다. 그의 손에서는 붉은 혈무가 넘실거리고 있었다.

펑!!

가죽 북 터지는 소리가 나면서 활 모양의 기는 사라졌지만 죽립인은 바로 재빨리 시위를 튕겼다.

"큭!"

그는 크게 놀라며 허리를 뒤로 꺾었다. 앞머리가 살짝 잘렸지만 다행히 무형궁은 피할 수 있었다. 그는 죽립인의 연속 공격을 우려해 바로 그 자세에서 비도 하나를 날렸다. 그리고는 유유서행으로 뒤로 급히 물러난 후 천마장을 연거푸 여덟 장을 날렸다.

갑자기 자신을 향해 날아오던 비도를 막으려 했던 그는 강맹한 기세로 날아오는 천마장에 몸을 움찔거리더니 뒤로 급히 물러났다. 비도는 허초인 듯 땅에 맥없이 떨어졌으며 천마장만이 그에게 날아갔다. 갑자기 천마장 중 따로 떨어져 있던 장력 두 개가 곡선을 이루더니 그의 옆으로 날아갔다. 그는 천마장 여덟 개의 장 중 두 개의 장을 회선장(回旋掌)처럼 사용한 것이었다.

죽립인은 뒤로 피하려고 했지만 자신의 옆으로 오는 두 개의 장력은 자신이 뒤로 피할 것을 생각해 거리 차를 두면서 오고 있음을 알고 그

자리에서 바로 천마장을 향해 시위를 아까처럼 반 당기더니 튕겼다.

휘이이잉!!

천마장이 소멸되면서 엄청난 힘의 여파가 그를 향해 바람처럼 쳐들어갔다. 그는 돌풍을 담담한 표정으로 쳐다보더니 곧 혈영천마장으로 부딪쳤다.

콰콰콰쾅!!

모래가 사방으로 비산하면서 장내를 어지럽게 했다. 시야가 가려졌지만 그는 죽립인이 자신을 향해 다가옴을 느끼고는 몸을 재빠르게 좌측으로 이동시켰다.

그러자 죽립인은 그를 향해 부드럽게 몸을 이동시켜 다가오면서 순식간에 무형궁 십여 발을 날렸다. 그 속도는 아까 전보다 더욱 빨랐던지 혈영천마는 이를 느낀 순간 이미 심장에서 한 뼘 거리까지 다가와 있음을 알았다. 이미 다른 무형궁도 모두 전신에 치명적인 사혈로 날아오고 있었다. 금강불괴라도 쉽게 뚫을 수 있는 위력의 무형궁이었다. 이 정도로 빠르게 날아올 줄은 몰랐던 그는 힘을 더욱 끌어올려 몸을 최대한 옆으로 피했다.

파파팟!

"……."

하지만 다 피하진 못하고 세 발 정도는 자신의 왼팔을 심하게 짓이겨 놓아버렸다. 상당히 고통스러울 것인데도 그는 별다른 표정 변화가 없었다. 죽립인이 자신을 향해 또다시 쳐들어오자 그는 비도 하나를 쥐고는 그에게 휘둘렀다.

"극(極)."

작은 도에서 엄청난 길이의 도강이 솟아 나오더니 혈천지옥도 극이 펼쳐졌다. 종으로 단순하게 그은 듯한 그의 도는 순간 대기를 베어버릴 것 같은 찢어지는 소리가 났다.

키이이이익!!

카카카캉!!

죽립인은 활을 들어 내공을 주입하는 듯하더니 혈천지옥도 극을 그대로 막아버렸다. 하지만 뒤로 다섯 걸음 물러나서는 그 자리에서 한 무릎을 꿇어버린 것이 약간 밀린 모습을 보였다. 이로써 둘은 서로 주고받게 된 셈이었다.

팟!

곧 뭔가가 터지는 소리와 함께 죽립인의 상의가 갈가리 찢어져 버렸고 그의 몸에서 미세한 혈흔이 생기기 시작했다. 그러나 많지는 않았다. 혈천지옥도 극의 여파가 상당했지만 죽립인은 그 정도로 끝을 낸 것이다.

죽립인이 일어나자 그는 바로 남아 있는 네 개의 비도를 한꺼번에 던져 버렸다. 하나하나가 석 자의 도강을 띤 채 느릿느릿 날아갔다. 그러다 갑자기 두 개가 번개같이 하늘로 솟아올라 갔으며 나머지 둘은 같은 속도로 느릿느릿 죽립인에게 날아갔다. 누가 본다면 네 개의 비도를 한꺼번에 저렇게 사용할 수 있다는 것에 경악할 정도로 그의 비도술은 기묘하고 신비했다.

두 개가 그에게 가까이 다가오자 죽립인은 빨리 일어나서 도에서 솟아나는 압력에 대항하느라 강기를 올려야 했다. 그리고 시위를 당겨 팅겼지만 아무런 반응이 없자 그는 심각함을 느끼고 이번엔 활을 최대로 당겼다. 팅기는 순간 아무런 일도 일어나지 않았지만 단지 그를 향해 날아오던 두 개의 비도는 흔적도 없이 소멸해 버렸다.

그렇지만 죽립인의 손가락에서 심하게 피가 흐르고 있었고 혈영천마 역시 만만치 않았는지 입에서 피가 주르륵 흘러내렸다.

"……!"

죽립인은 순간 위에서 무엇인가가 다가옴을 느꼈다. 방금 전의 비도와는 그 위력의 차이가 확연했다. 그러자 그는 순간 몸을 살짝 웅크리는 듯하면서 팔을 살짝 모으더니 이내 팔을 아래로 쫙 펴면서 고개를 하늘을 향해 들었다. 순간,

"아……!!"

그는 죽립인의 몸에서 형용할 수 없는 빛이 폭발하듯 쏟아져 나옴을 느끼며 일순 온몸을 적시는 황홀함을 느낄 수 있었다. 눈마저 뜨기 힘든 푸른 빛에 그는 잠시 빠져들고 말았다.

하지만 그것도 잠시, 그것이 순간적으로 천궁천멸임을 느끼고는 크게 긴장했다. 그것이라면 그를 향한 두 개의 비도가 견딜 수 있을지 의문이었지만 이미 늦었다. 그에게 다가오던 그 빛은 그가 피할 수 있는 성질의 것이 아니었다. 그는 맞부딪치는 방법뿐이라 생각하고는 이를 악물고 구결을 생각하며 속으로 외쳤다.

'붕(崩)! 멸굉(滅宏)!'

아무것도 보이지 않았다. 떨어져서 둘의 전투를 관전하던 세 여인은 그의 몸에서 나는 황홀한 빛 때문에 눈을 감을 수밖에 없었다.

'크윽!!'

그는 고통스러운 빛에 신음을 억지로 참아야 했다. 황홀했지만 고통

스러웠다. 옆에서 본다면 그저 하나의 예술이겠지만 당하는 자로서는 엄청난 고통이었다. 그는 최대한 내공을 끌어올려 몸을 보호했다.

"크아아악!!"

빛을 뚫고 인간 같지 않은 비명 소리가 터져 나왔다. 하늘에서 떨어진 두 개의 비도 중 하나는 천궁천멸의 가공할 궁형강기(弓形罡氣) 중 일부를 뚫어 통로를 만들었으며 멸굉도(滅宏刀)는 그 통로로 들어가 죽립인의 어깨에 정통으로 맞았던 것이다.

"큭!!"

그 역시 자신의 호신강기가 뚫림을 느끼고는 최대한 빨리 뒤로 피하려 했지만 완전히 피하지는 못하고 다시 왼팔에 적중되고 말았다. 그나마 그 정도로도 다행이라 할 수 있었지만 그의 팔은 심하게 짓이겨져 덜렁거리고 있는 느낌마저 주고 있었다.

"……."

하지만 신기하게도 상처가 조금씩 아물고 있었다. 빠르지는 않지만 어느 정도 눈에 띌 정도로 상처가 아물고 있었던 것이다. 그 자신도 이런 현상에 신기해하며 자신의 팔을 가만히 바라보고 있었다. 하지만 고통스러운 건 여전했다.

'이런 것에 정통으로 맞았다간 정말 흔적도 남지 않겠군.'

그는 섬뜩해진 마음을 다스리며 전방을 바라보았다.

"……."

사내의 어깨에서 엄청난 선혈이 흘러내리고 있었다. 더 심한 것은 어깨에 비도가 꽂힐 때 전신에 엄청난 충격이 가 비틀거리고 있었고 약간의 자체 폭발로 얼굴 반쪽이 끔찍하게 타버렸다.

“크으……!”

창백한 반쪽 얼굴이 심하게 일그러지면서 그는 이윽고 앞으로 쓰러져 버렸다. 그는 혹시나 했지만 정말 이번엔 아무런 움직임도 보이질 않는 것이 완전히 죽은 것 같았다.

“…….”

사마진영은 장내에 드러난 모습을 정말 넋이 나간 얼굴로 바라보고 있었다. 과장해서 입가에 침이 흘러내리고 있는 것도 눈치채지 못할 정도랄까? 그녀의 한쪽 눈에서 눈물이 희미하게 났지만 고개를 세차게 흔들어 날려 버리고는 바로 그에게 달려갔다.

“이, 일어나세요. 어서요…….”

그는 아무런 반응도 없었지만 그녀는 믿을 수가 없었다. 그녀는 그가 분명 불사의 존재라 믿었고 천하 최강이라 믿고 있었다. 그 덕에 자신의 야망 또한 크게 잡은 것이었다. 야망은 둘째 치고 지금 현재의 상황이 도저히 믿기질 않았다. 너무나 크게 믿었기에 크게 상실감을 느낀 것일까. 자꾸 두 눈에서 흐르는 눈물을 주체하지 못했다.

“흑흑…….”

전투 와중에 아빈은 어느 정도 정신을 차린 것 같았다. 그런 사마진영을 보면서 아빈은 약간의 회의가 드는 것을 어쩔 수 없었다. 혼란스러웠다. 뭐가 뭔지 알 수가 없었다. 자신은 고독빈랑을 죽인 악인에게 복수하려 했지만 사마진영이란 여인은 자신이 모든 것을 걸고 죽여야 할 악인은 아닐지도 모른다는 생각이 들자 이에 여태껏 자신이 한 행동과 생각에 혼란이 왔다.

“그는… 시체였어요. 죽은 지… 얼마나 된지도 모르는 시체…….”

“……!!”

울음 섞인 사마진영의 말에 모두가 놀랄 수밖에 없었다. 그가 시체였다는 말은 크게 놀랄 일이 분명했다.

“그는… 자신을 천궁자라고 책에 적어놨으며 자신을 강시와 비슷하게 만드는 대법을 적어놓으켜 이 대법을 시행해 달라고 말했어요.”

‘천궁자! 저자가 천궁자……? 그럴 수가!’

그는 매우 놀랐다. 아무리 그 자신도 마교의 후예였던 한 여인에게 영면대법을 건 경험은 있었지만 활만 알 것 같던 천궁자가 그런 마법을 알았다는 것, 그리고 자기 자신을 강시로 만들어달라고 부탁했던 것은 정말 놀라운 일이었다. 왜 그런 것을 원했는지에 대해 궁금함에 앞서 무엇보다 천궁자가 강시가 되어 자신과 싸웠다는 것에 놀랄 수밖에 없었다.

‘그렇군. 그래서 공명의 느낌이 애매했던 것이었구나. 그럼 그도 나의 경지에 이르렀었단 말인가? 하지만 너무 약했다. 왜 그렇지?’

의문이었지만 알 수 없는 일이었다. 하지만 이제 의문을 가져봤자 끝난 일이었다. 그는 죽었고 일은 대충 마무리된 것이다.

그녀를 보니 허탈감에 자신들에 대한 복수는 생각지 않고 있는 것 같았다. 나중에야 어떻게 될지 모르겠지만 지금은 휴식이 필요했으며 다친 아빈도 후유증이 없도록 치료해야 했다.

아빈과 두 여인도 끝났다는 안도감에 안심하면서도 지친 표정이었다. 특히 아빈은 지친 와중에도 얼굴에 활짝 미소 짓고 있었다. 자신의 혼란이야 어떻든 그녀는 그만 믿으면 되는 것이었다. 그라면 자신의 혼란에 적절한 답을 해줄 것 같아 더욱 환하게 웃을 수 있었다.

“당신은 대체 누구죠? 대체 어떻게, 어떻게 천궁자를 이길 수 있는 것이죠? 당신이 천하제일이라도 된단 말인가요? 대체… 어떻게 천뢰상인과 대등한 실력을 지녔다던 그를……?”

그녀는 마치 절망에 빠진 듯이 중얼거렸다. 그런 그를 가만히 바라보던 그는 이렇게 말했다.

“글쎄, 알 수 없지. 하지만 그런 것을 궁금해하는 것보다는 당신 지금의 모습을 바라보는 게 더 좋을 것 같소. 당신은 지금 당신의 본연의 모습을 유지하고 있지 못한 듯하구려. 꽤나 자신감에 차 있던 그 모습이 단지 천궁자 때문이었단 말이오? 난 다르게 보았었는데 내 생각이 틀린 것 같소.”

그 말을 끝으로 그는 몸을 돌려 아빈에게로 갔다.

“오빠…….”

“잘했다, 아빈아.”

그는 그렇게 말하고는 그녀를 등에 업었다.

“가자.”

간단한 한마디에 셋은 마음이 따뜻해짐을 느꼈다. 두 여인은 걸어가는 그의 뒤를 따라갔다.

“까악!”

갑자기 뒤에서 사마진영의 비명 소리가 들려왔다. 깜짝 놀란 그들은 무슨 일인가 하고 뒤를 돌아보았는데 이내 숨이 막히는 느낌을 받고 말았다.

사마진영은 어떻게 되었는지 뒤로 날려 바닥에 넘어져 놀란 표정을 하고 있었고 그 앞에는 천궁자가 벌떡 일어서 있었던 것이다.

“크으으……!”

천궁자는 고통스런 신음을 내며 머리를 쥐어뜯고 있었다. 고개를 좌우로 흔드는 것이 시체인데도 고통스러운 듯했다.

“크으으……!!”

그는 천궁자의 모습에 심상치 않은 일이 일어날 것임을 느껴 다시 아빈을 두 여인에게 넘겼다. 그리고 품속에서 마지막 비도 다섯 개를 모두 꺼냈다.

“……”

그는 천궁자의 몸에서 엄청난 힘이 솟아남을 느낄 수 있었는데 이번에는 아까의 공명과는 달랐다. 이번엔 진짜 공명이었다.

‘부활인가!’

“죽었는 줄 알았는데 어떻게… 다시 살아나는 걸까요?”

단호란이 떨리는 목소리로 말했지만 아무도 대답을 할 수가 없었다. 믿을 수 없는 일이었지만 분명 그 일이 눈앞에서 벌어지고 있는 것이었다.

“크으으! 크으으……! 크아아아아아아아아!!”

◆제6장 ◆ 빛과 빛의 사이

엄청난 괴성이 울리자 주위 이십 장의 모랫바닥에서 흔들림으로 인해 모래가 솟아오르며 주변을 가리기 시작했다.

천궁자의 가공할 음파는 그들에게 치명적으로 다가왔지만 혈영천마가 강기로 음파를 차단하여 모두 무사할 수 있었다. 그는 사마진영이 생각났지만 그녀는 다행히 스스로의 내공으로 살인적인 음파를 차단하고 있었다.

"크으으……! 끄으으!!"

시간이 지나자 조금씩 그의 신음 소리가 잦아들었고 그에 따라 그가 천궁자에게서 느끼는 공명의 정도는 오히려 심해지고 있었다.

'대, 대단하다! 손이 저릿저릿 떨릴 정도군. 공명의 정도가 상대의 힘을 나타내는 것인가?!'

그는 확신할 수는 없었지만 공명의 정도에 따라 상대의 강함을 대충 느낄 수 있다는 하나의 사실을 알아낸 것 같았다.

'이 정도면 정말 대단하군. 이길 수 있을지 의문이야. 훗!'

그는 심장이 심하게 두근대는 것을 느낄 수 있었다. 그것은 겹황천주와 싸울 때보다 더욱 심했다.

천궁자의 신음이 미약하게나마 계속되고 있는 것을 보면 무엇인지는 모르지만 아직 끝나지 않은 것 같았고 여전히 천궁자의 힘은 계속해서 늘어나고 있는 것을 느낄 수 있었다.

'아직도 끝나지 않은 건가? 이 정도로도… 자신이 없는데. 크큭……!'

오랜만에 긴장감으로 온몸이 불타는 듯한 느낌을 받는 그였다. 자신이 강한 상대를 보고 이런 순수한 마음을 가져 봤던 것이 일생을 통틀어서 몇 번이던가.

'세 번? 이번을 합해서?'

천궁자의 신음이 완전히 없어지자 그의 몸이 상당히 안정되어 있음을 느꼈다.

"……."

모두들 넋을 잃은 채 어떻게 될지 궁금하여 그의 반응을 기다렸다.

"……."

하지만 한동안은 그 역시 고개를 숙인 채 아무 반응이 없었다. 약간의 지루함 탓일까? 사마진영이 자리에서 힘겹게 일어나 그에게 다가가려는 순간이었다.

"생명을 다시 찾음이란… 이런 것인가?"

“……!!”

“마, 말을 했어!”

단호란은 신비한 일을 많이 겪는 무림인이 아니었기에 죽었다던 자가 살아난 광경을 보고 두려움에 몸을 떨 수밖에 없었다. 다들 놀라워했지만 특히 사마진영의 놀라움은 더욱 클 수밖에 없었다. 분명 자신은 시체에서 그를 강시로 소생시켰다. 더구나 그녀가 알기로 강시는 결코 원래의 사람으로 부활할 수가 없지만 눈앞에 그것을 부정하는 사실이 일어난 것이다.

“다, 당신, 어, 어떻게……?”

“…….”

천궁자는 그녀를 힐끔 보고는 이내 시선을 돌려 혈영천마를 바라보았다. 그리고는 다시 하늘의 작열하는 뜨거운 태양을 주시했다.

“고통스럽지만… 저 하늘과… 태양을 보는 것만으로도 나의 부활엔 의미가 있구나. 그리고…….”

천궁자는 다시 고개를 내려 그를 바라보았다.

“내가 왜 강시가 되려 했는지 아는가?”

“…….”

천궁자의 질문은 대답을 원한 게 아니었다고 생각했기 때문에 그는 아무 말도 하지 않았다.

“위험한 도박이었지. 난 내 수명을 다 살지 않고 이 강시소생술(殭屍疏生術)을 위해 수명보다 일찍 죽었지. 그리고… 난 믿었다. 언젠가 나의 승리를 향한 의지를 불살라 강시에서 벗어나게 해줄 그대 같은 강자가 나타날 것임을. 그래도 설마 강자가 강시 상태의 날 죽였다 해도 이렇게 부활할 줄은 몰랐지. 어디까지나 도박이었으니까.”

그는 끝이 보이지 않는 사막을 한번 둘러보며 희미한 미소를 지었다.

“후후후…….”

아까의 창백한 얼굴과는 전혀 다른 매우 강인한 얼굴이었다. 적당히 큰 두 눈에선 빛이 흘러나오고 있는 것이 아닌가 하고 착각할 정도로 무언가를 향해 밝게 빛나고 있었다. 그것은 무를 향한 끝없는 바람, 욕망이라고 혈영천마는 생각했다.

“알지 모르겠군, 내가 천뢰상인과 싸워서 졌다는 것을. 그 패배를 설욕하기 위해 평생을 무(武)를 위해 살아왔건만 남은 것은 상대의 실종과 비교 대상의 부재라는 허무뿐이었다. 하지만 거기서 멈출 순 없었지. 언젠가… 그 이상 가는 무인을 만나고 싶다는 소망이 내겐 있었다.”

천궁자는 희미하게 미소 지으며 그를 바라보았다.

“이야기는 길 필요가 없지. 서로에게 중요한 것은 대결뿐이니까. 그대에게서도 그런 투지가 느껴지고 있다.”

그는 땅에 떨어진 궁(弓)을 내공으로 끌어당겨 잡은 후 어깨에 걸었다.

“그대도 나와 같은 경지에 이르렀음에 경의를 표한다, 위대한 무인이여.”

천궁자는 갑자기 그에게 정중하게 포권을 취했다. 강자에 대한 예의리라. 그리고 자신의 기쁨을 간접적으로 표현한 것이기도 했다.

“그대에게 대결을 청한다.”

그는 천궁자가 목숨 건 대결을 원하고 있음을 알고는 조금은 무거운 심정으로 고개를 끄덕였다. 그리고는 고개를 돌려 셋에게 뒤로 물러나라고 눈짓을 한 후 앞으로 십여 보를 걸어갔다. 그의 손에서 비도 다섯 개가 태양에 반사되어 빛났고, 그 비도를 본 순간 천궁자의 몸에서 큰 힘이 넘쳐흐르기 시작했다.

"날 그렇게도 애먹인 비도군. 그대의 절기인가?"

그는 이렇게 중얼거리고는 내공을 더욱 끌어올렸다. 자신을 조여오는 천궁자의 엄청난 힘을 감당하기 위해 그는 혈영천마공을 끌어올렸다. 곧 두 사람 사이의 힘에 의해 숨 막힐 듯한 긴장감이 장내를 휘감았다.

"…그 당시 천뢰상인은 내게 말했지, 싸움은 결코 기도의 싸움이 아니라고. 하지만 그것은 강함에 스스로 도취된 그만의 생각일 뿐 나는 그렇게 생각하지 않는다. 기도에서 밀리는 무인은 이미 싸울 가치가 없어진, 다시 말해 패배자이다. 그런 패배자들을 가려내기 위해서라도 기도의 싸움은 반드시 필요하다."

천궁자는 이렇게 말하고는 어깨에 메고 있던 활을 손으로 잡았다. 그 동작에 혈영천마는 긴장하며 방어 자세를 취했다.

"……"

천궁자는 가볍게 미소를 짓더니 그에게 시위를 한 번 튕겼다.

"……?"

그는 피하려고 했지만 아무것도 느껴지지 않자 의아한 표정을 지었다. 그러나 이내 섬뜩함을 느끼고는 고개를 내려 팔을 보았다. 어느새 자신의 왼팔에 구멍이 나 있었던 것이다.

'아픔도 느껴지지 않았는데……?'

그마저 활이 어느새 자신의 팔을 명중시켰는지 보지 못했으니 다른 사람들은 말할 것조차도 없었다.

"방심은 안 되지. 싸움에서 방심은 곧 죽음이다. 아까의 강시 상태와 지금의 나는 상당히 다르다는 것을 그대는 알 텐데?"

하지만 그는 그런 속도엔 피할 자신이 없었기에 그 말에 대답을 할 수가 없었다. 몸의 반응 속도가 그의 활에 맞춰 움직일 정도가 되지 못했던 것이다. 말 그대로 팅긴 순간 이미 무형궁은 혈영천마의 신체 일부를 지나간 것이었다.

그가 긴장하고 있는 사이, 천궁자는 다시 한 번 시위를 팅겼다. 그는 그것을 보고 최대한 빠르게 몸을 오른쪽으로 돌렸다.

"……!"

다행히 조금은 피했는지 오른쪽 어깨에 상처가 난 것으로 끝이 났다. 하지만 어깨의 상처는 뼈가 보일 정도로 살이 베어져 있었다. 왼팔에 난 구멍과 오른쪽 어깨에 난 상처는 전혀 고통이 느껴지지 않았지만 그것은 자신도 모르는 사이에 죽어가고 있는 것이었기 때문에 매우 소름 끼치는 일이었다.

천궁자가 시위를 다시 팅기려는 순간 그는 비도 하나를 번개같이 날렸다. 그것은 도강을 여섯 자나 띠고 있었는데 그로 인해 비도가 장도(長刀)로 보일 정도였다.

"……."

천궁자는 어느새 자신의 앞에까지 날아온 비도를 보고는 시위를 더 강하게 팅겼다.

퉁!

 시위가 당겨지는 소리가 나자 그의 절기의 특성대로 아무것도 나가지 않았지만 그는 천궁자가 자신의 비도를 향해 무언가를 날린 것을 느낄 수 있었다.

 '폭(爆)!'

 그는 폭의 구결을 외침과 동시에 다시 하나의 비도를 날렸다.

 펑!!

 모랫바닥에서 솟아오른 먼지가 시야를 가리자 그는 내공을 좀 더 끌어올렸다.

 '환(幻).'

 먼지 속으로 들어간 비도는 환검의 고수가 현란한 초식을 시전한 듯 삼십여 개의 비도로 늘어났다.

 "……!!"

 먼지를 뚫고 나타난 비도가 삼십여 개로 늘어난 것을 본 천궁자는 발의 움직임이 없는데도 뒤로 스르르 미끄러지면서 활을 열 번 튕겼다. 그러자 비도들이 '픽' 소리를 내며 하나하나 사라지더니 결국 모두 사라져 버렸다. 천궁자는 날아오는 비도가 시전자의 내공에 의해 누군가가 환검을 직접 시전한 듯할 수 있다는 것에 놀랐다.

 "……."

 "…역시 현란하고 멋진 절기야. 겉만 번지르르한 절기는 또한 절대 아니고."

 천궁자는 만족한 듯한 웃음을 지었다. 하지만 이내 표정을 다시 굳히고는 번개같이 활을 튕겼다. 혈영천마를 제외한 다른 사람들은 그가 몇 번을 튕겼는지 알 수 없을 정도로 손의 움직임이 빨랐다.

"……!"

그는 눈앞에 이 장은 됨 직한 크기의 화살이 나타나는 것을 보고는 크게 놀랐다. 그 화살에 대항하기 위해 그는 천마장 십여 장을 연달아 날렸다.

콰콰콰콰쾅!!

힘의 여파에 그는 일 장여 정도 뒤로 밀려 버렸다. 팔이 욱신거렸고 왼팔의 구멍에선 그를 짓눌렀던 압력으로 더욱 많은 피가 나고 있었다. 어느 정도 아물고 있었는데 과도한 힘을 쓴 데다가 그 힘의 충격으로 인해 다시 상처가 벌어진 것이다. 그래도 다행히 그 큰 화살은 막은 듯했다.

"상당히 강력하군. 아까부터 생각했지만 그대는 천뢰자의 천뢰오장과 대등, 아니, 그 이상 가는 장력을 지녔군. 대단해. 하지만 이 비교는 내가 그와 싸웠을 때의 위력일 뿐 그의 천뢰오장의 위력 또한 늘었을 것이니 대등하다고 보면 되겠군. 하하하하! 마치… 천뢰자와 싸우는 기분이군. 그때는 천뢰의 힘과 맞부딪쳤지만 지금은 가공할 마공과 맞부딪치는 사실이 재미있어."

천궁자는 긴말을 마친 후 그를 향해 쳐들어가 순식간에 거리를 좁히고 그에게 아까처럼 활을 휘둘렀다.

찌익!!

종이가 찢어지는 듯한 소리를 내면서 궁형의 푸른 기운이 솟아 나와 그의 코앞으로 다가왔다.

"……!"

그는 몸을 뒤로 넘어지듯이 넘겨 그의 공격을 피하고는 오뚝이같이 벌떡 일어났다. 그의 놀라운 반응에 천궁자는 반격을 예상하고는 뒤로 빠르게 삼 장을 물러났다. 그런 그에게 더 물러날 틈을 주지 않으려는 듯 그는 비도 하나를 다시 날렸다. 평범하게 날린 것 같았지만 태만하지 못하고 천궁자는 활을 다시 강하게 튕겼다.

'광(光)!'

마치 빛 같았다. 반짝 하고 사라지는 순간 그것은 천궁자가 시전한 무형궁을 뚫고 천궁자의 몸마저 뚫어버렸다.

"……."

"……."

서로 간에 잠시 침묵이 흘렀다.

천궁자의 팔에서 피가 흘러나오기 시작했다.

"상당히 괜찮았어. 빛처럼 빠른 것이 나의 무형궁 못지않은 빠르기더군. 하지만 난 빠름을 의주로 하는 무공을 익히고 있는지라 나를 능가하지 않은 빠르기로는 날 어찌할 수가 없을 것이다."

그리고는 그를 향해 다시 접근해 갔다. 천궁자의 신형이 미끄러지듯 다가가자 그 역시 유유서행으로 뒤로 물러났다. 둘의 속도는 막상막하였지만 천궁자는 공격이었고 그는 수비였다. 더구나 그의 빛 같은 활을 완전히 피하지 못했기 때문에 피한다고는 하면서도 자꾸 상처만 늘어날 뿐이었다.

그는 자꾸 뒤로 피하기만 하며 손해를 보다가 뭔가를 생각한 듯 위로 솟아올랐다. 뒤로 미끄러지듯 움직이다 바로 위로 솟아오르는 일련의 연속 동작은 하나인 듯 매끄러워 감탄이 절로 날 만했다.

그러자 천궁자는 그가 뭔가를 위해 일부러 솟아올랐다는 것을 느끼고는 시위를 반 정도 당겨 강하게 튕겼다.

캉!!

상당히 큰 소음이 나면서 주위를 울렸다. 너무나 컸기에 지켜보던 네 여인은 내부를 울리는 공기의 압력에 고통스러웠지만 그나마 아빈이 내공을 올려줘서 파루나호와 단호란은 내상만은 면할 수 있었다.

그는 천궁자가 시위를 당기는 순간 동시에 아래를 향해 무명 사초 무(霧)를 시전했다. 하늘에 떠서 장력은 쓰는 것은 그로서도 엄청난 내공을 소모하는 일이었지만 상황을 바꾸기 위해서는 이것이 그나마 최선이었다.

콰콰콰쾅!!

힘의 여파로 그는 오 장이나 하늘로 더 솟아올랐지만 그 힘에 대항을 하지 않고 순응하였기에 큰 내상은 입지 않았다. 천궁자는 그를 누르는 큰 힘으로 인해 모래 속으로 무릎까지 묻혀 버렸지만 그다지 표정의 변화가 없는 것이 큰 손상을 주진 못한 것 같았다.

"……."

바닥에 사뿐히 착지한 그는 묻힌 무릎을 빼어 바로 서려던 그에게 느릿느릿 손을 펼쳤다.

무명오초 황(荒).

천궁자는 그 손이 마치 영원 같다고 생각했다. 그리고 자신의 머리가 어지러워지는 것을 느끼고는 본능적으로 내력을 크게 끌어올려 활을 든 후 시위를 순식간에 서른 번을 튕겼다. 혈영천마는 물론 다른 사람들조차도 그의 손을 보지 못했을 정도로 대단한 속도였다.

화악!!

붉은 빛이 둘의 사이에서 번쩍이며 일어났다. 그 빛이 솟아오르는 순간 네 사람은 심상치 않음을 느끼고는 최대한 빨리 뒤로 물러났다. 곧 이어 푸른 빛이 붉은 빛 속에서 솟아오르더니 이내 둘 사이의 바닥이 심하게 울리기 시작했다.

휘이이잉!!

바닥의 모래는 엄청난 소리를 내면서 마치 해일같이 주위를 덮쳤지만 오래가지는 못하고 이내 사그라들었다. 두터운 모래가 그렇게 움직일 정도였으니 그 힘이 어느 정도였는지는 말할 것도 없으리라.

"쿨럭!"

결국 참지 못하고 그의 입에서는 기침과 함께 피가 쏟아져 나왔다. 자신의 최고 절기라고 할 수 있는 황을 쓰고서도 엄청난 타격을 받은 것이었다.

천궁자 역시 만만치 않았다. 한쪽 무릎을 꿇고 있었는데 얼굴이 피투성이였고 옷이 붉게 물들어 있는 것을 보면 출혈이 결코 가볍지 않음을 알 수 있었다.

"오빠!"

아빈이 놀라 달려오려 했지만 그는 팔을 들어 저지한 후 숨을 거칠게 들이쉬며 천궁자를 바라보았다. 천궁자의 두 눈에선 마치 불이 타오르는 듯했다.

'질 수 없다!'

천궁자는 조금씩 몸이 회복됨을 느끼며 자리에서 천천히 일어났다.

"대단했소. 내 평생 처음 보는 최고의 절기였소. 천궁천멸에 버금가는 무공을 썼음에도 오히려 내가 밀리는 느낌이군. 절기의 이름은?"

"황(荒)."

"멋지고 섬뜩한 이름이야. 오히려 이름이 그 위력을 다 표현해 주지 못할 정도군. 옛날 천뢰자의 마지막 힘 천류뇌하섬멸붕(天流雷河殲滅崩)에도 당당히 맞부딪쳤는데 이번엔 확실히 내가 밀렸군."

"……."

"이 힘을 쓰게 될 줄은 몰랐지만 쓰는 것이 차라리 내게는 기쁜 일일지도……."

천궁자는 땅에 떨어진 활을 허공섭물(虛空攝物)로 끌어당긴 후 어깨에 걸었다. 그리고는 하늘을 향해 한 손을 높이 쳐들었는데 주먹을 쥔 그 손은 마치 뭔가를 잡는 것 같았다.

"이 힘은 새로운 경지에 이르렀을 때 얻은 힘을 쓰는 것이라 생각하면 될 것이다."

그의 손에서 순간적으로 푸른 빛이 나는 것 같아 혈영천마는 흠칫했지만 아무 일도 일어나지 않자 의아해했다.

"……!"

그러나 그 의아함도 잠시, 천궁자의 몸에서 거역할 수 없는 무서운 힘이 솟아나기 시작했다.

'크읏! 겁황천주의 사기(邪氣)와 버금가는, 아니, 그 이상 가는 엄청난 힘이다!'

그는 천궁자에게서 폭발적으로 뿜어져 나오는 예기(銳氣)와 압력에 몸이 떨림을 느꼈다. 멀리 떨어져 있는 아빈과 두 여인도 약간 고통스러워할 정도로 그 여파는 대단했다.

"느껴지는가, 이 힘이?"

"……."

"간다. 그대도 모든 힘을 내 싸우길 바란다."

그 말과 동시에 천궁자는 그를 향해 시위를 수십 번이나 튕겼다. 보이지도 않는 손의 움직임에 놀란 그는 있는 힘껏 뒤로 피했지만 두 다리에 무형궁이 거의 모두 적중되어 버려 두 다리는 피 범벅으로 엉망이 되어버렸다.

"크윽!!"

그가 서 있는 게 순전히 그의 의지일 정도로 처음 겪는 엄청난 고통이 그를 엄습해 왔다.

'이런! 다리가!'

그는 다리가 풀려 버렸음을 느끼고는 급히 임시방편으로 유유경(遊遊經)상의 일촌부양보를 시전했다. 그의 몸이 일 촌가량 뜨게 되었는데 다리에 힘이 풀려서 다리가 덜렁거리고 있었고 심한 상처 탓인지 호흡도 상당히 거칠어져 있었다.

천궁자가 이번에는 강한 힘으로 시위를 끝까지 당겼다. 그리고 시위를 놓은 순간,

피잉―!

내부를 울리는 시위의 큰 소리는 부상 입은 그에게 무방비로 노출되어 버려 그의 귀에서 피가 나기 시작했고 입가에서도 내상으로 피가 흘러나왔다. 하지만 그 고통도 잊을세라 그는 급히 몸을 오른쪽으로

이동시켰다.

"윽……!"

한번 고통이 가해지자 그 아픔은 부상을 입을수록 가중되는 듯했다. 방금의 공격에 완벽히 피하지는 못한 듯 그의 오른팔에 매우 작은 구멍이 나 있어 피가 멈추지를 않고 계속 솟아나고 있었다. 그리고 그 힘의 여파인 듯 그의 오른팔이 자꾸 떨리고 있었는데 멈출 기미가 보이지 않았다. 귀에서 나는 피까지 합세해 그의 얼굴마저 피로 덮여 있어 순식간에 끔찍한 몰골이 되어버렸다.

"겨우 이 정도의 공격에 그렇게 되다니 실망이군. 그대의 모든 힘을 보여주기 바란다. 이제야 말하지만 난 하루도 살지 못하는 몸이다. 나에게 부활의 의미를 꼭 부여해 주길 바라네."

천궁자의 눈은 진심과 애원이 담겨 있었다. 이를 본 그는 천궁자의 마음이 왠지 이해가 갔다. 범인의 관점으로 보면 어리석다 할 정도의 집착이었지만 그는 그것을 위해 일생을 바친 자였다. 충분히 무인으로서 극찬받을 자격이 있는 자였다.

그는 있는 힘껏 힘을 끌어내 나머지 두 개의 비도를 날렸다. 두 개의 비도는 서로의 주위를 회전하면서 그를 향해 날아가고 있었다.

그 비도에서 나온 붉은색 도강의 길이는 무려 열 자! 역사상 누가 검강이나 도강을 열 자라는 기적 같은 길이를 뿜어낸 자가 있었던가? 단언코 그가 처음이었다. 비도가 회전함에 따라 도강 역시 회전을 했고 이에 비도와 도강은 혈룡(血龍)으로 변하게 되었다.

'혈룡… 부탁이다!'

혈천지옥도 극(極), 참(斬)에 이어 깨달은 지 얼마 되지 않은 마지막

세 번째 무공 혈룡(血龍). 이것은 유유비도술과 자신의 혈천지옥도를
혼합해서 이루어낸, 그 자신이 쓸 수 있는 궁극의 패도적인 힘이자 깨
달음이라 할 수 있었다. 그는 온몸에 힘이 빠져나감을 느꼈지만 재차
힘을 모으기 시작했다. 그때였다.

팟!!

뭔가가 환하게 빛나더니 천궁자의 몸에서 눈을 뜰 수 없을 정도로
폭발적이며 환상적인 푸른 기운이 뿜어져 나왔다. 그것은 곧 솟아오르
던 방향을 바꾸어 그에게 날아오는 혈룡을 향해 날아갔다. 그것은 수
를 셀 수 없을 정도로 수많은 궁형 강기로 마치 거대한 파도 같아 보였
다. 곧 그가 최후로 짜냈다 할 수 있는 혈룡은 아무런 위협도 주지 못
하고 궁형 강기에 사그라져 버렸다.

'이럴 수가……!'

그러나 놀람도 잠시, 그는 자신을 향해 날아오는 치명적인 강기들을
피해야겠다는 일념 하에 유유서행으로 오른쪽 뒤로 최대한 빨리 물러
났다. 하지만 그 강기들은 눈이 달린 듯 자신을 향해 방향을 바꾸어 날
아왔다.

'큭, 인과응보인가.'

자신도 천궁자를 향해 저런 종류의 비도를 날리지 않았던가. 이제
자신이 당할 차례라는 생각이 들자 쓴웃음을 짓고 말았다. 유유비도술
과는 차원이 다른 수많은 화살 강기들. 그는 어쩔 수 없이 바닥에 착지
하고는 쓰러지려는 몸을 억지로 지탱하면서 힘을 무리하게 끌어올리기
시작했다.

'해보진 않았지만……'

방법은 이것뿐이었다. 그가 유유공을 일으키자 그의 몸 주위에서 이슬 같은 느낌의 하얀 서기가 맺히는 듯했지만 그것은 희미하여 눈에 쉽게 뜨이지 않는 빛이었다.

'제발…….'

그가 이렇게 긴장한 적도 없었다. 마른 입에 침을 바르며 그는 서둘러 천궁자에게 좌장(左掌)을 내밀었다. 그렇게 함과 동시에 오른손의 검지와 중지를 왼손의 중지에다가 살짝 대었다.

"사파(四破) 패(覇)!"

쾅!!

"큭!"

갑자기 천궁자의 몸에서 주위를 울릴 정도의 폭음이 들리면서 천궁자는 고통스러운 신음 소리를 내었다.

'됐다!'

적중했음을 느끼고는 안도감을 느낄 때 그것에 화답이라도 하듯 그를 향해 날아오던 수십 개의 강기가 사그라드는 듯싶었다. 하지만 그것은 이내 거대한 하나의 화살 강기로 변하여 그를 향해 날아왔다.

"……!!"

피하기는 이미 늦었었다. 하지만 두렵지는 않았다. 죽음이란 것이 이제 그에게 있어서 두려움이 아니었기 때문에 그는 오히려 평온할 수 있었다.

"오빠!!"

그녀가 그를 향해 있는 힘껏 경공술을 시전해 날아왔지만 너무 먼 거리여서 그녀의 실력으론 쉽게 거리를 좁힐 수가 없었다.

자신을 향해 날아오는 수많은 강기는 곧 적중될 것 같았지만 그는 그 순간이 영원 같다고 느꼈다. 마치 죽기 전에 많은 것이 떠오르면 영원의 시간처럼 느끼는 것처럼 그 역시 많은 것들이 생각나고 있었다.

무공을 익힌 후 무림에서 있었던 일들, 끝이 없던 살인의 현장에서 친구를 만났던 일, 그 이후로 무림을 떠나 자신이 살고 있는 장소를 얻기 위해 동분서주하던 일, 많은 세월 지루하면서도 소중했던 사막의 일상들, 겹황천의 일들, 그리고 마지막에는 아빈이 큰 모습으로 그의 뇌리를 채웠다. 마치 철없는 아이가 나비를 따라가는 것처럼 두작정 생각없이 자신을 따라온 것 같지만 결코 자신의 행동에 후회하지 않고 있으며 진심으로 자신과 하나가 되려 했던 그녀.

'… 아빈, 미안하구나. 나 때문에……'

그러나 그는 웃을 수 있었다. 막말로 말년에 좋은 여자 만난 것이었다. 긴 시간을 같이 지낸 것도 아니고 서로 간에 구체적인 어떤 말도 없었지만 그는 그녀가 자신을 왜 따라왔는지 알고 있었다.

'무한역도구, 그것만 그때처럼 쓸 수 있었다면……. 내 맘대로 쓰지 못하는 것이 너무 아쉽구나.'

한순간의 후회였지만 이나 지워 버렸다. 그리고는 두 눈을 감고 아픈 몸이었지만 몸을 활짝 폈다. 당당하게 죽음을 맞이하려는 것일까?

'죽음이 두렵지 않은 나 자신이 자랑스럽구나.'

"오빠!! 왜 죽으려는 거예요? 무한역도구는 어디 가고……! 제발 날 두고 쉽게 죽으면 안 돼요! 지발!!"

그 짧은 순간에 과연 그 말이 들렸을까, 아니면 그만의 착각이었을까? 그녀의 말에 그는 뭔가가 확 뜨이는 느낌을 받았다. 그것은 개화하는 순간의 희열이었다.

'난 쉽게 죽으면 안 된다! 난 아직 할 일이 있어. 하늘이 내게 준 생명
은 결코 이렇게 죽으란 것이 아닐 것이다. 난… 죽을 수 없다. 사심(邪
心) 때는 친구들의 도움으로 살아났지만 이제는 내가, 나 스스로 살아나
야 해!'

그의 몸에서 엄청난 힘이 다시 솟아나기 시작했다. 일상적일 때의
그 무한의 힘은 비교도 되지 않는 새로운 힘! 그의 마음이 투기로 흘러
넘치고 살기마저 억누르지 못할 정도의 힘! 만물을 일순간에 파괴시킬
자신마저 드는 무한의 힘!

'이제야… 내 의지로 되는 건가?'

그런 느낌을 받음과 동시에 그는 자신이 원하던 것을 생각하자 이미
그것은 생성되어 천궁자를 향해 날아가고 있었다.

'무한역도구(無限力道球)…….'

무한역도구 앞에서 거대한 화살 강기는 찢겨져 버렸고 순식간에 천
궁자의 가슴으로 접근했다. 그는 자신도 제대로 보지 못한 그 극강의
힘을 두 눈을 부릅뜨고 또렷이 바라보았다. 무한역도구는 대기를 가르
고 있었으며 주위에 돌풍마저 불러일으키고 있었다. 가히 혼돈의 힘!

이미 그의 몸도 완치되어 있었다. 그리고 신형은 땅에서 반 장가량
떠 있었으며 주위에서 은은히 빛나는 붉은 빛은 그를 혈신(血神)으로
느끼게 할 정도로 확연히 빛나고 있었다.

"……!!"

무한역도구는 천궁자의 몸을 부숴 버릴 듯 접근했지만 곧 그와 아빈
이 놀랄 일이 발생하였다. 천궁자가 무한역도구를 손으로 막아버렸기

때문이다. 손으로 완전히 잡은 것은 아니고 자신의 내공으로 손바닥에서 한 치가량 떨어져 있게 해놓은 것 같았다.

"후후, 역시 날 실망시키진 않는군. 대단해. 이것이 그대의 진짜 힘인가? 그리고… 이것은 정말 놀랍군. 엄청나. 아직 정순하게 다듬어지진 않았지만 무엇이든 파괴시킬 것 같은 대단한 혼돈력이군. 하하, 아무리 나라도 이걸 한 방만 맞으면 몸을 보존하기 힘들겠군. 합!!"

팟!

그가 강력한 힘을 담아 주먹을 움켜쥐자 그것은 맥없이 사그라지고 말았다.

"이, 이럴 수가……."

아빈은 겁황천주를 이기거 했던 무한역도구가 그의 손에서 허망하게 소멸되어 버리자 마치 절망에 빠진 듯한 표정을 지었다. 그런 그녀를 보며 가볍게 미소 지은 그는 바로 천궁자를 향해 날아갔다. 유유서행이 시전된 순간 이미 그는 천궁자의 삼 장 앞에 도달해 있었고,

"무(霧)!"

파앗!!

엄청난 혈무가 순식간에 천궁자를 뒤덮어 버렸다. 거대한- 혈사(血沙)가 천궁자를 해일처럼 뒤덮는 형상으로 이는 마치 대자연의 재해처럼 위협적이고 거대했다.

"투궁(透弓)!!"

천궁자의 외침과 함께 갑자기 혈무를 뚫고 아주 작고 희미한 화살 강기가 그를 향해 날아갔다. 혈무를 뚫는 순간 그것은 갑자기 형태가 사라져 버리더니 곧 예전의 무형궁이 되어 날아갔다.

그는 그것이 자신의 눈을 노리는 것을 느끼고는 살짝 옆으로 몸을 틀어 피해냈다. 그의 눈은 무사했지만 혈무는 그 화살로 인해 힘없이 사그라지고 말았다.

“……”

“……”

둘은 서로의 강함에 만족했기 때문인지 미소 짓고 있었다. 하지만 그 미소도 잠시, 천궁자는 다시 그를 향해 시위를 두 번 튕겼다.

튕긴 순간 이미 혈영천마는 예전보다 훨씬 빠른 움직임으로 위로 이 장가량 떠올랐지만 빛처럼 빠른 무형궁은 마치 예상이나 한 듯 너무나 자연스럽게 방향을 꺾어 올라왔다. 빛처럼 빠른 활이 매우 자연스럽게 방향을 바꾸는 것은 혈영천마가 유유서행을 최대의 속력으로 시전하다 순식간에 직각으로 몸을 자연스럽게 틀어야 하는 것과 마찬가지였기에 그는 놀랄 수밖에 없었다.

하지만 당황하지 않고 그는 자신의 바로 앞까지 솟아오른 것이 느껴진 무형궁을 몸 한 번 틀어버림으로써 가볍게 피한 뒤 바로 천궁자를 향해 날아갔다. 순식간에 둘 사이의 공간을 일 장으로 좁혀 버린 그는 천마장을 시전했다. 천지를 어둠으로 뒤덮어 버릴 듯한 강력한 흑무가 그를 향해 날아갔다.

파앗!

물에 불이 꺼져 버리듯 천마장이 사그라들어 버렸다. 그는 자신이 급습하여 시전한 천마장이 너무나 쉽게 없어진 것에 의아해했지만 왜 그런 것인지 곧 알 수 있었다. 두 번째 쏘았던 활은 천궁자 주위를 맴 돌면서 방어를 위한 강기 역할을 했던 것이다. 그 신기한 무공에 그는 내심 감탄하며 천궁자가 결코 그냥 만들어진 이름이 아님을 새삼 깨달을 수 있었다. 하지만 그런 걸로 기죽을 그가 아니었다. 그는 사파 패를 쓰던 기묘한 수식을 번개같이 다시 취하고는 내력을 운용했다.

콩!!

카카캉!!

천궁자가 극도의 호신강기로 그것을 막아버리자 마치 쇠가 부딪치는 것 같은 소리가 울렸다. 서로의 충격으로 둘의 거리는 오 장으로 멀어졌다. 단 한 번 쓴 무공일에도 천궁자는 그에 대한 방어를 쉽게 해버린 것이다.

그가 천궁자에게 한 손을 내밀자 한 자 앞에서 검형의 강기가 나타나더니 천궁자를 향해 날아갔다. 뒤이어 그는 다른 다섯 개의 검형 강기를 만들어 그의 사방으로 날렸다.

"……!"

순수한 내공만으로 강기를, 그것도 손에서가 아니라 허공을 격해 무기 형태를 띤 강기를 만들 수 있다는 것은 그 경지가 상상도 하지 못할 곳까지 이르러 있다는 것을 천궁자는 충분히 알고 있었다. 그 자신도 무기를 통해서가 아닌 저렇게 강기를 형성시키는 것은 할 수 없는 것이었다.

곡선을 그리면서 거의 동시에 여섯 개의 검형 강기가 자신에게 위협적으로 날아오자 그는 아래로 피하려 했지만 너무 빠른 속도였기에 이미 피하기가 늦었음을 판단하고 단궁을 그의 몸 주위로 한 바퀴 크게 돌렸다.

그러자 푸른 강기 막이 형성되면서 곧 검형 강기와 부딪쳤다. 검형 강기는 소리없이 사라져 버렸지만 강력한 위력에 푸른 강기 막이 약간 약해짐을 본 순간 그는 바로 강력한 열 개의 검형 강기를 날렸다. 순식간에 그것은 방어를 위한 강기막과 부딪쳐 그것을 파괴시켰고 곧 천궁자의 전신 사혈로 박히러 했다. 그 순간,

화아악!!

천궁자의 몸에서 폭발하듯 푸른 빛이 솟아 나왔다. 아름답기 그지없는 눈부신 빛. 그것은 마치 생명이 있는 듯 사방으로 퍼지던 것들이 방향을 꺾어 그를 향해 비추었다. 거대한 파도가 그에게 몰아쳐 가는 느낌이었다.

쿠우우!!

거대한 굉음이 사막에 울려 퍼졌다.

'위험하다!!'

그는 내공을 있는 힘껏 끌어올려 무한역도구를 손바닥 위로 생성시켰다. 환약(丸藥) 정도의 매우 작은 크기였지만 그 힘은 그도 제어하기 힘들 정도로 요동치고 있었고 손바닥이 저릿저릿하기까지 했다. 여차하면 놓쳐 버려 자신의 제어에서 벗어날 것 같았다. 최초로 날렸던 무한역도구와는 그 위력부터가 다름을 그는 알 수 있었다.

'가라!'

그는 자신에게 다가오는 거대한 빛의 역도를 향해 무한역도구를 날렸다.

쿠쿠쿠쿠쿵!

두 힘이 부딪치자 마치 해일과 용암 분출이 서로를 밀어내려는 형상이 되었다. 두 개의 거대한 힘 앞에 주위는 서서히 모래 폭풍이 일어나

고 있었다.

"……!"

그는 초조한 심정으로 계속 무한역도구에 근근히 힘을 불어넣고 있었다. 이렇게 가다가는 밑도 끝도 없이 지속되어 양패구상할 것 같았다.

얼마 지나지 않아 팽팽한 대치는 서서히 무한역도구가 밀리는 것으로 나타났다. 금방 깨닫고 얻은 힘으로 오랜 시간 그 힘에 대해 수련하고 얻은 초월경의 힘을 바탕으로 한 천궁자의 천궁천멸을 이겨낼 수는 없을 것 같았다.

'이대로… 아니?!'

내부를 휘젓는 엄청난 힘이 인해 내상을 입어 입에서 피를 흘리던 그는 갑자기 자신의 몸속에서 새로운 힘이 솟아나는 것을 느꼈다. 그것은 전(前)의 힘 이상의 거력(巨力)!

'이럴 수가! 아까의 힘은 모두가 아니었단 말인가? 대체… 이 힘의 끝은 어디인가?'

죽음의 상황에 직면했던 그는 그로 인해 자신이 좀 더 강해졌음을 느꼈다. 죽음에 임박할 때마다 솟아오르는 본능적인 생존의 의지가 깊은 곳 어디에 담겨진 무한한 힘을 조금씩 끌어올리는 듯한 것에 그는 전신을 감싸는 희열을 느낄 수 있었다.

그의 전신에서 터지듯 솟아오르는 무한한 힘을 본 천궁자는 경악할 수밖에 없었다. 거의 이긴 상황에서 자신을 농락하듯 갑자기 힘이 솟아올랐기 때문이다.

"저럴 수가……!!"

그는 무한역도구를 오른손 손바닥 위에 하나 더 만든 상태였다. 그는 그것을 앞을 향해 쏘지 않고 모랫바닥으로 날렸다.

모래와 부딪치자 모래는 폭음을 내며 숫아올랐고 그 무한역도구는 모래를 사방으로 튀기며 땅속의 두더지같이 앞으로 나아갔다. 그리고 천궁자의 아래에서 분수같이 모래를 파 올리고는 그를 향해 숫아올랐다.

"하아앗!!"

천궁자는 마지막 있는 힘을 다해 손에 들고 있던 궁을 날렸다. 궁에서는 푸른 빛이 여태까지의 그 어떤 빛보다 진하게 빛나고 있었다.

퍽!!

궁과 무한역도구가 부딪치자 무한역도구가 순간 뒤로 밀리는 듯하다가 오히려 궁을 튕겨 버리더니 다시 천궁자를 향해 날아갔다. 궁은 진하던 푸른 빛을 잃어버린 채 맥없이 땅으로 떨어져 버렸다.

파아앗!!

해일과 용암 분출 같던 거대한 두 개의 힘은 어느새 소멸되어 버렸지만 천궁자를 향해 날아간 무한역도구는 붉디붉게 빛나며 천궁자의 몸을 잔인하게 휘감았다.

"······!!"

털썩!

천궁자의 몸은 힘없이 땅으로 떨어져 버렸다. 그의 온몸은 오히려 깨끗했지만 상태는 거의 죽은 것이나 다름없다는 것을 모두 본능적으로 알 수 있었다.

"헉··· 헉······!"

온 힘을 다해 무한역도구를 썼기에 내공과 체력의 소모가 상당했다. 다리가 후들거렸고 입에서는 계속 피가 가늘게 흐르고 있었다. 하지만 무엇보다 놀란 건 마지막에 천궁자가 활 자체를 날린 것으로 순간적으로나마 무한역도구가 밀린 것에 그는 심금이 떨릴 정도였다. 만약 그도 자신만큼 지치지 않았다면 승부는 어떻게 될지 아무도 몰랐을 것이다.

"오빠!"

아빈은 기쁨에 찬 얼굴로 뒤어와 그의 손을 꼭 잡았다. 꼭 껴안고 싶은 것을 참은 아쉬운 표정이었다.

"그래……."

그는 희미한 미소를 지으며 그녀를 본 후 고개를 돌려 쓰러져 있는 천궁자를 바라보았다.

"……."

"오빠, 저 사람… 죽었나요……?"

"아니, 죽지는 않았다. 하지만 더 이상 싸울 수는 없겠지."

"세상에, 그걸 맞고도 안 죽었나 보죠? 전 겁황천주님은 죽었는데……."

"그만큼 그가 강한 것이지. 하지만 천궁자는 그것이 아니더라도 오늘을 못 넘긴다. 하늘을 거스른 강시대법의 한계지."

"……."

"우린 이제 가자꾸나. 힘든 며칠이었다. 가자, 일상으로……."

"네."

그녀는 활짝 웃으며 대답했다. 일상의 보금자리로 돌아가는 것이 그녀 역시 행복했던 것이다. 그녀 역시 바람을 맞아 나는 방울 소리가 좋았으며 그의 옆에서 재잘대면서 사막을 바라보는 것에 익숙해져 가고 있었다. 얼마 전까지는 아니었지만 이제는 그 사막이 보이는 허름한 집은 그녀의 보금자리였다.

"이번에 돈 받으면 맛있는 거 좀 먹어요."

그는 쓴웃음을 지으며 고개를 끄덕거렸다. 원래 포상금은 받지 않으려 했지만 그녀의 말에 받으려는 의지가 단호한 것을 보니 그의 의도대로 가기는 포기해야 할 것 같았다. 곧 둘에게 파루나호와 단호란이 환한 표정을 지으며 다가왔다.

"파루나호는 어떡할 거예요? 이제 본국으로 바로 돌아갈 건가요?"

"아니요. 분명 위구르 제국의 그분께서 와 계실 겁니다. 그분은 모든 것을 꿰뚫을 수 있는 통찰력과 직감력을 지니신 위대하신 분이죠. 그분이 우리 위구르 제국의 많은 것을 이루었다고 할 수 있는 분입니다. 그분이라면 분명 와 계실 겁니다. 그렇지 않으면 제가 있는 곳으로 찾아오실 겁니다."

"……?"

아빈은 파루나호의 애매모호한 말에 고개를 갸우뚱거렸지만 더 이상 묻지 않고 먼저 걸어가고 있는 그의 뒤를 따라갔다.

"이보게."

"……!"

"꺄아악!!"

단호란은 갑자기 뒤에서 들려온 천궁자의 부름에 그만 그 자리에서 풀썩 쓰러져 버렸다. 죽은 줄 알았던 그의 목소리가 들려왔기 때문에 너무 놀라 온몸에서 힘이 빠져 버린 것이다. 그도 놀랐지만 죽은 천궁자가 강시에서 사람으로 돌아올 때만큼은 아니었다. 이제 싸울 수 있는 힘은 없을 것이라 생각했기 때문이다.

"후후, 멋진 결투였네."

천궁자는 힘겹게 일어나고 있었는데 힘이 거의 바닥난 듯 혼자 서는 것조차 무리인 것 같았다. 그때 사마진영이 다가가 그를 부축해 주었다.

"고맙군……. 자네와의 싸움은 내 인생의 목표를 이루었다 할 정도로 완벽했지. 자네도 고맙네. 이 말을 꼭 하고 싶었어."

"……."

뭐라 할 말이 없었기 때문에 그는 아무 말도 하지 않았지만 그 역시 결코 잊을 수 없는 최고의 싸움이었다고 생각했다.

"후후, 말이 없는 친구군. 부탁이 있는데 들어주겠나?"

그 말에 그는 고개를 끄덕였다.

"아까도 말했지만 이제 난 오늘을 넘기지 못하지. 내가 죽을 때까지… 나랑 같이 있어주지 않겠나? 여기 있는 사람들과 이야기하고 싶군."

[모월 모일. 맑음.

힘든 하루였다. 그리고 많은 것이 일어난 일주일이었다. 아직 주변이 정리되지 않았지만 일기를 쓰고 싶은 마음은 굴뚝같다. 그것은 천궁단에 억류되어 있을 때부터 그랬다.

천궁자는 나와 아빈, 그리고 파루나호, 사마진영과 함께 나의 집 앞에서 밤을 샜다. 단호란은 내일 여기에 찾아온다는 말을 하고는 자신의 아버지가 있는 곳으로 가버렸다.

모닥불과 함께 지나가는 아름다운 밤. 그 시간 속에서 죽은 자이며 죽을 자인 그는 너무나 무덤덤하였다. 하지만 그 속에서 우러나오는 지울 수 없는 기쁨은 결코 잊지 못할 순수함이기도 해 나에게는 색다른 체험이었다.

그는 자신과 자신이 있던 시대에 대해 많은 것을 이야기했다. 그리고 천뢰상인에 대해서도. 하지만 신변잡기적인 이야기가 더욱 많았던 것이 오히려 우리들과 즐거운 시간을 보냈음이 정확하겠다.

파루나호와 아빈은 서로 재미있게 이야기를 나누었지만 사마진영은 많은 것을 생각하는 듯 모닥불만 바라보며 시종일관 아무 말이 없었다.

새벽쯤이었을까. 그의 생명력이 약해짐을 느낄 수 있었다. 천궁자는 자신의 활을 들고는 사마진영을 부르더니 엄숙한 목소리로 그녀가 자신의 전인임을 피로써 맹세하기를 원하였다. 사마진영은 처음에는 고민하는 듯했으나 곧 눈물로 그의 말을 받아들였으며 천궁자 역시 눈물을 흘리며 자신의 소원을 이루게 한 것은 사마진영이라며 너무나 감사해했다. 초월경에 대한 대략적인 설명을 나에게 들은 그는 내단이 있었으면 그녀에게 주었을 것이나 안타깝게도 많은 세월의 흐름과 더불어 잃어버린 것 같다고 하며 안타까워했다.

그 역시 이곳에 묻어야 하나 이렇게 생각하고 있을 때 그가 날 보더니 싱긋 웃는 것이었다. 왜 웃는지 몰라 어리둥절하는데 그가 자신이 무한역도구에 맞았을 때 느낀 것이 무엇인지 아느냐며 물었다. 당연히 모른다고 말하니 그는 말하면서 먼저 이렇게 전제를 두었다. 그것은 순전히 자신의 느낌대로 말하는 것이니 정확하지 않다고.

하긴 느낌이란 것은 언제나 불분명한 것임을 아는 나로서는 이해할 수 있었기에 그가 뭐라고 말하든 그 말 그대로 받아들일 것이라 생각했다.

자신은 빛과 빛의 사이에서 영원히 존재하고 있었다고……. 그 영원의 느낌은 결코 죽어서도 잊지 않을 것이라 말하고는 눈을 감았다. 그의 얼굴에는 환한 미소가 맺혀 있었다. 무엇인가 하는 표정으로 사마진영이 천궁자를 흔들었지만 아무런 반응이 없자 죽었음을 알고 울부짖었다.

사마진영의 울음 속에서 나는 사막의 모래를 파 그를 묻었다. 이로써 무덤은 다섯 개가 되었다.

갑자기 이상한 생각이 들었다. 하늘이 나에게 준 생명은 이런 죽음을 바라보라는 이유 때문이 아닐까라는 것. 다섯의 죽음이 나의 곁에서 너무나 생생히 일어났다.

슬픔도 회한도 없지만 단지 하나, 안타까움뿐이다. 이 마음마저 없어지는 날에 나의 이 생이 끝나야 하는 날인가 보다. 이것도 나의 느낌, 생각일 뿐이니 확실하진 않다. 느낌은 원래 그런 것이다.]

◆제7장◆ 선과 각

[모월 모일. 맑음.

그 일이 있은 후로 삼 일이 지났다. 단호란이 성주와 함께 감사의 말을 하려는지 나타났지만 난 받을 마음도 없고 해서 미안하지만 아빈에게 대신 시켰다. 그런데 아빈 역시 이상하게도 내키지 않아하는 것 같았다.

말은 하지 않았지만 고민이 있는 것 같았다. 하지만 스스로 이겨내리라 믿는다. 그것이 어떤 것이든 그녀는 항상 긍정적인 사고를 하는 강한 마음을 지녔으니까. 그래도 그녀다운 엉뚱함 탓인지 돈은 성큼 받았다. 쓴웃음이 났지만 뭐라 할 말도 없었다.

사마진영은 그를 땅에 묻고 나서는 바로 천궁단으로 가버렸지만 그녀의 뒷모습은 나의 생각뿐인지는 몰라도 뭔가 달라져 있는 것 같았다.

글쎄, 알 수 없지만 한 가지 분명한 건 발걸음이 가볍다고나 할까? 슬픈 표정이었지만 짊어지고 있던 뭔가를 벗어던진 것인지 상당히 가벼운 느낌이었다. 그녀가 무엇을 짊어지고 있었는지는 모르지만 하나씩 버리고 가는 것이 바로 참된 인생이 아닐까. 필요없는 것은 버릴 수 있어야 할 것이다.

고독빈랑의 유언을 들어주어야 하는데 언제 가야 할지 갈피를 잡지 못하겠다. 곧 가야 하겠지만 역시 늙었는지 몸이 움직여 주지를 않는다. 솔직히 가기가 귀찮다고 보는 게 옳겠지만 일단 도와주기로 한 이상은 가야 하지 않겠는가.

고독빈랑의 유언을 들어줄 겸 십만대산의 낙정곡으로 가서 그녀의 상태를 살펴볼 겸 곧 강호로 가야겠다. 그리고 좋은 약을 만들어놓으면 언젠가 쓰일 때가 있기 때문에 약재도 살 것이다. 참, 친구들도 보고 싶다.

세 곳 모두 멀리 떨어져 있다. 일단 먼저 가기에 가까운 곳은 사천성이므로 고독빈랑의 유언을 들어주러 간 다음 사라성을 가야겠다. 그리고 그 다음으로 십만대산 낙정곡으로 갈 것이다. 약보시는 사라성의 근처에 있기 때문에 낙정곡으로 간 다음 오면서 사면 되겠다. 하지만 상당한 거리 차 때문에 여유 잡아 두 달은 걸릴 것 같다. 원래 나 혼자 경공술을 써서 간다면 오늘 안으로 다 끝낼 수 있겠지만 이 참에 아빈에게 중원의 구경도 시켜주는 것이 좋을 것 같아 시간을 넉넉하게 잡은 것이다. 중원을 한 번도 가보지 못하고 풍문으로 듣기만 했을 것이므로 그녀의 성격으로 보건대 매우 즐거워할 것임이 분명하다.

내일은 단호란이 찾아온다고 한다. 사람들의 왕래가 많아지면 귀찮은 것이 솔직한 심정이지만 항상 나랑 사막만 보며 심심해하던 아빈에게는 친구가 생긴 것이니까 오히려 좋은 일일지도 모른다.

한동안은 다시 일상에 젖어들고 싶다.]

[모월 모일. 맑음.

단호란이 그렇게 말이 많은 줄은 몰랐다. 하루 종일 아빈과 쉴 새 없이 떠들어대는 것에 귀가 멍멍할 지경이다. 조용한 것을 좋아하는 나로서는 탐탁지 않은 환경이다.

참다못해 난 저녁이 다 되어가는 시간쯤에 그냥 옥문관 근처의 객점으로 가버렸다. 죽엽청 한 병어 어울리지 않는 닭다리.

난 잠시 나에 대해 생각해 보았다. 나라고 그래 봤자 결국은 나의 무공에 대해서뿐이다. 무림인은 무공이 자신이다. 그 생각이 남과 동시에 그 외에는 없는 것일까 하는 생각도 들었다. 글쎄, 무림인인 이상 평범한 나 자신을 생각한다는 것은 소박하지만 너무나 힘든, 아니, 생각할 수 없는 것일지도 모른다. 하지만 너무 그렇게 부정적으로만 볼 필요는 없다. 문사는 학문적 깊이가 자신을 나타내며 상인은 상업을 잘해 얼마나 많은 돈을 벌었느냐가 자신을 나타내듯 무인은 무공의 성취가 자신을 나타내는 것이기에 자연스러운 일이다. 그렇게 본다면 내 생각이 그렇게 씁쓸할 것도, 이상할 것도 없다.

아무튼 천궁자와의 싸움 이후 나는 많은 것을 얻었다. 그로 인해 힘의 개방 상태―나는 천궁자가 갑자기 엄청난 힘이 생기게 될 때, 그리고 나 또한 엄청난 힘이 생겨나 위기를 극복했던 그 상태를 힘의 개방 상태라 부르기로 했다―를 나의 의지로 할 수 있게 되었다.

하지만 나 자신도 알 수 없는 건 힘의 이차 개방 상태라고나 할까? 천궁자를 이길 수 있게 했던 새로운 힘이었다. 그것이 이차 개방인지 아니면 아직 모두 개방을 하지 못한 것인지는 알 수 없다.

그래서 내린 결론은 하나다. 어서 천축어를 익혀야 한다는 것이다. 겁황천주가 가지고 있던 그 초월경에 대해 써놓은 책을 어서 해석해야 한다는 것이다. 그 책에 내가 궁금해하는 모든 것이 있을지는 모르겠지만 조금이나마 나의 궁금증을 만족시켜 주지 않을까 싶다. 그렇다고 몹시 궁금하다 하여 해석을 함부로 남에게 청탁할 수도 없기에 결국 나의 이 답답함은 먼 훗날에 풀리지 않을까 한다.

객점에서 한참 있으려고 했지만 번잡함에 얼마 있지 못하고 집으로 돌아와 버렸다. 둘은 여전히 그 상태였는데 대체 얼마나 할 이야기가 많은지 내가 온 것은 신경도 쓰지 않고 이야기에 열중이었다. 난 성격도 그렇고 말주변도 없기에 두 여인처럼 그렇게 많은 말을 하지 못해 그저 의자에 몸을 뉘어 편히 쉬며 그녀들의 이야기를 귀동냥할 뿐이었다.

지금 밤의 사막을 보면서 이야기를 쓰고 있다. 어둡지만 묘한 분위기다.

항상 보는 사막의 밤이지만 변치 않을 기묘함이다. 바람이 분다. 들려오는 방울 소리, 딸랑……. 최고다. 이 소리는 나에게 행복함을 준다. 행복이라……. 얼마 만에 쓰는 말인가?

단호란이 자고 있다. 아빈도 자고 있다. 지체 높은 사람의 딸이 이런 곳에서 외박하는 것을 부모가 허락할까 궁금했지만 그녀가 지금 여기에 있으니 대답은 이미 나온 것이다.

잠이 오지 않는다. 일기는 그만 쓰고 계속 사막이나 바라봐야겠다.]

[모월 모일. 맑음.

한동안 비가 왔다. 그동안 자주 찾아온 단호란은 아빈과 상당히 친해져 있었으며 난 그간 둘의 정신없는 수다에 어느 정도 익숙해졌다.

이틀 전엔 나와 아빈이 성주에게 초대되어 성주를 직접 보기까지 했다. 대략 쉰 살이 넘은 것 같았는데 상당한 무공을 지니고 있었다. 함부로 사람을 판단하지 않는 신중함과 인격을 지니고 있어서인지 우리를 결코 푸대접하지 않고 단호란의 좋은 친구로서 따뜻하게 받아주는 것이 예나 지금이나 각박한 세상을 생각한다면 제법 인상 깊은 모습이었다.

그는 평범한 나를 묘하게 주시했지만 이내 지우고 말았다. 그의 눈빛에 쓴 미소와 함께 약간의 안도감을 느꼈다. 결코 평범한 사람은 아닌 듯 눈썰미가 심상치 않았지만 내가 무공을 가지고 있다는 확신은 하지 못했으리라.

그녀를 구했다는 말을 하지 말라고 단호란에게 부탁했기 때문에 그는 내가 자신의 딸을 구했다는 걸 모른다. 내 성격에는 아무래도 무언가를 했다고 나서서 나를 밝히는 것이 어울리지 않는다.

아빈이 구했다고 거짓말을 했다. 그러나 결코 거짓말은 아니지 않은가. 나는 천궁자를 이겼지만 내가 위험할 때 아빈은 나를 결정적으로 도와주었다. 그녀의 말이 진짜 그녀의 것이었는지 아니면 나의 환상이었는지는 모를 일이지만 일단은 그녀의 목소리였으니 그녀가 날 도와준 것이다. 그러므로 그녀가 단호란을 구했다고 하는 것은 결코 거짓말만은 아닌 것이다.

비가 그친 오늘 아침에는 오랜만에 저 멀리 무지개가 보였다. 아름다운 광경에 아빈과 단호란이 꺅꺅거리며 환성을 지를 정도였다. 나도 슬며시 미소 지었다.

아름다운 정경 뒤엔 어둠이 끼는가? 밤하늘에 별들의 운행이 기묘한 것이 아직 확연히 드러나지 않지만 결코 좋은 것은 아닌 것 같다. 무엇인가 어두운 움직임이……. 악의 탄생인가, 악의 재발인가? 아니면… 선에서 악으로의 변화인가?]

　그는 사막을 바라보고 있었다. 흔들의자에 앉아 사막을 바라보는 그의 모습은 천궁자와 어제 있었던 엄청난 전투와는 너무나 다른 평온한 모습이었다.

　어두워서 무엇을 보고 있는지 알 수는 없었지만 그의 시선은 가만히 앞을 내다보고 있었다. 그러다가 가끔씩 하늘을 보며 무언가를 생각하는 시늉을 짓기도 했다.

　"……."

　파루나호는 그런 그를 의아한 듯이 바라보다가 식탁에 앉아서 엎드려 있는 아빈에게 말했다.

　"아빈, 저분은 왜 이 밤에 사막을 보는 거죠? 가끔씩 하늘도 본다만 계속 사막만을 보는군요."

　"그냥 저대로 놔둬요. 자기 일상이니까……."

　그녀는 뭔가 생각에 빠진 제법 심각한 표정이었지만 파루나호가 말을 걸자 이내 밝은 표정으로 무책임한 느낌을 주는 말을 했다.

　"일상? 음, 일상치고는 매우 특이하군요. 하긴 저분처럼 특이한 일상을 지닌 분을 나는 또 하나 알고 있죠."

　"네?"

　"음, 아직 안 오셨지만 곧 오실 그분 말예요. 그분 또한 저분처럼 독특한 일상을 보내죠. 어찌 보면 일이라고도 할 수 있지만 그분은 내게 그것이 자신의 일상이라고 말씀하셨죠."

"어떤 일상이길래요?"

아빈은 의자에 앉아 있는 목석남과 비슷한 일상을 보내고 있는 자가 있다는 그녀의 이야기에 조금씩 흥미를 가지기 시작했다. 그녀의 마음을 눈치챈 파루나호는 살며시 미소 짓고는 말을 이어갔다.

"그분은 잠에서 깨어나시면 얼마간의 휴식 후부터는 줄곧 하늘만 보시죠. 저의 아버지께서 손수 마련해 주신 곳에서 하루 종일 하늘을 본답니다. 무엇을 보는지는 모르지만 얼핏 듣기론 세월을 본다고 하셨죠. 그게 무슨 말인지는 모르지만… 아무튼 아침부터 저녁까지 계속 하늘만 본답니다. 쉬는 시간은 하루 세 번으로 일 다경씩뿐이죠."

"헤에… 정말 우리 오빠보다 더 이상하고 특이하네요. 정말 사람이 그런 것만 하고 살 수 있어요?"

"후후, 놀라지 마세요. 그분은 음식을 드시지 않는답니다."

"네?! 정말요? 에이, 호호호! 파루나호도 농담을? 키득키득."

아빈은 파루나호가 하지 않을 것 같은 농담을 하자 놀라운 표정을 지으며 웃어줬다. 하지만 살며시 미소 짓고는 고개를 절레절레 젓는 파루나호의 표정에 농담이 아님을 알고는 놀랄 수밖에 없었다.

"어머? 정말인가요? 어떻게 사람이 음식을 먹지 않고 살 수 있죠? 아무것도 먹지 않는 사람인가요?"

"아뇨. 음식을 안 먹는 것은 아닙니다. 만약 국가적으로 중요한 행사나 아버님의 생신, 이럴 때는 참석하셔서 음식을 드시죠. 하지만 이런 행사가 일 년에 몇 번이나 있겠어요? 그 외에는 물만 마실 뿐 아무것도 드시지 않죠."

"이야! 그 말은 물만 마셔야 하는 사람이 아니고 물만 마시고도 살 수 있는 사람이군요. 신기해. 오빠, 정말 그런 사람도 있을 수 있나요?"

그녀가 그를 보며 묻자 사막을 바라보던 그는 고개를 돌리지도 않고 말했다.

"나도 확실히는 모르지만 그런 사람도 있다는 것을 책에서 본 일이 있지. 어떻게 그렇게 살 수 있는지는 모르지만 아마 특별한 선천적인 능력 때문에 아닐까 하고 책에서 말하더구나. 결코 흔하지 않은 능력자지만 그런 사람은 물만 마시고도 살 수 있다고 한단다."

"그렇구나. 그런데 대체 그분이란 자는 누구죠, 파루나호?"

"그분은… 우리 왕실에서 모든 점성학, 천문학을 담당하시는 분입니다. 이제 사실상 역사적으로 보아도 점이나 천기의 내용이 한 국가의 정치에 영향을 미치는 시대는 지나갔다지만 그분은 그런 것을 무시할 수 있을 정도로 대단한 능력자시죠. 그분이 말하시는 것들은 모두 진리를 담고 있으며 하나하나가 결코 무시할 수 없는 상당한 무게를 지니고 있습니다."

"그렇군요. 정말 대단한 분 같아요. 그리고 파루나호는 정말 그 사람에 대한 철저한 믿음을 가지고 있는 것 같아요."

정말 파루나호가 그분이란 사람에 대해 말할 때는 두 눈에서 절대적인 믿음의 빛을 띠고 있었다. 그런 그녀를 힐끔 본 그는 어떤 사람을 믿는다는 것이 저런 것인가 하고 생각해 보았다.

'그 사람은 아마 행복한 사람이 아닐까? 누군가의 믿음을 얻을 수 있는 것이 얼마나 힘든 일인가?'

그는 다시 사막 쪽으로 시선을 돌리고는 슬며시 미소 지었다. 자신이 이런 생각을 한다는 것이 좀 웃기긴 했지만 아빈은 그녀만큼인지는 몰라도 분명 자신을 믿고 있다고 생각했다.

'그럼 난 행복한가?'

하지만 대답은 자신도 잘 모르겠다는 것이었다.

'훗! 삼자적 입장에서 알고 있는 것과 실제는 이렇게 다른가? 아니면 나 자신에게 문제가 있는 것인가?'

모순적인 상황에 결론이 나질 않는 그였다.

"시일 내로 그분이 이곳으로 올 것입니다."

파루나호는 당연히 그렇게 될 것이란 확신적인 어투로 말했다.

이른 아침이었다. 평소보다 반 시진은 일찍 일어난 아빈이었다. 포로 생활을 할 때 잠으로 대부분의 시간을 보냈는지라 잠을 오래 잘 수 없는 모양이었다.

"하암……."

아직 자고 있는 그와 파루나호를 한 번씩 보고는 문을 열고 밖으로 나갔다. 아침 햇살에 약간 눈을 찡그렸지만 이내 적응하고 멀리 펼쳐져 있는 사막을 바라보았다.

"……!"

그녀의 눈은 사막을 보는 순간 놀라움으로 크게 떠져 있었다. 기지개를 켜려다 만 자세에서 어색하게 멈추어 있는 것이 꽤나 놀란 모양이었다.

하지만 그녀 특유의 밝고 긍정적인 성격은 이내 놀람을 지워 버릴 수 있었고, 곧 홍미의 눈으로 앞을 바라보았다. 그녀의 십 장 정도 떨어진 곳에는 한 명의 남자를 선두로 그 뒤로 삼십여 명의 사람이 서 있었는데 자신을 바라보는 것이 자신과 그에게 볼일이 있나 하고 생각할 때 퍼뜩 떠오르는 것이 있었다.

"……!"

"시일 내에 그분이 올 거예요."

파루나호의 말이 떠오르자마자 그녀는 자신도 모르게 신기하다는 듯한 표정으로 말했다.

"와! 당신은 파루나호가 말한 그 사람이군요?"

선두에 서 있던 남자는 말을 듣고는 그녀에게로 천천히 다가왔다. 스물 중반 정도의 젊은 나이로 보이는 그는 상당히 깨끗한 얼굴에 맑은 눈을 가지고 있었고 입가엔 편한 느낌의 미소가 시종일관 지어져 있었다. 잘생겼다는 느낌은 들지 않지만 매우 단아한 얼굴을 가지고 있어 누구에게서나 호감을 살 법한 외모였다.

특이한 건 그의 앞머리의 일부분이 파란색이었는데 염색을 한 것인지는 알 수 없지만 검은 머리와 함께 묘한 조화를 이루고 있었다. 그리고 두 눈을 감고 있었는데도 그녀를 향해 똑바로 걸어오는 것이 아빈에게는 그렇게 신기할 수가 없었다.

'특별히 무공은 익힌 것 같지 않은데 신기하네. 역시 감각이 발달되어 그런 건가? 그런데 왜 눈은 감고 있는 것이지?'

그녀는 누구나 처음 장님을 보고 할 수 있는 생각을 하며 호기심을 나타내었다.

"붉은 머리의 아름다운 분이여, 만나서 반갑습니다. 마가령무(摩加靈巫)라고 합니다."

젊은 청년은 중원식의 예의인 포권을 정중히 하며 그녀에게 약간 허리를 숙이며 인사했다.

"예?! 아, 안녕하세요. 유아빈이라고 합니다."

그녀 역시 포권을 취하곤 약간은 얼떨떨해하며 자신의 소개를 했다. 하지만 장님이 자신의 머리 색을 안다는 것에 머리 속이 혼란스러워졌다.

"후후, 매우 깨끗하군요. 맑습니다."

그는 뜻 모를 이상한 말을 한 후 더 이상 아무런 말을 하지 않고 그저 싱그러운 미소를 띤 채 그녀를 바라보았다.

그가 아무런 말도 더 이상 하지 않자 뭔가 하고 잠시 생각한 그녀는 아차 하고는 집 안으로 다시 들어갔다. 장님이 마치 정상인처럼 말하는 것 때문에 파루나호를 부른다는 걸 깜빡했던 것이다. 들어가니 그는 이미 일어나서 식탁에 앉아 헐레벌떡 들어오는 그녀를 가만히 바라보다가 말했다.

"정말 그분이란 자가 왔구나. 파루나호를 깨우거라."

"네."

그녀가 파루나호를 흔들어 깨워 밖에 그가 왔다는 말을 하자 그녀는 평소에는 볼 수 없었던 소녀 같은 환한 미소를 지으며 밖으로 뛰어나갔다. 둘이 뒤이어 나가 보니 파루나호가 뛰어가서 그의 몸을 힘껏 안고 있는 것이었다.

"어머!"

아빈은 약간 놀란 듯 눈을 크게 뜨며 쳐다보았다. 파루나호가 그에게서 그런 반응을 보이는 것이 의외인 모양이었다.

파루나호와 마가령무는 그들 나라의 말로 무언가를 말하더니 곧 아빈과 그를 향해 걸어왔다. 파루나호는 그들 앞에 서자 걸음을 멈추었지만 마가령무는 계속 다가가 그의 바로 앞에 서서는 그를 관찰하는 듯 두 눈을 감은 채 바라보고 있었다.

한동안 계속 쳐다보는 실례를 범하자 그를 지켜보는 두 여자는 민망해했다. 파루나호가 당황한 표정으로 뭔가를 말하려는 순간 마가령무가 먼저 말을 했다.

"정말 신기하군요. 그리고 정말 대단합니다. 아, 저는 마가령무라 합니다."

그는 전혀 이해할 수 없는 말을 하고는 갑자기 생각났다는 듯 중원식의 예의인 포권을 하며 자신을 소개했다. 인사를 받은 그도 고개를 가볍게 끄덕이며 인사를 했다.

"만나서 반갑소."

"정말 신기합니다."

"뭐가 말이오?"

"당신은 뭐랄까, 정말 말하기 묘하군요."

"……."

"저 같은 경우는 그 사람에 대해 느낀 것을 바로 말할 수 있습니다. 그것은 매우 정확한 느낌이기도 하죠. 하지만 그대는… 정말 뭐라고 말할지……. 붉다? 후후, 사람을 색깔로 나타낸다면 당신을 '붉

다' 라고 표현되겠군요. 한없이 붉습니다. 마치 처절한 핏줄기처
럼……."

"……."

그는 마가령무의 말에도 아무런 표정 변화 없이 그저 마가령무를 쳐
다보다 문득 한마디 했다.

"당신은 눈이 보이지 않소?"

"그렇습니다. 그러나 봉사지만 봉사가 아닌 것이나 마찬가지죠. 때
로는 더욱 편할 때도 있고……."

"엥? 거짓말. 당신은 분명 아까 내 머리카락의 색을 알아봤잖아요.
어떻게 눈이 보이지도 않으면서 알 수 있죠?"

"후후, 사실을 말하기엔 조금 복잡하고 기니까 간단히 나의 능력 중
의 일부라고만 말해 두죠."

그는 아빈을 향해 고개를 돌리고는 희미하게 웃으며 말해 줬다.

"으응……?"

그녀는 더욱 궁금해지는지 고개를 갸웃거리며 뭔가를 생각하는 듯
했다. 그런 그녀를 놔두고 마가령무는 다시 고개를 돌려 그에게 말했
다.

"당신의 손을 잠시 잡아봐도 되겠습니까?"

"……."

그는 고개를 끄덕이며 손을 내밀었다. 마가령무가 두 손으로 그의
손을 잡는 순간,

"큭!"

마치 전기에 감전된 듯 고통스런 신음 소리를 냈지만 결코 그의 손

을 놓지는 않았다. 그의 손을 조심스레 잡고 있는 마가령무는 뭔가를 생각하는 것인지 아니면 무언가를 세심히 느끼는 것인지 알 수 없는 표정으로 가만히 서 있었다. 그의 진지하고 신중한 행동에 다른 사람들은 잔뜩 긴장한 채 바라보고 있었지만 정작 당사자인 그는 별다른 표정 없이 마가령무를 바라보기만 했다.

“…….”

약간의 시간이 흐르자 마가령무의 얼굴에서 땀이 흐르기 시작했다.

“대, 대체……?”

놀라움의 표정뿐인 마가령무는 간신히 이렇게 말하고는 그의 손을 놓았다. 그리고 한 발자국 뒤로 물러나서는 의미를 알 수 없는 한숨을 쉬었다.

“정말 무섭군요. 하지만 결코 두려움만은 아닙니다. 아무튼 처음에 당신의 손을 잡았을 때 하마터면 쓰러질 뻔했습니다. 손을 잡는 것만으로도 엄청난 힘을 느꼈기 때문이죠. 여태껏 잡아본 손 중… 훗, 가장 무서운 손이자 가장 강한 손이었습니다.”

“…….”

“그리고 계속 잡고 있으니까 뭔가가 떠오르더군요. 당신은 사람들이 두 눈으로 보는 것과 실제의 것이 다른 사람입니다. 무엇인지는 정확하진 않지만 아마 성격, 또는 나이, 이런 것이 그것의 범주에 쉽게 속하는 것이므로… 추측으론 나이가 될 것 같군요. 무림이란 곳에서 흔히 말하는 반로환동의 경지입니까? 그대의 나이를 알아보고 싶지만 실례인 것 같아 하지 않겠습니다.”

“…….”

아빈은 마가령무가 한 말이 마치 그를 오래 안 사람인 것처럼 잘 맞히고 있었기 때문에 매우 놀랍고 신기해했다.

"많은 것을 알지는 못했지만… 그대는 사명이 있군요. 그게 무엇인지는 아마 그대가 더욱 잘 알리라 믿습니다. 혹시 모르고 계시다면 분명 알 날이 올 것입니다. 그리고 매우 놀랍고 두려운 그대의 힘……."

"……!"

마가령무가 한 말에 그다지 반응을 보이지 않던 그는 자신의 힘에 대해 이야기를 하려 하자 약간은 흥미를 보이는 듯했다.

잠시간이지만 마가령무가 한 말은 신통한 점쟁이처럼 정확했기 때문에 자신의 힘에 대해서도 자신이 모르는 것을 어느 정도 말하지 않을까 약간은 기대한 때문이었다.

"놀라울 뿐입니다. 끝이 보이질 않는군요. 뭐랄까, 아마 죽을 때까지 당신조차도 그 끝을 알 수 없을 겁니다. 사람들이 흔히 말하는 과장된 표현의 무한이 아닙니다. 진실로 무한이라 할 수 있겠군요. 무한이 끝을 보인다면 결코 무한이 아닐 것입니다."

"……."

마가령무의 말에 그는 동의하는 의미로 고개를 끄덕였다. 자신의 힘의 표현은 무한의 역도라고 전에 겁황천주가 말한 적이 있었다. 그 무한의 역도라는 것은 그저 과장법으로 표현한 것이 아닌 실질적으로 끝이 보이지 않는 무한을 의미하고 있다는 것을 마가령무의 달을 통해 확신하게 되었다.

"아, 그대에 대해서 조금씩 보이군요. 고맙습니다."

“……”

“후후, 그 사람에 대해 안다는 것은 타인과 나의 교감이라고 할 수 있습니다. 뭐, 정확히 표현하기란 인간의 언어론 불가능하지만 내가 그를 받아들이고 그가 나를 받아들인다면 나는 그 사람에 대해서 무언가를 알 수가 있게 되죠. 그렇기에 나를 받아들이지 않고 믿지 않는 사람이 있다면 난 그 사람에 대해서 알 수가 없습니다. 물론 강제로라도 알아볼 수는 있지만 내 성격상 그러지는 못합니다.”

“……”

파루나호는 원래 알고 있던 사실이었지만 아빈은 정말 놀랍고 신기한 그의 말에 연신 ‘와, 와’ 하며 벙긋벙긋거렸다.

“하지만 무심(無心)의 경지에 이른 사람은 어떤 수를 써도 알 수가 없습니다. 단지 그가 나에 대해 수긍을 한다든지 수긍의 의미와 비슷한 마음이 생겼을 때 어느 정도는 그 정보가 들어옵니다.”

“정말 흥미로운 능력이구려.”

“후후, 오늘따라 말이 많았습니다. 원래 이렇게 말을 많이 하지 않는 성격입니다만 오늘은 정말 대단한 분을 만나 그 사람에 대해 조금이나마 알게 되어 기쁜 마음에 말을 많이 한 것 같군요.”

그 말에 그는 희미하게 미소 지었다.

“아, 저희 공주님을 보살펴 주서서 너무나 감사합니다. 이 감사의 인사는 나의 개인적인 마음과 저희 황제의 감사의 마음을 같이 보내는 것입니다. 그리고……”

그는 품에서 뭔가를 꺼내 아빈에게 주었다.

“이런 것이 당신에게 쓸모있을지는 모르지만 저희 황제께서 그분의 능력 내에서 해줄 수 있는 일은 그것이 다라며… 통속적이긴 하지만 그분이 할 수 있는 최대의 감사의 표시입니다. 꼭 받아주십시오.”

“어머! 오빠, 돈이에요. 호호호!!”

그녀는 자신이 어떤 모습을 보이고 있는지도 모르는지 돈을 받았다는 기쁨에 한껏 웃기 시작했다. 확실히 돈이 부족한 판에 얼마인지는 모르지만―거금으로 추측할 뿐이다―돈을 받으니 기분 좋은 것은 어쩔 수 없는 일이 아니겠는가? 단호란을 구하러 간 것 또한 엄밀히 말하면 돈의 욕심이 반은 들어간 것임을 볼 때 좋아하면 좋아했지 사양할 리는 없었다. 그녀의 모습에 그는 쓴웃음을 지으며 고개를 설레설레 흔들었다.

“후후! 기뻐해 주셔서 고맙군요. 그대와 이야기를 하고 싶지만 황제께서 애타게 공주님을 기다리시니 그만 해야겠군요. 공주님이 납치당한 것에 무척이나 걱정을 많이 하고 계시죠. 그래서 지금 당장 가야 할 것 같습니다.”

“괜찮소. 어서 데려가시오.”

“오빠, 그런 말은 마치 파루나호를 귀찮아하는 듯한 말이잖아요!”

그녀는 안 된다는 표정으로 그에게 잔소리를 했다. 누가 본다면 그것이 오히려 너무나 귀여운 표정인지라 그는 그저 웃음만 지을 뿐이었다.

“언젠가 우린 다시 한 번 만날 것 같군요. 아니, 만날 것입니다. 난 점쟁이니까 확신하는 말을 써야겠죠. 후후, 그때가 언제인지 나도 잘 모르겠지만……. 그리고 당신의 일기장에 나에 대한 말은 쓰지 마십시오. 부탁입니다. 나는 후세에도, 지금에도, 그리고 어디에든지 남겨지길 원치 않는 사람입니다."

"알겠소."

그는 자신이 일기를 쓰고 있다는 것마저 마가령무가 알고 있자 놀랄 수밖에 없었다. 정말 뛰어난 점쟁이긴 점쟁이란 생각을 하며 고개를 끄덕였다.

그러자 마가령무는 그에게 더욱 짙은 미소를 지어주고는 몸을 돌렸다.

"아, 그리고… 그대는 행복합니다. 단지 당신이 알아차리지 못하고 있을 뿐이지. 누구나 그렇죠. 행복은 누구에게나 있고 항상 있지만 단지 알아차리지 못할 뿐입니다. 당신은 행복합니다."

마가령무는 파루나호와 함께 사람들이 있는 곳으로 걸어갔다. 그러다 갑자기 그가 걸음을 멈추고는 무덤을 쳐다보는 것이었다.

"……."

그와 아빈은 그런 그를 아무 말 없이 바라보며 그도 슬픔인지 아쉬움인지, 또는 회한인지 그 어떤 것이든 간에 분명 느끼고 있을 것이라 생각했다.

"투명하군요."

그는 간단히 이렇게 말하고는 그녀와 함께 사람들 속으로 걸어 들어갔다.

[모월 모일. 맑음.

아빈에게 곧 중원으로 들어가야 할 것 같다고 이야기를 했는데 반응이 영 신통찮았다. 내 딴엔 상당히 기뻐할 줄 알았는데 뭔가를 조금 주저하는 것 같았다.

왜 그러냐고 물었으나 말을 하려 하지 않기에 만약 날 믿는다면 말해도 된다고 했다. 몇 다경 후에 머뭇거리며 말한 것을 들은 후 그녀에게 대견한 마음도 들었지만 미안하게도 그녀답지 않은 심각한 고민이란 생각이 들어 약간은 웃음이 나왔다.

선과 악……. 누가 옳고 누가 그른가? 특히 그 구분이 모호한 무림에서는 영원히 풀리지 않을 수수께끼이다. 그녀는 이번 천궁단을 찾아간 사건에서 그런 것을 느꼈다고 했다.

사마진영의 본모습을, 아니, 약한 모습이랄까? 아무튼 그런 모습을 본 후 그런 생각이 끊임없이 맴돌고 있다고 한다.

그녀는 사마진영이 천궁자를 사랑하고 있음을 느꼈다고 말했다. 하긴 나도 어느 정도 그런 것을 느끼고 있었는데 그녀의 말을 들으니 확신하게 되었다. 그런 모습에서 악인이라고 생각했던 사마진영이 사실은 악인이 아니었음을 느꼈고, 부단주 황장경 또한 며칠간 만나면서 그가 악인이 아님을 알게 되었을 것이다. 비록 두 사람에게서만 느낀 감정이었지만 한 집단의 수장인 그들이었기에 이는 곧 천궁단 역시 악의 집단이 아닐 것이라는 생각이 자연스레 들지 않았을까? 아니, 악의 집단이니 아니니보단 천궁단 내에 있는 개개인 모두가 구제받지 못할 악인은 아닐 것이란 생각이 더 정확하겠지.

돌연 겁황천을 찾았을 때의 생각이 난다. 그때 나는 어떤 생각을 가지고 있었을까? 모용황룡은 분경 그들을 악의 집단이라 생각하고 그들을 공격하러 간 것이다.

난? 글쎄, 모를 일이다. 분명 갈 때는 아무런 생각도 하지 않았다. 그저 서로 돕고 사는 것이 인간다운 삶이라는 모용황룡의 생각에 동의했기에, 또한 겁황천주라는 강자에 대한 궁금증도 있었기에 거기로 간 것일 뿐 선악에 대한 판단은 거의 배제되어 있었다.

하지만 나도 부정하지 못하는 것은 모용황룡의 부탁을 들어주었다는 것이다. 그것은 그의 선악 기준에 동의를 했다는 말도 되는 것이다. 그럼 난 나 자신도 모르는 사이에 그들을 악이라고 판단했던 것일까?

그들이 악이라면 겁황천에 속해 있던 아빈은 어떻게 되는 것인가? 아빈처럼 깨끗하고 순수한 여자도 드물 것이다. 그녀는 누가 봐도 선한 사람이다. 그렇지만 그 집단은 분명 중원을 제패하려 했던 사도 집단이었으며 악이라고도 분류될 수 있을 정도였다.

개인과 집단에 선과 악의 개념을 도입한다면 꽤나 특이한 모순거리가 발생하게 된다는 것을 지금 알게 되었다. 개개인이 모두 선하다고 해서 그들이 모인 집단이 반드시 선한 목적을 가지고 있지는 않으며 개개인 모두가 악하다고 해서 그들이 모인 집단이 반드시 악한 목적을 가지고 있지는 않을 것이다.

악이라고 생각했던 것이 선(善)임을 알았을 때 그 혼돈은 얼마나 심할까? 난 평생 악도 아니고 선도 아닌 채 살았기에 솔직히 그 혼란을 잘 모른다. 하지만 선과 악은 분명 혼재하고 있으며 모두 자신의 의지에 달려 있다는 것은 분명한 사실일 것이다.

나 자신도 모순된 길을 걸었지만 결코 회색은 존재하지 않는 것 같다. 선과 악이 혼재한다고 결코 회색이 될 수는 없다. 그것은 언제 어디서든지 서로 독립된 채 나타날 수 있기 때문이다. 다시 말해 그 사람의 의지, 신념에 따라서 내재되어 있던 양면 중 하나가 발현된다는 말이다. 부정적으로 본다면 이 말은 사람의 마음이 얼마나 약하고 간사할 수 있을까를 나타내기도 한다.

역사적으로 볼 때 아마 진정한 강자는 자신의 마음을 자신의 의지대로 조절할 수 있고 그 의지를 행동으로 보여줄 수 있는 자이다.

그럼 나는? 솔직히 나 자신에 대해선 그렇게 자신있는 편은 아니다. 나 나름대로 오랜 세월 동안 무공의 한 방면에서 일가를 이루어왔다고는 하지만 아직은 나 자신의 마음을 자신의 의지대로 수월히 조절할 수 있을지에 대해선 의문이다.

아빈은 생각할 시간이 필요하다며 같이 가지 않을 것이라고 말했다. 그럼 나 혼자 다녀와야겠군. 사실 내가 확실하게 말했다면 그녀의 고민은 풀렸을지도 모른다.

하지만 난 그녀에게 너무나 상징적으로 말을 해줬기 때문에 그에 대한 해석과 결론은 그녀가 내려야 할 것이다.

괜히 그랬나 하는 후회감도 있지만 어차피 사람이라면 누구나 한 번쯤은 겪어야 할 모순이며 겪어야 할 것이라면 자기 자신이 스스로 결론을 내리는 것이 훨씬 좋지 않을까? 차라리 아무 생각 없이 극단적인 사고를 가진 자들은 어떤 면에선 부럽고 대단하다고도 할 수 있을 것이다.

선과 악이라는 생각에 일기가 너무 길어져 버렸다. 어차피 나에게 있어 선악이라는 가치 판단의 개념 자체는 이제 그렇게 중요한 것이 아니다. 나는 나 나름대로 모든 것에 초월해 있으며 모든 것에 초월해야 하는 단계이기 때문이다. 난 모든 것을 초월하여 절대적인 그 무엇을 향해 가고 있는 사람이다. 그런 나의 관점으로 볼 때 결국 선악 또한 사람이 만들어놓은 가치 개념에 불과할 뿐이다. 절대적일 수는 없다.]

[모월 모일. 맑음.

며칠간 비가 왔다. 상쾌한 느낌의 비였기 때문에 아빈이 무척이나 좋아했다. 나 역시 상쾌한 느낌에, 그리고 기분 좋아하고 있는 아빈의 모습에 마음이 편했다.

비가 땅에 닿을 때마다 공기가 맑아지는 느낌이 이럴 것이다. 빗방울이 땅에 닿으며 모래알 하나하나를 정화하면 그 기운이 공기로 스며들어 점차 주변을 맑게 하는 자연의 신비로운 느낌은 하나의 경이로움이었다. 비록 비 때문에 활동이 제약되긴 했지만 비로 인해 맑아지는 사막을 구경하는 것으로도 하루가 금방 지나갔다.

나야 다른 사람들이 보기에는 아무 할 일도 없이 그냥 지나간 날이었지만 단호란과 아빈은 매일 같이 놀면서 이야기하며 점점 더 가까워진 요 며칠이었다.

며칠간이지만 내가 느낀 것은 단호란은 매우 활달하고 붙임성이 있는 여자이지만 그러면서도 매우 예의가 발랐고 착한 마음씨를 지니고 있었다. 어려서부터 좋은 아버지의 행실을 보고 자랐기에 그럴 만도 하다고 내심 생각했다.

거기에 아빈 같은 명랑함도 갖추었으며 지식 또한 매우 뛰어난 것이 말 그대로 완벽에 가까운 여인이었다. 하긴 그러니 태자비 후보로까지 책봉되었겠지.

평화로운 나날이 계속될 것 같지만 아빈의 고민이 풀릴 때까지는 일단 중원 쪽의 볼일은 미루기로 결정했다.

볼일이야 마음만 먹으면 며칠 만에 금방 끝낼 수 있는 것이지만 내가

원했던 본래 목적은 아빈에게 세상 구경을 시켜주는 것이었다. 그러니 그
녀가 지금은 원하지 않는 이상 미뤄야 하는 것이 당연했다.

슬슬 무공에 대해 생각을 해보는 것이 좋을 것 같다. 그 어느 때보다 무
공이란 것이 재미있어졌다. 끝없는 발전 가능성이 있다는 것은 사람의 일
생에 있어서 얼마나 행복한 일인가?

손에 찍혀 있는 겁황천주의 인을 없애기 위해 겁황무형사공도 익혀야
할 것이다. 나의 무공은 다양하지 못한 것이 단점이었지만 친구의 유유비
도술이 나의 무공으로 흡수되었고 겁황무형사공마저 얻었기에 이젠 꽤나
종류가 다양해졌다.

이런 것을 생각하는 나 자신을 바라보면 나 역시 무림인이구나 하고 생
각한다. 그 옛날 애초에 내가 무공을 익힌 것은 무림인이 되기 위해서가
아니라 반발심에서 우러나온 충동적인 행동이었다. 하지만 지금은 누구에
게도 뒤지지 않을 당당한 무인이 되어 있다. 정말 알 수 없는 미래가 아닌
가?

난 그 당시 지금의 나를 상상하지도 못했다. 누구나 당연한 나의 입장
에 있다면 그런 생각을 하겠지만 그래도 지금 생각하니 신기할 따름이다.
인생이 재미있다라고 말하는 사람들은 바로 이런 것을 두고 하는 말이지
않을까.]

[모월 모일. 맑음.

단호란이 오늘 아침에 매우 참울한 표정으로 집으로 찾아왔다. 무엇 때
문인지 아빈이 묻자 삼 일 후에 그녀는 황태자비 후보로서 황궁으로 떠난
다고 하는 것이다.

그새 서로 정이 든 것일까? 서로 눈물 흘리며 슬퍼했다. 정이라…….
정에 대해선 나중에 한번 깊게 생각해 볼 필요가 있을 것 같다. 정이라는
인간의 감정은 정말로 재미있고 신기한 것이니까.

그녀는 솔직한 마음으로 이제는 황태자비의 후보로 가기가 싫다고 한다.
예전엔 그것을 위해 살았지만 납치되고 감금당하며 우리와 지내면서 생각
에 있어 많은 변화가 일어났다고 한다.

어떤 변화일까? 갑자기 사마진영이 어떻게 변했을지 궁금하다. 단호란
도 변했다.

갑자기 변화라는 것이 재미있어졌다. 변화는 갑작스런 것일까, 아니면
서서히 일어나는 것일까? 애매한 문제다.

그녀는 분명 그 일이 있은 후에 변했다. 갑작스럽게 변한 것이라 하기
쉽지만 그런 것만도 아니다. 분명 그 변화를 위한 환경적인 많은 준비가
그녀 주위에서 대기하고 있었고 때가 되어 그녀가 나타나 결국은 변화했기
때문에 이렇게 본다면 변화는 분명 이미 서서히 일어나고 있었던 것이라
할 수도 있다.

뭐, 변화가 갑작스런 것일까, 서서히 일어나는 것인가 하는 문제는 나
자신의 단순한 궁금증에 불과하니 이 정도로 끝내는 것이 좋겠다.

단호란이 가기 싫다고 말하자 아빈은 그럼 가지 말라고 간단히 대답했
다. 생각없는 대답일 수도 있겠지만 자신의 마음에 충실한 여인인 그녀에
게 있어서는 가장 그녀다운 말이었다고 나는 생각했다. 마음이 생기면 행
동이 따르는 어찌 보면 화끈한 여인이기도 한 아빈이다. 하지만 단호란에
게 있어서 그 문제는 결코 쉽지만은 않을 것이다.

그녀의 아버지는 어떤 반응인가 물어보니 아버지는 뭔가를 고심하더니

자신에게 모든 문제를 맡겼다고 한다.

사실 황태자비 후보를 물린다는 것은 크나큰 죄에 속하기 때문에—나는 사실 몰랐는데 오늘 처음 알았다—안 되지만 갖다 붙일 변명거리는 많았기 때문에 남은 것은 그녀의 결정이었다.

아빈의 간단한 대답에 그녀는 살짝 웃기만 했다. 꽤나 복잡한 표정인 것이 내심 이해는 갔지만 뭐라 딱히 해줄 말도 없었고 그녀의 인생에 왈가왈부 간섭하기도 싫었다.

하지만 내 생각도 얼마 가지 못했다. 아빈이 날 보고는 제발 뭐라고 말 좀 해달라고 보챘기 때문이다. 길을 제시해 달라니……. 쓴웃음만 지으며 고개를 저었다.

그냥 밖으로 나가려고 했는데 단호란이 날 부르더니 제발 뭐라고 말이라도 해달란다. 너무나 복잡한 표정……. 현실과 이상 사이에서의 방황은 젊은 시절 누구나가 겪을 수 있다. 지금의 아빈도 그렇지 않은가? 선과 악은 현실과 자신의 마음이 가지고 있는 이상의 대립이나 마찬가지이다.

할 수 없이 난 내가 생각했던 것을 말해 주었다. 나의 의견이므로 절대적이지 않고 그저 참고만 해야 하거늘 그녀는 내 말이 가장 옳다고 생각했는지 그렇게 하기로 했다.

일단은 황궁으로 가서 부딪쳐 보라고 했다. 자신이 변화했다고 새로운 것을 찾는 것은 그리 쉬운 일도 아니며 어쩌면 자신이 변화하지 않았는데 그렇게 잘못 느낄 수도 있는 것이다. 그러므로 일단 황궁에 가서 자신의 원래 할 일을 하다 보면 진짜 자신이 무엇을 원하는지 알 수 있을지 모른다고 말해 주었다. 덧붙여 만약 최악의 상황이 되더라도 자신이 변하고 싶은 마음만 있다면 언제든지 할 수 있을 것이라고 말해 주었다.

삼 일간 떠날 준비로 바쁘고 행동에 조심을 기해야 하기 때문에 일단 그녀와의 만남은 오늘이 마지막이었다.

언젠가 다시 만날 날이 있겠지만 언제인지는 알 수 없다. 하지만 그녀와 우리의 인연이 여기서 끝은 아니라 생각한다. 언젠가는 또다시 만나지 않을까? 인연의 끝이란 알 수 없기 때문이다.]

[모월 모일. 맑음.

아침부터 아빈은 뭔가를 골똘히 생각하고 있었다. 선과 악에 대한 문제 때문인가 생각하고 그냥 놔두고 있었는데 그녀가 덥석 내게 자기 주위의 몇 안 되는 사람들은 변화하고 있는데 자신은 그냥 그 자리 그대로인 것 같다는 말을 던졌다.

그녀의 말에 나는 마치 준비하고 있었지 않았나 하고 생각될 정도로 바로 대답해 주었다. 바로 어제 생각했던 변화에 대한 생각, 즉 변화란 갑작스러운 것인가, 아니면 서서히 일어나는 것인가에 대한 것을 그대로 말해 주었다. 그리고 아빈은 지금 서서히 변화하고 있는 중이라고 딱 잘라 말했다.

솔직히 내 개인적인 심정으로는 장난 반 섞어서 갑작스럽게 변한 것 같다고 말하고 싶었다. 오랜 시간 같이 있진 못했지만 내가 생각하는 것으로는 단순함이 떠오르던 그녀가 그 사건 이후 바로 선과 악이라는 엄청난 화두를 던지고는 저렇게 고민하고 있지 않은가? 갑작스런 변화라 내가 적응하지 못할 정도다.

오늘부터 천축어 공부에 다시 들어가기로 했다. 하지만 학문은 나이 들어서는 힘든 것일까? 한 시진 정도 천축어를 공부했는데도 매우 힘들다는 느낌이 들었다.

난 원래 머리가 비상한 편은 아니기 때문에 천축어를 해석할 수 있을 정도로 익히려면 꽤나 긴 시간이 걸릴 것 같다. 답답한 면도 있었지만 어쩔 수 없는 노릇이다. 고어인지라 상당히 어렵다는 말 이외엔 할 말이 없을 정도다.

이제 다시 나의 집은 평온함이 찾아오려고 한다. 다른 사람이 보면 따분함이겠지만 찾아오는 사람도 없으며 찾아올 사람도 없는 이 상태가 나에게 있어서는 평온함 그 자체이다. 나에게 무어라 말해도 난 이 상태가 제일 좋다.]

[모월 모일. 맑음.

아빈이 내게 상당히 난감한 질문을 하는 바람에 애를 먹었다. 자신이 의지한 대로 행한다면 그것은 곧 선인가란 말에 곧이곧대로 그렇다라고 말하기에는 문제가 있었다. 그녀가 너무 깊이 들어가는 것은 아닌가 놀람 반 걱정 반이었지만 난 그저 옆에서 지켜보는 수밖에 없다.

아무튼 그녀의 질문에 대해선 대답이 힘들었다. 자신의 행동이 악임을 알고 그 의지대로 행한다면 당연히 그것은 선이라 할 수 없지 않은가? 그러면 어떤 것이 제대로 된 답이어야 하는가? 답은 없었다.

단지 내가 해줄 수 있는 대답은 이것뿐이었다. 자신이 하고 싶어서, 즉 의지로 그 어떤 것을 할 때 그것이 악이든지 선이든지 아니면 이것도 저것도 아닌 것이든지 간에 그것은 자신의 의지대로 한 것이기 때문에 최소한 그 사람에게는 매우 가치있는 일이라는 것이다.

나의 약간은 이해할 수 없는 말에 그녀가 꽤 놀란 것 같았다. 악행마저도 자신의 의지라면 가치있는 일이 되는 것인가에 반발심이 드는 모양이었다.

물론 그 악행은 다른 사람에게는 백해무익한 일이겠지만 적어도 악행을 행하는 그 사람에게는 가치있는 일이지 않을까 하는 것이 내 생각이다.

그러므로 꼭 자신의 의지를 가지고 행하는 행위가 선이라고는 할 수 없다. 하지만 이런 생각이 무슨 소용이 있는가. 이미 인간이 정한 선이라는 범주에 속해 있는 아빈에게 그런 생각은 무용지물일 뿐이다. 그녀가 원래 고민했던 건 악이라고 믿었던 그들이 악이 아니라는 데서 오는 자신에 대한 알 수 없는 실망감이 아닐까?

지금 아빈이 겪고 있는 혼란은 모두 눈[眼]에 기인하고 있는 것이다. 어떤 것에 대해 해석을 하게 되는 눈은 결코 무언가에 얽매어 있어서는 안 되는 것인데 사람들은 흔히 극단적인 가치 기준에 얽매어 있어 배타적이기에 자신의 눈에 반(反)하는 사실이 닥치게 되면 분명 혼란이 일어날 수밖에 없는 것이다.

하지만 얽매어 있지 않은 눈은 어떤 것을 바라볼 때 유연성을 부여해 주기 때문에 혼란이 오는 일은 없는 것이다. 하지만 모두 공허한 말일 뿐 사람이 어떤 가치 기준에 얽매이지 않는다는 것이 얼마나 힘든 일인가?

사람은 태어날 때부터 얽매이기 시작하는 것이고 죽을 때까지 벗어나지 못한다. 그것이 인생이다. 어차피 인간이 선악이라는 가치 기준에 얽매어 살아가지 않을 수 없는 한 사람은 당연하다는 듯 그것에 적응해 가는 것이다.

그중 누구나가 선만을 행할 수는 없는 노릇이다. 나 역시 선악 가치 체

계의 세계에 있기 때문에 악이 옳다고는 할 수 없지만 그 선악이라는 세계 안에서 크게 벗어나지 않는다면 사람은 그것으로 충분히 사람의 노릇을 해 내고 있는 것이다.

선은 행복, 악은 불행이라는 단순한 이분법을 통한 대입은 큰 모순이라는 것도 생각이 난다. 누군가가 행복하면 누군가는 불행하며 누군가가 불행하면 누군가는 행복한 것은 자명한 일이다. 즉, 모두가 행복할 수 없다. 나 역시 누군가를 불행하게 했으며 한편으로는 다른 누군가를 행복하게 했다. 나뿐만 아니라 인간 모두가 그러한 인생을 살아가고 있다.

누군가를 불행하게 했다고 난 악인이 되는 것인가? 누군가를 행복하게 했다고 난 선인인가? 아니다. 그저 상대적인 것일 뿐 절대적인 판단 기준이 될 수는 없다. 사마진영이 아빈을 불행하게 했다고, 고독빈랑을 불행하게 했다고 선인은 아니다. 아빈이 고독빈랑을 위해 일해 그를 행복하게 했다고 선인일까? 사마진영에게 있어서 자신의 일을 방해한 아빈은 악인일 뿐이다.

선과 악은 절대적이지가 않다. 나의 일을 방해했거나 또는 많은 사람들을 불행하게 했거나 사람들의 도덕적 가치 기준에 반한다면 악이 되는 것이고 나의 일을 도와주었거나 많은 사람들을 행복하게 했다거나 사람들의 도덕적 가치 기준에 순한다면 선이 되는 것이다. 하지만 악의 이면에는 선이 있을 수 있는 것이고 선의 이면에는 악이 있을 수 있는 것이다. 그것이 선과 악이다.

그 사람이 악인이고 선인이고를 미리 자신의 가치 기준으로 결정해 버린 아빈은 애초에 그 기준을 잘못 정한 것이고 그래서 혼란이 오는 것이다.]

[모월 모일. 맑음.

일주일이 지났다. 일주일이 지났다는 것의 기준은 단호란이 황궁으로 떠난 날이다. 떠난 이후 이제 우리를 찾아오는 사람은 예전처럼 전무하다. 간혹 아주 우연히 방랑자만이 잠시간의 여유를 위해 찾아오는 일은 있겠지.

아빈은 조금씩 그 실망감이랄까, 알 수 없는 자괴감에서 벗어나고 있는 것 같았다. 선이니 악이니 해도 결국 그 문제는 선과 악을 판단하지 못한 그녀의 자신에 대한 자괴감이었으니 그런 것이라면 자신에 대한 자신감, 믿음, 밝은 사고로 금방 벗어날 수 있지 않을까 한다. 더욱이 그녀라면 더 쉬이 벗어날 수 있을 것이라 믿는다.

이 시점에서 사마진영이 한 번은 여길 찾아와 줬으면 하는 바람도 있다. 그녀와의 이야기는 아빈에게 좋은 경험이 될 것 같기 때문이다. 하지만 어디까지나 바람일 뿐이다. 우리가 가면 모를까, 그녀가 무슨 이유로 여길 오겠는가.

사막의 바람은 따뜻하다. 유쾌한 느낌은 아니지만 익숙해진 지 오래다. 계속되는 상인단의 행렬, 불어오는 모래 바람……. 그렇지, 다행히 모래 바람의 피해는 전보다 훨씬 줄어들었다. 상인단이 무역을 하는 행로에 약간의 변화가 생긴 듯했다.

아무튼 이렇게 일상적인 일들이 다시 내 눈앞에 펼쳐지고 난 하루 종일 그러한 같은 모습들을 본다. 난 왜 이런 것들이 지겹지 않을까? 하긴 나도 처음엔 지겨웠으나 이제는 익숙해진 것이리라. 그래서 난 일상이 너무나 좋다.

어떤 것이든 간에 지겹지 않으면 좋은 것이 아니겠는가? 누구는 저것이

지겹지 않은 것이라 좋고 누구는 이것이 지겹지 않은 것이라 좋은 것처럼 나는 일상이 지겹지 않기에 좋다.

잠이 온다. 요즘은 아침에 쌀쌀한 느낌도 없잖아 있어 아빈에게 이불을 덮어주어야겠다.]

◆제8장◆ 번(煩), 영호(影淴)

열다섯 살의 소년은 울고 있었다. 그는 자신의 인생이 이렇게 힘들 줄은 몰랐다. 아니, 어쩌면 어린 나이에 인생이라는 것 자체가 힘들단 걸 알아버린 것에 대한 슬픈 깨달음의 눈물일지도 몰랐다.

남보다 약간은 더욱 힘든 삶이었지만 마음만 단단히 먹으면 분명 이겨낼 수 있을 것 같았고 그 역시 그 사실을 어렴풋이 알고 있었다. 하지만 그게 말처럼 쉽지 않았다.

'난 이렇게 약한 것일까……?'

눈물은 계속 흘러나왔다. 일 년 전 남은 어머니마저 돌아가시고 이제 홀로 남은 그. 남 못지않게 글도 배우고 예절도 알고 있었지만 이제 와서 그런 것들은 전혀 소용이 없었다. 자신의 나약한 정신과 육체가 원망스러울 뿐이었다.

혼자라는 사실을 깨달았을 때 그는 두려워서 울었다. 그리고 지금은 혼자라는 사실이 너무나 싫었다. 고독, 외로움……. 이런 것들로 가슴이 저릴 정도였다. 누군가가 자신에게 따뜻한 한마디라도 해준다면 모든 것을 바칠 수 있을 정도로 그는 처절한 고독감에 몸부림치며 살아가고 있었다.

나른한 한낮의 숲 속이었지만 그는 나른하지도 않았고 그런 평화를 느낄 마음 상태도 아니었다. 힘겹게 눈물을 닦은 그는 다시 성안으로 들어갔다.

그는 승상의 대저택에서 허드렛일을 하는 하인이었다. 그나마 힘든 그의 인생에서 복이라면 복인지 다행히 대접이 좋은 곳에서 일을 하는지라 일 자체에는 크게 힘든 것이 없었다.

그는 세안을 해 상쾌한 기분을 유지하려고 애를 썼지만 언제나 그렇듯 그것은 눈물로 얼룩진 그의 얼굴만을 씻어줄 뿐 외롭고 슬픈 마음까지 씻어주지는 못했다.

촌뜨기가 보면 여기가 황궁인가 싶을 정도로 큰 집에 하인들만을 위한 집들이 줄지어 있었다. 하인 한 명에게 하나의 방을 제공하는 매우 좋은 대우였기 때문에 그도 자신의 방을 가지고 있었다.

얼마쯤 걸었을까.

"야, 관번(關煩)!"

듣기 거북한 말투로 그를 부르는 소리가 좌측에서 들려왔다. 올 것이 왔구나 하고 생각한 그는 그쪽으로 고개를 돌렸다. 아니나 다를까, 평소처럼 집의 모퉁이에서 그보다 약간은 나이가 든 듯한 덩치 큰 세 소년이 돌아 나오는 것이었다.

“······.”

“여전히 말수가 적으시군, 우리의 걱정거리[煩]님.”

“으하하하하!”

그중 얼굴이 개기름으로 번들번들하게 덮인 마름모꼴의 아이가 그의 이름을 가지고 놀리자 나머지 두 명은 뭐가 그리 재미있는지 입에서 침이 튀어나오는지도 모른 채 웃었다.

그러나 관번이라는 소년은 한두 번 당하는 일이 아닌 듯 무덤덤한 표정이었다. 그의 반응이 영 시원치 않자 괜스레 심술이 난 셋은 건달처럼 침을 ‘퉤’ 하고 뱉고는 그에게 다가갔다.

셋 모두 그를 아니꼽게 보는 표정이 어찌 보면 우습다 할 수 있었지만 상습적으로 당하는 관번에게는 두려움이었다. 아무것도 아닌 척하고 있지만 앞으로 일어날 일은 정말 그에게는 참기 힘든 것이었다.

“이 자식! 장난감 주제에 왜 이렇게 뻣뻣해!”

“킥킥! 맞어! 장난감이라면 웃어주고 울어주며 우리의 말을 들어야지! 안 그래?”

“하하하! 우리도 이러고 싶어서 이러는 게 아니야! 네가 정말 괴롭혀달라는 표정이잖아? 하하하!”

그들은 당연한 듯이 그를 바닥에 패대기치고는 마구 밟기 시작했다. 정말 사정없이 밟는 것이 마치 죽이려는 듯 살벌했다.

그래도 그는 신음 소리 한 번 내지 않았다. 이제 이런 아픔쯤은 아무런 느낌 없이 견딜 수 있었기 때문이다. 다만 그럼으로써 그의 마음은 자꾸만 안으로 숨어들 수밖에 없었다.

“······.”

“킥킥킥! 이놈은 아무리 때려도 소리도 안 지르고 누구에게도 이르지 않으니 우리 화풀이로 딱 맞단 말야?”

“맞어. 그 짜증나는 왕팔(王八)이 때문에 죽어라 일하고 죽어라 욕먹고……. 걱정거리[煩] 아니었음 우리 어떻게 살았겠냐? 킥킥!”

그들은 때릴 만큼 때렸다 싶자 비참히 피 흘리며 웅크리고 있는 관번은 본 척도 하지 않고 키득거리며 어디론가 가버렸다. 자신들이 이런 잔인한 행동을 한 것에 아무런 죄책감도 없는지 그들의 표정은 매우 밝았다.

“…….”

참고 있던 눈물이 다시 쏟아져 나오고 있는 것인지 그의 몸이 조금씩 떨리고 있었다.

“흑… 흐흑……!”

친구도 없어 어떤 슬픔도, 어떤 기쁨도 같이 나눌 사람이 없었다. 아니, 애초에 기쁨이란 그에게 없었다. 그럴수록 그는 더욱 어두워질 뿐이었고 계속 괴롭힘을 받는 존재가 될 수밖에 없었다.

벗어나고 싶지만 마음대로 되지 않는 것을 알고 있는 그 마음조차 싫었다. 그는 땅바닥에 눈물이 고이지 않을까 생각될 정도로 계속 울었다.

얼마나 울었을까. 그는 지친 마음으로 일어선 후 자신의 방으로 멍하니 걸어갔다. 그의 얼굴은 안타깝게도 나이에 비해 상당히 늙어 보이는 것이 오늘따라 그의 번뇌가 더욱 심한 듯했다.

‘죽고 싶어…….’

당연한 것이지만 그럴 용기조차 없었다. 그는 너무 나약했고 그 사실을 알고 있었지만 고칠 수 있는 의지가 없었으며 그래서 그런 자신이 더 더욱 싫었다.

그는 자신의 방문을 열그는 힘없이 들어갔다. 한 시진 후에 일이 있기 때문에 지친 몸을 가누기 위해서라도 자야 했다.

"……!"

그때 그는 자신의 방 구석에 누가 누워 있는 것을 보고는 몸을 흠칫 떨었다. 자고 있는 것 같았는데 누구도 이런 누추한 방에 들어왔던 일은 한 번도 없었기 때문에 잠시 의아해할 수밖에 없었다. 아무런 반응이 없는 것으로 보아 아직 자신이 들어온 것을 느끼지 못한 듯했다.

'여자……?'

머리가 길고 뽀얀 목의 피부가 여자 같았다. 옷은 상당히 헤어져서 거지 같았지만 여자라는 사실은 부분적인 외양으로도 금방 눈치챌 수 있었다. 그는 어떻게 해야 할지 잠시 갈피를 못 잡고 있었다. 하지만 정신이 멍해서인지는 몰라도 생각을 깊게 하기가 너무 싫었고 지친 마음을 달래기 위해 잠을 자고 싶다는 생각이 그의 머리를 곧 지배하게 되었기에 그녀와 반대쪽의 방 구석으로 가서 눕고는 금세 잠들어 버렸다.

"쯧쯧, 자기 방인 것 같은데 내가 있는 걸 보고서도 아무 말도 하지 않았네? 성격이 좋은 건지 흐리멍덩한 건지. 쯧쯧."

그는 가물가물한 상태에서 마치 꿈속의 속삭임처럼 그 말을 들을 수 있었다. 꿈이려니 하며 다시 잠의 세계로 의식이 가라앉으려는 찰나 그는 무언가를 생각해 내고는 잠이 확 깨버렸고 이어서 바로 상체를 벌떡 일으켰다.

빠악!

"아야!!"

여자는 그를 가까이서 보고 있었는지 상체를 일으키자마자 그와 머리를 부딪쳐서는 큰 소리를 내며 뒤로 나자빠지고 말았다. 하지만 관번은 아프지 않는지 단지 놀란 표정만 짓고 있었다.

"……."

그가 아무 말도 하지 않고 놀란 표정으로 바라보고만 있자 화를 내려던 그녀는 그만 웃음보를 터뜨리고 말았다.

"하하하하하하!"

가늘고도 매우 호탕한 웃음소리가 마치 남자 같다고 생각한 그는 어리벙벙한 채 정신을 차리지 못하고 계속 놀란 표정만 짓고 있었다.

"큭큭큭! 너… 정말 웃긴다. 재미있는데? 하하하하!!"

"저기, 누구시죠? 왜 내 방에 있는 거죠?"

"일찍도 묻는다. 왜, 있으면 안 되냐? 그리고 이제 물어봤자 이미 늦었어, 임마!"

그녀의 상당히 거친 말에 그는 바짝 움츠러들 수밖에 없었다.

"죄송하지만… 남자……?"

"이런, 얼굴 보면 모르겠어?! 여자잖아! 눈은 어디다 갖다 버리고 온 거야? 하하하하!"

그녀는 자기가 한 말이 자신도 웃긴지 다시 크게 웃었다. 그는 그런 그녀를 눈을 동그랗게 뜬 채 바라보고만 있었다.

'뭐 이런 여자가 다 있지?'

그는 승상의 딸인 아가씨와 비교해 보고는 그만 고개를 설레설레 흔들었다. 하나부터 열까지 완전히 달랐다.

"뭐야? 골 땡기게 왜 애꿎은 머리통만 흔들고 있어? 킥! 너, 안 아프냐? 머리 박아도 아무 소리도 안 내고 누구한테 흠뻑 두들겨 맞은 것 같은데 아픈 기색도 없고……. 너, 혹시 감각이 마비된 거 아냐?!"

그녀는 자기가 말해 놓고는 스스로 정말 놀란 듯이 자리에서 벌떡 일어났다.

"그건 생명이 경각에 달렸다는 의미잖아! 너, 괜찮아?!"

"괘, 괜찮아요……."

그는 쓰게 웃으면서 말했다. 자신도 왜 그런지는 모르지간 웬만한 고통은 전혀 느껴지지 않았다. 단지 맞고 있으면 맞고 있다는 느낌만 올 뿐 고통은 없었고 정작 아픈 것은 마음으로 맞을 때마다 너무나 쓰리고 아팠다. 차라리 신체적 고통으로 마음의 고통을 잊었으면 하는 것이 그의 바람이었지만 자신의 특이 체질마저도 그를 버린 것이나 마찬가지였다.

"흠, 괜찮다니 믿겠다마는… 정말 신기하네? 남은 아파 죽겠구먼."

마지막 말은 혼잣말로 중얼거린 것이라 그는 듣질 못했다.

"네? 뭐라고 말하셨죠?"

"아냐. 그보다 넌 이름이 뭐지?"

"관번(關煩)이라고 해요."

"관… 번? 쿡, 쿡쿡쿡쿡! 뭐, 뭐야, 그 이름? 그거 네가 지었지? 부모님은 절대 그런 이름 안 지어준단 말야! 하하하하하하!!"

그녀는 '하긴 보니까 꽤 걱정거리 많게 생겼네' 하고 생각했지만 그를 의식해서 입 밖으로 내뱉지는 않았다.

"……."

그는 별다른 표정의 변화 없이 담담하게 받아들이고 있었다. 사실 처음 보는 사람마다 모두 비슷비슷한 반응을 나타냈기에 그에 익숙해진 것이었다.

"쳇, 아무 반응도 없으니 재미없네. 세상을 그렇게 살면 재미없다, 너."

"네, 알고 있어요."

그는 고개를 푹 숙이면서 중얼거렸다. 알고 있지만 벗어나기 힘든 비정한 현실 때문에 그는 항상 슬퍼했던 것이다. 그녀는 말을 잘못했음을 깨닫고는 아차 하며 화제를 돌렸다. 그녀가 이렇게 남의 눈치를 보며 말하는 것을 그녀를 아는 누군가가 보았다면 눈이 튀어나올 정도로 놀랐으리라. 그녀는 결코 남의 기분을 의식하여 말하는 성격이 아니었기 때문이다.

"야아, 아참! 내 이름은 구화진(俱華珍)이라고 하지. 어때? 예쁘지? 하하하하! 강호에선 혈영미녀(血影美女)라고 부른다. 당연하지. 암, 미녀니까 미녀라고 부르지. 하하하하!"

그녀는 자신의 자랑을 실컷 해놓고도 부끄러워하지 않고 마구 웃어대었는데 정말 당연하다는 듯 말하는 표정이 자신이 진짜 미인이라고 생각하는 것 같아 보였다. 그 모습에 관번은 여자라면 당연히 그럴 것이다라고 생각해 왔던 이런 저런 환상들이 마구 무너지는 느낌을 받아 고개를 세차게 저어 그 느낌을 애써 지우려 했다.

"이곳에서 일하는 분인가요?"

“어래? 이거 보래? 강호를 모르는군? 야, 너, 강호 몰라?”

“강호? 그게… 뭐죠?”

“이런이런, 그럼 무림인은 알아?”

“네, 조금 들어서 알고 있어요. 사람을 마구 죽이는 살인마들을 칭하
는 말이라던데……?”

콩!

“…….”

그녀는 순간 흥분해서 그의 머리를 세게 쥐어박았지만 웬만한 아픔
을 느끼지 못하는 그는 역시 무반응이었다.

“이런, 때리는 재미가 없는 녀석이구먼? 휴우! 무림인이 사람을 많
이 죽이는 것은 사실이지단 모두가 그런 것은 아냐! 나만 해도 그렇고.
후후.”

그녀는 마치 자랑스러운 듯이 가슴을 불쑥 내밀었다. 그 바람에 안
그래도 헐렁하던 옷이 제법 큰 가슴 때문에 어깨를 따라 흘러 내려가
버렸다.

“…….”

그는 가슴이 약간 보이자 부끄러움에 고개를 푹 숙이고 말았다. 그
녀는 약간 얼굴을 붉히는 듯했지만 특유의 성격으로 씩 웃고는 말했다.

“어래? 이 녀석 보게? 꼴에 남자라고 얼굴 붉히기는. 아하하하!! 그
럼 더 보여줄까? 좋지? 좋지?”

그녀는 진짜로 나머지 반을 쑥 내리고는 보라고 마구 소리를 질러댔
다. 하지만 부끄럽고 당황스러운 마음에 그는 눈을 꼭 감고는 고개를
숙인 채 그대로 있었고 그녀의 보라는 말도 듣지 않기 위해 귀마저 막

았지만 조금씩 들리는 것은 어쩔 수 없었다.

"이 녀석 봐라, 재미없게? 세상을 그렇게 살면 안 되는 거야. 하하하하!"

그녀는 옷을 다시 올리고 바닥에 앉았다.

"아, 피곤타. 뭐 먹을 거 없어?"

"여기는 없어요. 주방에 있는데 함부로 가져오지 못해요."

"에이씨, 남자가 소심하게. 세상을 그렇게 살면 안 되는 거야."

그녀의 '세상을 그렇게 살면 안 되는 거야'란 말은 입에 붙은 말이었는데 그녀가 강호에 있을 때도 이 말로 얼마나 많은 사람들을 화나게 했는지 셀 수 없을 정도로 문제있는 말이기도 했다.

"그럼 대신 음식 좀 사다 드릴게요."

"오, 그래? 네가 사주는 거지? 나, 돈 없어. 돈 달라고는 하지 마."

그는 쓰게 웃으며 고개를 끄덕거렸다. 왠지 거칠지만 싫지 않았다. 편해서일까, 아니면 그의 마음이 그런 것을 따질 정도로 안정되어 있지 못해서일까? 알 수 없었지만 한 가지 분명한 것은 그녀가 싫지 않다는 것이었다.

며칠이 지났지만 도무지 나갈 생각이 없는지 그녀는 여전히 그의 방에서 지냈다. 그도 무슨 마음인지 자신도 확실하지는 않지만 그녀에게 나가리는 말은 하지 않았다. 아마 자신을 귀찮게 하는 점도 있었지만 말을 재미있게 하는 것이 좋았고 왠지 그녀가 나가는 것이 싫기 때문이라고 그는 생각했는데 그것이 외로움을 벗어나기 위한 본능적인 행동임을 스스로는 의식하지 못하고 있었다.

그는 식사 때마다 항상 그녀의 음식을 가지고 와서는 그녀에게 나누어 주었다. 그녀는 시종일관 뭐라 뭐라 투덜댔고 알 수 없는 말도 가끔 했지만 그는 그런 것조차도 좋아 보였다.

"야, 걱정거리! 그동안 안 물어봤는데 말야."

"……?"

"이거 참, 곤란하네. 물었다가 괜히 다치게 하는 것은 아닌지……."

그녀는 진짜 곤란한 듯 철면피 얼굴에서 고민하는 표정이 떠올랐다.

"뭐가요? 괜찮으니 물어보세요."

"알았어. 너, 몇 살이야?"

그 말에 관번은 그만 쓴웃음을 지었다. 자신이 언제부터인지는 모르지만 확실히 겉늙어 보이는 것은 사실이었기 때문이다.

"야, 너, 그런 웃음 좀 짓지 마라. 웬 남자가 소심하게 그렇게 웃어? 세상 그렇게 살면 안 된다, 너."

"네네, 알았어요. 열여섯 살이에요."

"…진짜?"

"네."

"아하하하하하하하!"

그녀는 진위를 다시 한 번 확인하더니 이내 배를 쥐어잡고 정말로 방바닥을 구르기 시작했다. 과장된 몸짓으로 이리저리 구르거 가가대소하는 모양이 정말로 터져 나오는 웃음에 견디지 못하고 있었다.

"왜, 왜 웃어요? 나이 들어 보이는 게 그렇게 웃기나요?"

"하, 하하! 미, 미안. 이거 참, 안 웃으려 했는데……. 킥! 키키킥!"

그녀는 안 웃는단 말을 하면서도 웃음을 참지 못하는지 웃음소리가 자꾸 새어 나왔다.

“음, 미안하군. 키키킥! 흐흠! 생각보다 더 어려서 그런 거였지.”

“그럼 당신은 몇 살이길래……?”

“나? 하, 하하하! 여자의 나이를 묻는 것은 실례라는 것을 모르나 보지?”

“몰라요. 그러니 가르쳐 줘요.”

“어쭈? 제법인데? 받아치기까지 하고. 하하하! 내가 제자 하나는 잘 뒀군. 하하하하! 좋다! 너에게만 이 누나의 나이를 특별히 가르쳐 주지. 아무도 모르는 사실이니 영광으로 알라고! 내 나이는… 백 살이다.”

“하하하! 농담도 좀 그럴듯하게 하세요. 나도 농담이랑은 거리가 먼 사람이지만 그쪽도 농담을 너무 못하네요.”

콩!

“…왜요?”

그는 머리를 쥐어박혔지만 전혀 아픈 느낌이 없는지라 그녀가 기대한 소리는 내지 않았다.

“이런, 재미없게. 내가 나이 가지고 농담하랴? 진짜로 백 살이다. 딱 백 살. 알았지?!”

그녀는 진심인 듯 조금은 민망한 표정으로 그렇게 말했다.

“저, 정말……?”

그는 경악스러운 표정으로 그녀를 바라보았다. 아무리 넉넉잡고 보아도 스물다섯 살 이상으로는 보이지 않기 때문이었다.

“그래. 그 정도 반응이면 그래도 양호하군. 진짜 백 살 맞다니깐. 하

하하! 강호인들은 내공이란 것으로 얼굴을 항상 젊게 할 수가 있지. 가
르쳐 줄까?"

"그, 그럼 할머니?"

팍!

그녀는 그 말이 나오자마자 그대로 그의 머리를 내리찍었다. 상당히
세게 내리찍었는지 다른 소리가 났지만 여전히 반응이 없는 그였다.

"이게 진짜 재미없게. 할머니라 부르지 마! 여자는 그런 말에 민감
하단 말이다. 그냥 누나라 불러."

그녀는 진짜 서슬 퍼런 반응을 보였다. 하지만 오히려 귀엽다고 생
각한 그는 희미하게 미소 지으면서 대답했다.

"네, 알았어요, 누나."

"하하하! 그래, 그거야. 자식! 말 잘 듣네? 사랑받겠어! 하하하하!"

그녀는 진짜로 그의 머리를 쓰다듬으면서 그녀의 가슴으로 끌어당
겼다. 그는 부끄러움에 얼굴을 빨갛게 물들였는데 그 모습이 매우 귀
여워 보였는지 그녀는 그를 더욱 세게 끌어안았다.

"하하하! 꼴에 남자라고 얼굴을 붉히네? 그래, 누나가 가슴 보여줄
까?"

"돼, 됐어요!"

그는 질겁을 하며 그녀의 가슴에서 빠져나왔다.

"하하하하! 저 녀석 보래? 소심하긴. 세상을 그렇게 살면 안 되는 거
야. 하하하하!"

"그거랑 그거랑은 관계없는 말이잖아요."

"그게 그거지 뭐……."

그녀는 말문이 막히자 입맛을 다시며 자리에서 일어나려 했다.

"흑!"

"아니, 왜 그래요?!"

그는 깜짝 놀라서 그녀에게 다가갔다.

"아니, 오지 마! 됐어. 잠시 관절이 쑤셔서. 하하하하! 이해해라. 누나가 나이가 좀 있지 않냐. 하하하하!"

그녀는 하얗게 질린 얼굴이었지만 애써 웃으며 태연한 척했다. 하지만 이마에서 식은땀이 송골송골 맺혀 있는 것이 결코 정상이 아닌 듯했지만 관번은 이를 알아차리지 못했다.

"잠시 나갔다 올게."

그녀는 그렇게 말하고는 횡하니 나가 버렸다.

"벌써 똑같은 말을 세 번째로 하네? 대체 무슨 일이지? 어디가 아프신 걸까?"

그는 매우 걱정스러운 표정으로 그녀가 나간 문을 바라보았다.

그녀가 온 지 일주일이 되었다. 아무에게도 들키지 않아서 다행이었지만 가끔은 들킬까 봐 불안할 때도 있었고 그런 말을 그녀에게 할 때마다 그녀는 항상 같은 말을 했다.

"짜식, 소심하게! 너 말야, 세상을 그렇게 살면 안 돼!"

평소 그가 일을 하러 갔을 때는 무엇을 하는지 모르지만 같이 있을 때는 함께 밖으로 나간 적이 없어서 누구에게도 보이지 않았다. 하지만 이렇게 있다가는 들키는 것이 시간문제였다.

그리고 자기를 괴롭히는 그 세 명에게 보이기라도 한다면 어떻게 될지 알 수 없었기에 그들을 생각하니 더욱 불안했다. 이유없는 불안일 지는 몰라도 그에게는 심각했다.

"뭘 그렇게 생각하고 있어?"

"아무것도 아녜요."

그는 밝게 웃으며 대답했다. 그의 웃음에 그녀는 잠시 멍한 얼굴을 했다.

"왜 그러세요?"

"아니, 아무것도 아냐. 짜식, 많이 밝아졌는데? 순간 당황했다……."

끝의 말은 중얼거림이었기에 관번은 당연히 들을 수가 없었다. 그녀가 몸을 일으키자 그가 물었다.

"어디 가려구요?"

"그래."

"어디요?"

"암마, 여자가 이 밤에 어딜 가겠냐! 화장실에 물 빼러 간다. 됐지?! 짜식이 소심하게 이것저것 굴기는. 남자는 대충대충 넘어갈 줄 알아야 대범하단 소리를 듣는 거야. 세상을 그렇게 살면 안 돼! 으음……."

"누나!!"

순간 그녀가 역시 일상적인 말을 내뱉다 갑자기 그 자리에서 바로 쓰러져 버리자 관번은 소리치며 급히 그녀의 상체를 일으켰다. 호흡은 하고 있었지만 상당히 거친 것이 의술에 대해 전혀 모르는 그에게는 생명이 경각에 다다른 것처럼 위태해 보였다.

"누나! 누나!"

그는 그녀의 상체를 흔들었지만 아무런 반응도 없었다. 온몸에서 뜨거운 열도 나기 시작했지만 그가 할 수 있는 일이라곤 아무것도 없었다.

"흑! 싫어, 이렇게 나약한 내가……! 흑흑……!"

그는 아무것도 하지 못하는 자신을 생각하고 서러움과 분함, 그리고 슬픔에 눈물을 흘리기 시작했다.

"짜… 식……."

"누나! 괜찮아요?"

"남자가… 소심하게 울기는……. 너, 말야, 세상을… 그렇게 살면 안 돼……. 알았지?"

"네, 네, 알았어요. 안 울게요. 그러니 제발 죽지 말아요……."

말은 그렇게 하면서도 계속 눈물을 흘리고 있는 그는 그녀의 볼을 어루만지고 있었다.

"꼴에 남자라고 손은 듬직하네? 나… 좀… 게……."

그녀의 목소리가 계속 희미해져서 잘 알아들을 수는 없었지만 잠을 자고 싶다는 것임을 눈치채고 급히 자리를 깐 후 그녀를 들었다. 그녀는 생각보다 가벼워 번쩍 들렸다.

'이렇게 가벼웠나?'

그녀를 자리에 조심스레 눕힌 그는 그녀의 얼굴을 가만히 쳐다보았다. 아무것도 할 수 없는 그였기에 늘 그래 왔듯이 그저 그녀의 얼굴을 한없이 바라보기만 했지만 두 눈에는 그녀가 아프지 않기를 비는 진심이 담겨 있었다. 거의 반 시진이나 그녀를 아무 말 없이 쳐다보기만 그는 약간씩 안정되는 그녀의 호흡을 보고 안도감에 미소를 지었다.

"다행… 이야……."

그는 갑자기 맥이 풀렸는지 그녀의 옆에 붙어 누웠다. 그녀의 체온이 생생히 느껴지자 그의 가슴이 두근거렸고 부끄러움에 두 눈을 꼭 감았다. 하지만 천천히 손을 음직여 그녀의 손을 꼭 잡아 자신의 뺨에 갖다 대었다. 부드럽고 따뜻한 감촉에 절로 미소가 나왔다. 그녀의 손으로 뺨을 부비며 미소 짓는 그의 모습이 너무나 평온해 보였다.

"누나… 좋아해요……."

그는 행복한 꿈을 꾸려는 모양인지 미소를 지으며 잠이 들었다.

"……."

그녀는 실눈을 뜬 채 그를 바라보았다. 그녀의 입가에 미소가 서려 있는 것이 기분이 좋은 듯했지만 미간에 나타나 있는 어두운 기운은 그녀의 몸이 그다지 좋지 않음을 보여주고 있었다.

"짜식, 백 살 먹은 누나가 뭐 좋다고. 하긴 좀 예쁜가, 내가? 후후."

그녀는 따뜻한 눈으로 그를 바라보면서 머리를 쓰다듬다 자신도 모르게 잠이 들었다.

"대체 뭐예요?"

"참나, 몰라도 된다니깐!'

"이번만은 반드시 들어야겠어요. 대체 그건 무슨 병이죠? 네?"

"우씨, 병 아니래두. 아무것도 아냐. 관절염에 폐도 안 좋아서 호흡이 거칠어지고 쓰러지는 것뿐이야! 너도 내 나이 되어봐, 안 이런지!'

그녀는 그의 따가운 시선을 피한 채 계속 거짓말을 했다.

"그렇군요……."

그는 고개를 살짝 숙인 채 어깨를 들썩이기 시작했다. 자신이 그녀에게 아무런 도움이 되지 않는다는 자괴감이 들기 시작하니 눈물이 절로 나오는 것이었다.

"정말… 남자가 그깟 일로 우냐? 너 말야, 세상을 그렇게 살면 안 되는 거야!"

"……."

그래도 그는 계속 소리없이 울었고 방바닥에는 그의 눈물이 한두 방울씩 떨어지고 있었다.

"우씨, 정말, 너, 말야……."

"안다구요! 알아! 세상 그렇게 살면 안 되는 거! 흑."

"까, 깜짝이야! 짜식이 그래도 남자라고 소리는 크네? 하하하!"

"……."

그녀를 째려보는 그의 얼굴이 정말 화가 난 표정이었다.

"아, 알았다, 알았어. 착한 사람이 화내면 절대고수도 감당 못한다더니 정말이군. 참내."

"……."

"자꾸 그렇게 꼬나보지 마라. 미안하잖아. 사실은 적이랑 싸워서 조금 다쳤어. 그래서 그 부작용으로 이런 거야."

"다치다뇨?"

그는 그녀가 다쳤다는 말에 걱정스런 표정으로 바라보자 그녀는 그 시선이 조금은 부담스러운지 시선을 돌려 버렸다.

"음, 겉은 멀쩡해도 속이 좀 상했어. 걱정 마, 치료되고 있는 중이니까. 하하하! 이제 됐지?"

"네……."

그가 안심하는 표정을 짓자 그녀는 갑자기 그의 손을 부드럽게 잡았다. 갑작스런 그녀의 행동에 그는 미처 대비하지 못하고 그만 얼굴이 빨개져 버렸다.

"남자가 부끄럼이 많아서야 원. 누나가 좋다며?"

약간 빨개진 얼굴로 말하는 그녀의 모습이 너무나 귀엽다고 생각한 그였지만 그녀가 한 말이 구엇인지 알고는 곧 정신을 차릴 수가 없었다.

"네, 네?"

"이 누나가 귀 하난 밝지. 후후, 하긴 누나가 좀 예쁘니?"

"하하!"

"바보야, 좋다면 화끈하게 말해야 대범하단 소리 듣는 거야. 하하!"

"네……."

그는 고개를 푹 숙인 채 대답했다. 역시 부끄러운 건 부끄러운 것이었다.

"저기, 누나……."

"……."

"좋아해도 되죠?"

지금 그의 모습은 며칠 전의 그와 비교한다면 놀라울 정도로 많이 변해 있었다. 삶이 힘든 것을 깨달아 항상 침울한 표정을 지었고 언제나 부정적인 생각을 했으며 사람 앞에서 말도 제대로 하지 않던 그가 한 명의 사내로서 자신이 사랑하는 여인에게 고백까지 하고 있는 것이니 돌아가신 그의 부모님이 본다면 크게 놀랄 정도로 변한 그였다.

"몰라."

"네?"

이상한 대답에 그는 눈이 휘둥그레진 채 고개를 들었다. 방금 전의 부끄러운 마음도 온데간데없을 정도로 놀란 그였다.

"몰라, 임마."

그녀는 얼굴이 빨개진 채 고개를 약간 돌리고 있었는데 몰라란 말은 그녀 나름대로의 내숭(?)이었던 것이다.

"쿡… 쿡쿡……."

"왜, 왜 그런 거야?"

"귀여워서."

"이게! 나도 여태껏 남자한테 좋아한단 소리 못 들어봐서 당황했을 뿐이야! 으이구, 나 좋다는 남자가 하필이면 영계냐."

여전히 말은 거칠었지만 얼굴은 여전히 붉은 그녀였다. 너무나 의외인 그녀의 모습이 귀여웠는지 그는 그만 그녀의 입술을 덮치고 말았다.

"읍……!"

놀라서 눈이 휘둥그레진 그녀는 아무런 반응도 보이지 못하고 몸이 굳어버렸지만 이내 눈을 스르르 감고는 그의 입술을 받아들이기 시작했다.

'나이 들어서 주책이야. 역시 여자는 얼굴이 예뻐야 한다니깐.'

입맞춤 중에도 여전히 엉뚱한 생각을 하는 그녀였다.

오늘 일은 황궁을 방불케 할 정도의 큰 집에서 담장 밑에 나 있는 잡초를 뜯는 일이었기 때문에 매우 힘들었다. 다행히 하인 수가 많았기에 하루 만에 끝났지 아니었으면 며칠은 걸릴 일이었다.

피곤한 몸을 이끌고 구화진을 만난다는 생각에 기분이 좋아 나오지도 않는 휘파람까지 불며 방으로 향하는 그였다. 삶이 이렇게 기분 좋은 줄은 몰랐던 그는 기분 좋은 미소를 한껏 짓고 있었다. 생기가 넘침을 느끼고 있는 그는 자신이 생각해도 생소한 느낌이었다.

'누나는 지금 뭐 하지? 하루 종일 뭐 하고 있는 거야? 후후, 어서 가서 안아줘야지. 헤헤…….'

유쾌하면서도 약간은 응큼한 생각을 하는 그였다.

"……!"

어느 순간 그는 어느 집 모퉁이에 서 있는 남자 셋을 보고는 깜짝 놀라 버렸다. 순식간에 그의 마음은 공포로 뒤덮여 있었지만 오랜 익숙함으로 얼굴엔 별다른 표정은 없었다.

"킥킥! 오늘도 맞을 준비는 했겠지? 네 몸이 낫기만을 기다리고 있었지. 킥킥."

"오늘 말야, 기분이 안 좋아서 너한테 풀려고 왔다. 오늘 일이 정말 짜증났지? 특히 왕팔이 그 인간 때문에 기분 다 잡쳤어!"

"그래, 왕팔이 생각만 하면 정말 화가 나!"

셋은 정말 화가 치밀어 오른 듯한 표정으로 그에게 다가왔다. 특히 한 명의 손에는 나무 막대기가 들려 있어 정말 오늘은 마치 그를 죽일 작정을 하고 찾아온 듯 살벌한 기세였다. 그는 도망가야 한다고 생각했지만 너무 떨려 다리가 다라주질 않았다. 또다시 자괴감에 빠지고 마는 그였다.

'난 정말 겁쟁이란 말인가? 이제 좋아하는 여자도 생겼는데… 그런 그녀를 지켜줄 수도 없는 겁쟁이일까?'

그는 눈을 질끈 감았다. 셋 중 누군가가 그의 등을 거세게 밀면서 다리를 걸어오자 맥없이 땅으로 넘어져 버렸다.

빠악!

처음은 나무 막대기로 시작했다. 엄청난 소리가 들리면서 그의 팔이 부러진 것 같았다. 약간 아픔을 느꼈다.

'아퍼…….'

하지만 신음 소리를 낼 만한 아픔은 아니었기에 참을 수 있었지만 뒤이어 셋의 무차별적인 구타가 시작되었다. 거의 미친 듯이 때리고 있는 것이 오늘 관번을 죽이지 않으면 한이 맺힐 것이라는 심정이 아닌가 하고 생각될 정도로 그들의 표정과 움직임은 살벌했다. 그의 입에서 피가 흘러나오고 있었다. 그쯤 때리자 그들은 속이 시원해졌는지 때리는 것을 멈추었다. 속이 시원한 것인지 아니면 때리는 것 자체에 희열을 느낀 것인지 그들의 입에는 만족스런 미소가 진하게 맺혀 있었다.

"킥킥! 이놈은 정말 불사신 같군. 몸이 부러지고 피가 나는데도 신음 소리 한 번 내지 않아. 독하지도 못한 놈이 말야. 하하하하!"

"이번엔 좀 거세게 때렸으니 한 이 주일이면 될까?"

그들이 몸을 돌려 이런 말들을 주고받으면서 모퉁이로 사라지려는 찰나였다.

"야, 이 자식들아!"

약간은 힘겹지만 충분히 들을 수 있는 고함 소리가 셋에게 들려왔다. 그러자 그들은 뭔가 하고 고개를 돌렸다.

쓰러져 있는 관번과 삼 장 정도 떨어져 있는 곳에 구화진이 서 있었다. 분노한 표정을 짓고 있었는데 이상하게도 창백한 얼굴에 가쁜 숨을 쉬고 있어 몸을 가누기 힘들어하는 기색이 역력했다. 온몸에서 식은땀을 흘리고 있었는데 또다시 내상이 도진 듯했다.

"뭐야, 저 여자는?"

"오호, 보아하니 저놈의 숨겨둔 여자 같은데?"

"오, 저놈이 그런 능력도 있었단 말야?! 하하하 이거 놀라운데? 저것 보라구. 얼굴도 무지 예쁜데?"

"큭! 네 녀석들, 우리 걱정거리를 이렇게 만들어놓고도… 쿨럭……!"

그녀는 마저 말을 다 잇지도 못한 채 심한 기침을 하며 비틀거렸다.

"뭐야, 저년은? 여자가 말이 상당히 거친데? 그래 놓고 저 몸은 뭐야? 거의 죽을 듯하잖아?"

"항상 오는 시간에 오지 않길래 무슨 일인가 했더니… 소심한 녀석, 이깟 녀석들한테 당하고 사니? 너, 그리고 너희들, 세상을 그렇게 사는 게 아냐. 쿨럭!!"

"큭큭큭! 뭐라고 하는 거야, 저년? 세상을 그렇게 살지 말라고?"

"하하하! 그렇게 살면 어떻게 할 건데? 네가 책임질 거야? 응? 그 예쁘장하고 탐스런 몸으로? 응?"

"푸하하하!"

셋은 음담(淫談)에 파안대소하더니 관번에게 했던 것처럼 험악한 기세로 그녀에게 다가갔다. 그들이 다가오자 그녀는 눈에서 이제껏 보지 못한 무시무시한 광채를 내뿜으며 소리쳤다.

"조금만 더 가까이 오면 정말 너희들을 죽이겠다!"

그녀의 눈에서 뿜어져 나오는 빛은 결코 과장이 아니었다. 실제로 빛이 쏟아져 나오고 있는 것으로 본 셋은 순간적으로 엄청난 공포를 느꼈지만 이미 한 번의 지독한 폭력으로 인한 흥분에 그들은 보이는 것이 없었다. 더구나 셋은 상대가 여자라는 생각에 더욱 만만히 보고 있었다.

"호호, 그래? 몸으로? 이거 기대되는데?"

"큭큭! 야야, 넌 너무 밝혀서 탈이야! 세상 그렇게 살면 안 돼! 으하하하!"

"하하하하!"

셋이 음담패설을 즐기며 조금씩 그녀에게 다가가자 그녀는 무공이라도 쓰고 싶었지만 지금 상태론 관변조차 이기기 힘든 몸이었다. 몸에 충격이 가해지면 상당히 위험한 상태가 될 것이지만 자신이 아끼기 시작한 관변이 너무나 비참하게 쓰러져 있는 것을 보고 정말 그들을 용서할 수 없다는 마음에 나설 수밖에 없었다. 지금껏 살아온 그녀의 성격은 죽는 한이 있더라도 이런 일은 참지 못했다.

"이놈들……."

그녀는 서슬 퍼렇게 그들을 쏘아봤지만 안타깝게도 그들에게는 통하지 않는 듯했다.

"아, 안 돼……."

관변이 어느새 정신을 차렸는지 입가에 피를 흘리며 말했다. 그는 그녀의 몸 상태가 최악이라는 것을 눈치채고는 말리려 했지만 셋 중 한 명이 그의 얼굴을 세게 차버리자 그는 뒤로 벌렁 뒤집어져 버렸다.

"커헉!"

코에서도 피가 나기 시작했다.

"헉… 헉……! 누나, 어서 피해! 제발……!"

"큭큭, 누나? 저 자식, 진짜 능력 좋네. 누나를 꼬드겼구나? 하하하!"

"어디 한번 누나 맛 좀 보자. 흐흐."

그들은 그녀의 바로 앞까지 다가갔다. 그녀는 약간은 광기 어린 그들의 두 눈에서 위험함을 느꼈지만 물러설 순 없었다. 그녀는 자부심 있는 무림인이었고 어떻게든 관번을 위해 무언가를 해주고 싶었다. 그게 설령 목숨을 잃는 일이더라도.

"이 자식들, 너희들이 그러고도 사람이냐? 언젠간 벌을 받게 될 거다!"

"흐흐, 벌을 받아도 지금은 괜찮아. 나중에 받으면 돼. 하하하! 이리 와!"

셋 중 제일 밝히는 녀석이 그녀의 팔을 잡고는 옷을 벗기려 했다. 상당히 거센 힘에 그녀는 순간 딸려갔지만 그녀는 이내 심하게 요동쳤다.

"놔! 이 개자식들! 더러운 손을 놔!"

"킥킥! 반항하는 재미도 있어야지?"

그는 예상했던 대로 미약한 그녀의 힘을 무시하고 상의를 벗겨가고 있었다. 탐스러운 가슴이 드러나려 하자 그녀는 더욱 발악했다.

"이 새끼들! 어서 놔! 어서!"

"누나……!"

관번은 눈물을 흘리며 일어서려 안간힘을 썼다. 너무 많이 맞은 탓에 전신에 힘이 빠져 버려 쉬이 몸을 일으켜 세울 수가 없었다.

"이 자식들, 놔! 어서! 헉! 욱!!"

몸에서 심각한 반응이 일어나기 시작했는지 그녀의 표정이 급변했다. 아무래도 감정의 급격한 변화가 내부에 크게 영향을 끼친 것 같았다. 그때 그 모습을 구경하던 나무 몽둥이를 든 남자가 그녀의 반항이 짜증났던 모양이다.

"이년이! 정말 짜증나네! 얌전히 있어!"

그러고는 그녀의 등을 나무 막대기로 세게 쳤다.

퍽!

"학!"

단말마와 함께 그녀는 그대로 주저앉아 버렸다. 너무나 순식간의 일이었다. 갑작스런 상황에 셋은 당황하는 표정이 역력했다.

"뭐, 뭐야?!"

"모, 모르겠어!"

남은 한 명이 급히 다가가 그녀의 가슴에 손을 갖다 대었다.

"…시, 심장이 뛰질 않아!"

"뭐?!"

"나, 난 아냐!"

"나, 나도 아냐! 네가 그랬잖아!"

셋은 갑작스런 상황에 그만 두려움이 앞선 것 같았다. 그들은 앞뒤 생각지 않고 어디론가 뛰어 도망가기 시작했다. 허무한 결말에 장내에는 죽은 듯이 움직이지 않고 있는 구화진와 꿈틀거리는 관번을 몸을 적시는 서늘한 바람만이 불고 있었다.

그의 두 눈에선 눈물이 펑펑 쏟아지고 있었다. 그는 안간힘을 쓰며 그녀에게로 다가가면서 생각했다.

'내가 싫다! 싫다! 난… 죽어야 해! 힘없는 나약한 녀석! 좋아하는 사람 하나 못 지켜주고……. 넌 죽어야 해!!'

반 다경이 지나서야 겨우 그녀에게 도착했을 그 정도로 그의 몸은 성한 곳이 없었다.

"누… 나……."

그는 힘 빠진 팔로 그녀를 흔들려 했지만 워낙 힘이 없어서 그냥 그녀의 상체에 손을 올리고 있는 것이나 다름없는 꼴이 되었다.

"누… 나, 제발… 일어나……. 누나……. 흑!!"

그가 땅에다 얼굴을 묻고는 다시 서럽게 흐느끼기 시작했다.

"……."

그는 자신의 머리에 그녀의 손이 올라옴을 느끼고는 번쩍 고개를 들었다.

"누나! 누나……! 괜찮아 ……? 흐흐흐흑!"

"울지 마. 남자가 소심하긴……. 세상을 그렇게… 살… 면 안 돼……."

"누나! 누나! 누나! 흑!!"

"무슨 생각… 하는지 뻔하다……. 죽고 싶겠지? 죽으면 내가 널 죽여 버릴 거야."

"……."

그녀의 얼굴에서 갑자기 빛이 나는 듯하더니 초점없던 눈빛이 예전처럼 생기로 차게 되었다. 갑자기 생명이 돌아온 것이 죽기 직전에 일어난다는 회광반조의 현상이었다.

"야, 임마……."

그녀의 목소리가 다시 맑아지자 의아해하는 그였다. 물으려는 찰나 그녀는 한 손가락으로 그의 입을 막고는 희미하게 웃었다.

"남자가 그게 뭐야, 화끈해야지. 대들지도 못하고……."

“누나…….”

“남자란 배짱이야. 그리고 무식한 추진력, 또는 독심이라고도 하지. 그것만 있음 뭐든지 할 수 있어. 여자도 마찬가지지만.”

“…….”

그녀다운 말에 마음이 편해지며 그는 희미하게 웃었다.

회광반조도 얼마 가지 못하는지 그녀의 표정은 다시 힘이 없게 되었고 금방 죽을 것같이 보였다. 갑작스런 그녀의 변화에 그는 가슴이 섬뜩해졌다.

“누나! 누나!”

“내 사랑…….”

“누나…….”

“나랑 약속하자. 응?”

“응, 응……. 내 목숨을 걸고… 누나랑 하는 약속… 지킬게. 응? 그러니 죽지 마…….”

“이제부터 이름 바꿔……. 좀 멋진 걸로 바꾸란 말야. 좀스럽게 그게 뭐야? 관번이라니……. 알았어?”

“응… 응……. 바꿀게…….”

그는 본능적으로 그녀가 죽음의 문턱에 다가가 있다는 것을 알았다. 그의 눈에서 주체할 수 없는 눈물이 흘러내렸다.

“그리고… 이제 울지 마……. 다시는 울지 마…….”

“응, 내일부턴… 내가 죽을 때까지 안 울 거야. 약속해……. 누나, 죽지 마, 제발……!”

“약… 속했다……? 그렇지?”

"응, 응……. 정말이야. 내 모든 걸 걸고 약속할게."

"그놈들 확 패줘……."

"응……."

"후후, 내 귀염둥이. 조금만 더… 일찍 만났더라면……. 후후, 넌 아기 때였겠지?"

"……."

"내 짐 속에 이상한 책이 있을 거야……. 심심하면 봐."

"누나! 누나!"

그녀의 눈이 점점 감기고 있었다. 그녀의 안색이 파리해지고 있는 것이 생명의 불이 거의 꺼진 것 같았다.

"사랑해… 내 사랑……. 행복하네……."

"……."

그리고 더 이상 아무 말이 없었다. 그녀의 표정은 다행이랄까, 미소 짓고 있었다.

"누나……! 아아! 누나!!"

그는 정말 서럽게 울었다. 그의 아버지, 어머니가 돌아가셨을 때도 이렇게 울지는 않았을 정도로 그의 울음은 마치 세상이 끝난 것 같은 울음이었다.

그녀의 몸은 이미 차가웠기에 밤이 새도록 껴안은 채로 따뜻해지길 기다렸다. 하지만 돌아오지 않는 온기였다. 새벽녘이 되어서야 그는 정신을 번뜩 차릴 수 있었다. 비정한 현실이 그 앞에 있다는 것을 느꼈다.

그의 눈빛은 많이 달라져 있었다. 옛날 같은 나약한 양의 눈은 아니지만 그렇다고 한에 사무친 늑대의 눈빛도 아니었다. 그저 담담하게

착 가라앉은 그의 눈은 마치 호수처럼 고요했다.

이상하게도 그의 몸은 이제 전혀 아프질 않았다. 많은 상처가 있었
지만 전혀 아프질 않았고 기력도 하루가 지나자 어느 정도 되찾은 듯
했다. 그의 마음 상태와 더불어 그의 몸은 예전보다 더욱 힘이 나고 있
었다. 그는 부러진 팔을 한쪽 팔로 돌려서 제자리로 복귀시켰다.

뚜둑!

섬뜩한 소리가 들리며 뼈가 제자리로 돌아왔지만 역시 고통은 없었
다. 마음조차 아프지 않았다. 그는 곧 그녀의 시신을 들고 어디론가 발
걸음을 옮겼다.

가을의 아름다운 햇살과 높은 하늘은 그날의 하루를 축복하고 있었
다. 너무나 아름다운 호수였다. 동정호. 그가 살던 대저택에서 도보로
하루 정도 떨어진 거리에 위치한 호수는 크고 고요했다. 그는 한 시진
전에 그녀의 골분을 동정호에 뿌린 상태였고 그 이후부턴 멍한 얼굴로
하염없이 동정호를 바라보고 있었다. 죽어버린 님을 한없이 그리워하
다 망부석이 되었다는 여인네의 심정이 이러할까?

"……."

"이보게."

그는 누군가의 부름이 없었다면 시간 가는 줄 모르고 언제까지나 그
곳에 서 있었을 것이다.

"……."

그는 소리가 난 쪽으로 고개를 돌렸다. 한 노인이 그를 보고 있었는
데 노인은 그의 무표정에 잠시 놀랐지만 이내 미소를 짓고는 말했다.

“오늘 날씨가 참 좋지 않나? 이런 날은 흔치 않다네. 이런 날은 모두를 축복하는 날이지. 생자에게도, 사자에게도…….”

노인은 무언가를 회상하는 듯 몽환적인 표정을 지었다. 그는 다시 고개를 돌려 호수를 바라보았다. 구름에 잠시 가려져 있던 햇빛이 호수면을 비추자 햇살이 반사되어 절로 눈이 부셨다.

“아!”

그는 곧 보이는 광경에 감탄사를 낼 수밖에 없었다. 햇살이 호수면을 비추기 시작하자 그것은 호숫가의 길을 따라 길게 심어져 있는 오래된 고목(古木)들을 비추었다. 기름쟁이가 빛의 축복에 힘겨워 몸을 움직이자 물결이 흐드러지고 그것은 마치 거울에 비추어진 나무들이 꿈처럼 아름답게 흐드러지는 것 같았다. 호수면에 비친 나무들은 마치 그림자 같았다. 그는 그렇게 느꼈다.

“허허, 정말 아름답군.”

“…….”

“환상 같군. 풍경 때문인지 오늘따라 상당히 감성적이게 되네그려. 허허허! 이 나이에 주책이야. 허허!”

그는 무언가를 생각하는 표정으로 계속 호수면을 바라보았다. 어느새 눈가엔 눈물 한 방울이 흘러내리고 있었다.

“허허, 때끼, 이 사람. 남자가 그러면 되는가? 눈물을 흘리다니, 떠나간 애인을 생각하는가?”

“…….”

그는 고개를 절레절레 저었다. 눈물인지 무엇인지 모를 그것은 그 바람에 어디론가 날아가 버렸다.

"자네 이름이 무엇인가? 나이답지 않게 상당히 성숙해 보이는구먼. 분위기도 그렇고. 흔치 않은 젊은이 같은데……."

"영호, 관영호(關影胡)라고 합니다."

"그림자… 호수? 허허, 멋진 이름이구먼. 의미는 잘 모르겠지만 특이하고 신비로워. 자네의 분위기와 딱 맞네. 자네가 직접 지은 모양일세."

"……."

"에잉, 처음 보는 사람한테 이런 말을 하다니……. 난 가보겠네, 젊은이. 오늘 같은 날은 술이 딱이지. 그럼."

노인은 오늘따라 이상한 자신을 자책하며 사라져 버렸다.

"……."

그는 몸을 돌려 어디론가 걸어갔다. 열 발자국쯤 걸었을까? 그는 뭐가 아쉬운지 다시 뒤를 돌아다보았다. 아까의 광경은 꿈이었는가? 호수면에는 그것이 마치 꿈이었다는 양 아무것도 없었다.

"……."

하늘에 태양은 여전했고 바람도 여전했다. 마치 아까의 일이, 아니, 그간 살아온 모든 것들이, 심지어는 구화진과의 잠깐뿐이었던 사랑도 그 모든 것이 꿈인 것 같았다. 옛날의 자기의 이름이 관번이었던 것도 꿈만 같았다. 관영호. 이 이름이 원래 자기 이름인 것 같았다.

'환상이었을까, 정말?

십오 년 하고 구 개월의 인생. 짧은 인생이 환상이었던가? 그럼 자신의 지금은 무엇인가? 어디서 왔는가? 하지만 분명 환상이 아닌 것은 있었다. 너무도 생생히 기억났다.

"사랑해……. 다시는 울지 마……."

"다시는 안 울게요."

그는 속삭이듯 중얼거리고는 그 자리를 피하듯이 몸을 돌려 어디론가 사라졌다.

며칠 후 승상 댁에서 소문이 좋지 않던 하인 세 명이 끔찍한 상처를 입은 채 저잣거리에 매달려 있는 것을 아침에 많은 사람들이 보게 되었고, 며칠간은 누가 그런 일을 했는지에 대해 저잣거리가 시끄러웠다.

그는 며칠 전 동정호의 그 자리에 있었다. 그의 한 손엔 작은 짐이 들려 있었다.

"……"

그는 아무 말 없이 몸을 돌려 발걸음을 옮기기 시작했다. 그의 입엔 희미한 미소가 서려 있는 것이 무거운 무언가를 벗어던진 듯 상쾌했다.

"누나, 정말 안 울게요, 다시는……."

그 이후로 정확히 칠 년 후 그는 혈영천마란 이름으로 강호를 진동시키게 된다. 칠 년 동안 어떤 일이 있었는지는 모르지만 매우 종잡을 수 없는 성격이 되어버렸으며 선해 보이는 외모와는 달리 잔인하고 혼란스러운 언행에 사람들은 그를 기피했다.

그리고 그는 강호 활동 이 년 후 아무도 모르게 사라져 버렸으며 다시 오 년이 지나자 세인들의 뇌리에서 사라지게 되었다.

“…….”

그는 이상한 꿈 때문에 눈을 뜨고 말았다. 눈을 뜨자마자 잠은 확 달아나 버렸다. 갑자기 여기가 어딘지 혼란이 있었지만 곧 사막의 집이라는 것을 생각해 냈다. 너무나 생생한 꿈, 잊고 있었던 과거, 어쩌면 잊고 싶었던 것일지도 모르는 과거.

“…….”

‘왜 갑자기……?

“……!”

그는 자신도 모르게 눈물을 흘렸다는 걸 알고는 경악했다.

“…….”

순간 자괴감이 들 뻔했다. 하지만…….

‘이제 너무 안 울었으니… 한 번은 되겠지? 새로운 나로 태어났지 않았는가? 그러면 그때의 약속은 이제 무효가 되는 건가? 후후…….’

“오빠! 낮잠 그만 자고 일어나서 나랑 좀 놀아요!”

밖에서 아빈이 부르는 소리를 듣고 그는 황급히 소매로 눈물을 닦았다. 이 나이에 눈물 흘리는 것을 본다면 무슨 소리를 할지 무서웠다.

“오늘은 이상한 날이군…….”

그는 희미하게 웃으며 문을 열었다.

◆제9장 ◆ 사마조영

[모월 모일. 맑음.

그 꿈은 한동안 나를 황당한 기분에 잠기게 했지만 다행히 곧 벗어났다.

한동안은 계속 천축어를 공부했다. 그 나이에 웬 공부냐고 투정 부리며 자기랑 놀자고 보채는 아빈의 말도 애써 무시할 만큼 난 천축어에 매달렸다. 왜인지는 모르지만 나는 나 자신도 이상하게 생각할 정도르 천축어에 매달렸다.

열심히 공부한 결과인지 한 장 정도는 간신히 해석할 수 있었다. 어떤 서두도 없이 그 힘에 대해서 설명하고 있었는데 신기하게도 너가 정했던 초월경이란 단어를 여기서도 그렇게 명명하고 있었다. 사람이 생각하는 것은 비슷한 것일까? 아니면 이것을 쓴 사람의 상상력의 한계인가? 약간은 실없는 생각을 해보기도 했다.

해석한 내용이래 봐야 내단의 색에 따라서 힘의 특징이 결정지어진다는 것으로 겁황천주가 죽기 전에 말해 주었던 것과 크게 다른 것이 없었다.

나는 무한의 역도, 친구의 흰 내단은 빛의 오의(奧義), 회색은 저주의 사기, 검은색은 광폭의 마력[狂暴之魔力], 보라색은 반탄의 극한[反彈之極限], 푸른색은 폭발의 심검[爆發之心劍], 녹색은 비중비(秘中秘), 투명한 색은 생사의 초월[生死之超越]. 이렇게 색에 따른 힘의 구분에 관한 내용이 이 책에 적혀 있었다. 이것들은 가장 큰 범주에 속하며 그 자세한 것은 개개인마다의 특징이라고 한다. 책에서 명시한 이름들을 보면 비중비랑 생사초월을 제외한 나머지는 그 힘이 어떤 특징을 가지고 있는 것인지 대충 알 것 같았다.

그리고 초월경에 이를 수 있는 조건은 딱히 없으며 단지 태어날 때부터 결정된 것이라는 조금은 허탈한 사실을 알게 되었다. 조건없이 그저 하늘에서 정해준 것이라면 초월경을 이룬 사람은 정말 극소수일 거라는 건 확실한 말이다. 무림사를 통틀어 내단을 만들어 꺼낼 수 있는 경지의 무공을 가진 자가 몇이나 될까? 그것을 본다면 초월경이라는 것은 정녕 하늘이 내려준 복이요, 특권이 아닐 수가 없다.

만약 그 경지에 이를 수 있는 사람이 많아진다면 그것은 얼마나 불행한 일이 되겠는가? 강자가 많다는 것은 그만큼 약자를 힘들게 하는 일이 되니 결코 좋은 일은 아닐 것이다.

중원에는 때가 되면 갈 생각이니 그 여유 시간 동안에는 나의 무공을 수련하며 천축어도 같이 공부해야겠다.]

[모월 모일. 맑음.

　그동안 약간 변한 게 있다면 아빈이 내게 대하는 태도가 이상해졌다는 것이다. 그동안이래 봤자 며칠이겠는가마는 나한테 예전과는 달리 상당히 잘 달라붙기 시작했다. 내게 어떤 마음을 가지고 있는지 알고는 있지만 전까지만 해도 그러지 않았는데 요즘 들어 일부러인지 자꾸 나랑 붙어 다니려고 한다. 약간 귀찮은 면도 있지만 순수한 마음이 느껴지는 그녀를 보자면 귀엽다는 생각도 든다.

　하지만 공부할 때도 바로 옆에서 가만히 나를 쳐다보는 것 때문에 익숙하지가 않다. 옛날부터 사람과 잘 부대끼는 성격이 아니기에 지금에 와서도 이런 상황에선 약간은 브끄럽다.

　이 나이에 아직도 이런 마음을 가지고 있는가 하는 생각이 들었다. 이 나이라면 사람의 감정 중 무엇을 할 수 있단 말일까? 오욕칠정 모두를 벗어나야 정상인가? 어떤 감정에서라도 초월해야 강해질 수 있는 것일까? 부끄러운 마음, 남을 사랑하는 마음, 증오하는 마음, 기뻐하는 마음, 이런 것들을 가지면 안 되는 것일까? 아닐 것이다.

　강해진다는 것은 감정에 초월해 간다는 것과 비례할지도 모르지만 이렇게 생각해 볼 수도 있다. 진정 강해진다는 것은 감정에 충실할 때에도 강할 수 있는 것이 진정 강하다고 할 수 있다는 것. 나는 이런 감정을 가지는 것을 부끄러워해서는 안 된다. 오히려 뻔뻔할 정도로 난 스무 살이다라고 말할 수 있어야 하지 않을까?

　이 생각을 하니 그만 웃음보가 터져 버려 그녀가 날 보고 있음에도 난 크게 웃고 말았다. 내가 남에게 스무 살이라고 말하는 상황을 상상하니 괜히 웃겼던 것이다. 그때도 그랬지만 지금도 이런 난감한 상황이 싫기에 난 남과 속된 말로 수다 떠는 것을 좋아하지 않는다.

아무튼 그렇게 웃으니 그녀도 이렇게 웃는 날 보고 덩달아 기분이 좋은지 같이 따라 웃어주었다. 그녀의 정말 아름다운 점은 아무 이유 물어보지 않고 이렇게 같이 웃어줄 수 있는 순수함이 있다는 것이다. 물론 장난기가 많은 게 흠이지만.

하지만 이 일기를 쓰는 도중 약간의 두려움도 느껴졌다. 난 그녀를 사랑할 수 있을까? 모르겠다. 그녀에게 고마움을 느끼고 약간의 호감이 있다고는 하지만 아직 그녀를 좋아하는 감정은 아니다.

그런 감정을 잊은 지 오래이기도 하고 이 나이에 다른 사람에게 마음을 주어 사랑을 한다는 것 자체가 두려워 내 마음 깊은 곳에서 본능적으로 그러한 감정을 거부하고 있는 것일지도 모른다.

잊었던 그 감정이 어떠한 것인지를 다시 알게 해준 것은 얼마 전의 황당한 꿈에서 기억도 가물가물할 정도로 잊혀진 구화진이란 여인이었다. 왜 그런 꿈을 꾸었을까 하고 계속 생각해 보았지만 갈피가 잡히질 않는다. 우연이라 하기엔 너무나 우연이 아닌가? 아마 아빈을 사랑할 수 있도록 사랑이 어떠한 느낌이었는지를 나에게 가르쳐 주기 위해 그녀가 나타났던 것일지도 모른다. 어쩌면 그녀는 나의 심연 속에 숨겨져 있던 감정이라는 본능일지도……

그런 것을 떠나 내게 그런 애틋한 사랑이 있었다는 것을 깨닫고는 꽤나 놀랍고 황당한 기분의 연속이었다. 늙은 내가 다시 젊어진 것을 알았을 때의 그 기분이랄까? 이런 생각을 또 하는 것이 기분이 이상해지니 그만두어야겠다.

아빈의 문제는 또 있다. 그녀가 자꾸 나의 일기를 보려 하는데 대체 뭘 쓰길래 매일 밤 자기랑 안 놀아주고 그렇게 심각하게 쓰냐는 것이 그녀의 말이다.

글쎄, 본다고 문제될 일은 없지만 원래 일기는 남에게 보여주는 것이 아니라는 상식 탓인지 조금은 꺼려지는 것이 사실이다. 하지만 아무도 보지 않는데 쓰는 글이란 참으로 모순 같다. 글은 남이 보는 것을 목적으로 쓰는 것인데 일기만은 그 목적에 위배되지 않는가?

일기를 쓰면 자신의 감정, 생각이 다 드러나게 되지만 그것을 누가 알아주겠는가? 친구의 말을 빌려 나쁘게 말하면 허공에다 자신의 감정을 부어넣고 있는 것일지도 모른다. 자신의 감정을 남에게 알리고 싶으면 말하면 되는 것이지 글로 써 넣어봤자 그 사람이 보지 않는 한 쓸모없는 것이 아닌가?

이렇게 일기에 대해 좋지 않은 쪽으로 쓰고 있기는 하지만 난 결코 일기를 부정하지 않는다. 난 일기를 통해서 나를 정화시켜 왔고 일기를 통해서 나를 기록해 왔으며 일기를 통해서 나를 성장시켜 왔다. 이런 존재인 일기를 단지 감정을 남이 알지 못한다는 이유만으로 거부할 리가 있겠는가?

지금도 아빈은 내 옆에서 일기를 몰래 보려 애쓰고 있지만 다행히 나의 눈치가 보이는지 노골적인 노력은 하지 않는다. 언젠간 내가 없을 때 보려고 하지 않을까 약간은 무섭다.]

"……."

"정말 가는 거요, 단주?!"

"네. 나의 결심은 확고합니다. 부단주도 알고 있지 않습니까, 나의 성격을."

"어떻게 되는 것입니까? 대체 어떻게 되냔 말입니다. 그대가 이렇게 행동을 해버리면 그대를 믿고 따르던 우리 단원들은, 나는 어떻게 되는 것입니까?"

"……."

사마진영은 그를 향해 가볍게 미소를 지어 보였다. 그 미소를 본 부단주 황장경은 처음 보는 그녀의 온기 서린 미소에 할 말을 잠시 잃어버렸다.

자신이 그렇게 싫어하던 죽립인은 오지 않고 혼자 오던 그녀의 모습이 옛날과는 달라 보인다 했지만 심각하게 생각하지 않았다. 하지만 며칠 전 그녀에게서 그때 있었던 일과 변화한 심정에 대해 긴 이야기를 듣고 나서는 큰 충격을 받았고 지금 이렇게 그녀의 미소를 본 그는 아무도 그 마음을 움직일 수 없다는 걸 느꼈다.

그래서 그는 더욱더 그녀를 보낼 수가 없었다. 아니, 보내기가 싫었다. 자신을 생각해 주지 않는 그녀가 원망스러웠지만 그래도 미워할 수 없는 자신이 또한 싫었다.

"……."

뭔가 말을 하고 싶었지만 가슴이 꽉꽉 막히는 것 같아 나오지를 않았다.

"그대 부단주가 있다는 사실이 저에게는 정말 큰 도움이었습니다. 그대의 능력은 나 못지않다는 것을 저는 압니다. 그리고 그대의 인덕(人德)을 보아도 단주의 자리를 물려주는 것에 전혀 하자가 없을 거예요."

"……."

"내가 갑자기 변해 이렇게 하는 것에 대해선 너무나 미안하지만…

그래도 결심은 변하지 않을 겁니다. 이해해 주세요, 부단주님."

눈을 꼭 감고 인상을 찌푸리고 있던 그의 표정이 시간이 흐르자 조금씩 안정되어 갔다.

사마진영은 그런 그를 아무 말 없이 바라보고 있었다. 무슨 생각을 하는지 알 수 없는 표정이었지만 한 가지 확실한 건 황장경의 진실된 대답을 기다리고 있다는 것이다.

얼마 가지 않아 황장경의 얼굴엔 조금씩 편안한 미소가 서리기 시작했다. 그는 아무 말도 하지 않았지만 완성된 미소가 그녀가 원하는 대답을 대신하고 있었다.

"…고마워요."

그녀는 진심으로 고마워했다. 자신이 여태껏 이루어놓은 천궁단을 버린다는 것이 너무나 안타까운 일이었지만 황장경이 있기에 마음 놓고 맡길 수 있었다. 그래서 뜬한 그에게 미안했던 것인데 그가 이를 수긍한 것이다.

그녀는 일어난 뒤 간단한 짐을 들고는 밖으로 나갔다. 천궁단을 나가는 문에는 이백여 명의 단원이 엄청난 위용을 뿜어내며 일제히 정렬해 있었다.

"……."

그들의 완성된 모습에 그녀는 감회 서린 표정으로 그들을 바라보았다. 안타까워하고 있었지만 수긍해 주는 그들의 표정 하나하나가 그녀의 눈에 들어오고 있었다. 그래서 그녀는 너무나 고마웠고 자신이 이들을 만들었다는 것에 자랑스러웠다.

그녀의 뒤에서 간단한 말 한마디가 들려왔다.

"이곳은 영원히 그대의 장소요. 돌아오면 박대하지는 않겠지."

그 정도의 말로도 무뚝뚝한 황장경에게는 최고의 마지막 인사말이었다. 그것을 아는 그녀는 희미하게 웃었다. 떠나는 섭섭한 마음이 사라지며 혈영천마라는 사내와 있을 때처럼 왠지 마음이 편해졌다. 자신이 이러한 결심을 내리게 한 큰 원인인 그를 생각하면 약간은 두근거리게 되는 그녀였다. 어떤 두근거림인지는 알 수 없었지만 분명 연정은 아니었다. 그라면 자신의 진정한 길을 되찾아줄 것 같은 기대감이라면 답이 될까?

그녀는 아무 말 없이 천궁단을 나섰다. 황량한 사막의 끝에는 그녀가 가고자 하는 곳이 있었다.

'어떻게 될지 알 수 없지만 가는 거야.'

알 수 없었지만 결심한 것은 끝까지 하는 그 성정이 그녀를 여장부로 불리게 하는 원동력이었다.

황장경은 여전히 그 자리에 앉아 마지막에 보여주었던 미소를 짓고 있었다. 언제까지고 그렇게 있을 것 같았다.

'사랑하오. 큭, 나도 의외로 소심해 티도 못 냈지만… 사랑했소. 그래서 기분 좋게 웃으며 보내주는 것이지. 큭큭, 난 정말 멋지다니깐.'

그의 눈가에서 뭔가가 떨어지고 있었지만 자리에서 벌떡 일어나 버린 탓에 그것은 순식간에 사라져 버리고 말았다.

"할 일이 태산 같군. 이 천궁단은 이제 내 것이니 내가 맘대로 요리해야겠지? 뭘 하지?"

애초부터 목적 의식이 없던 부단주였지만 천궁단을 맡은 이상 그는 이제 할 일이 생긴 것이다. 앞으로 어떤 목적 의식으로 천궁단을 이끌어가느냐에 따라서 이 강력한 집단은 엄청난 바람을 일으키게 되는 것이다.

"오빠, 좀 제대로 쓸어요! 모래 바람에 시달려서 집 주변이랑 방 안이 엉망이잖아요! 어휴, 대체 얼마 만의 청소예요?"

아빈의 잔소리에도 그는 묵묵히 청소를 하고 있었다. 약간은 씁쓸한 웃음을 짓고 있었지만 불만은 없는 것이 확실히 청소를 안 해도 너무 안 한 때문이었다.

어젯밤에 모래 바람이 꽤나 심했는지 아침에 일어나니 방이 엉망이었다. 창문이 열린 틈으로 모래가 들어와 집안 곳곳에 퍼져 버렸기 때문에 그렇지 않아도 지저분한 집이 더욱 지저분하게 된 것이었고 참다 못한 그녀가 아침부터 천축어 책을 펼치려는 그를 저지하고는 당장 청소를 시킨 것이다.

아빈은 창문 쪽에서 선반을 정리하다가 창밖 사막 저 멀리서 누군가가 보이자 의아해했다. 많은 사람들의 움직임은 자주 있었지만 저렇게 혼자 사막을 걷는 것은 드물었기 때문이다. 아직 그녀의 내공으론 저 정도의 거리를 볼 수 없었지만 대충 여자라는 것은 알 수 있었다.

그녀는 하던 일을 멈추고 멀리 보이는 여자의 모습을 확실히 볼 수 있을 때까지 가만히 바라보았다. 우연인지 이쪽으로 오고 있었다. 어느 정도 지나자 자신의 집을 향해 걸어오는 여인의 모습이 보이기 시작했다.

"어머!"

아빈은 그녀의 모습을 확인한 후 의외의 여인이 나타났기 때문인지 감탄사를 내었다. 그녀가 이곳에 올 것이라는 생각은 하지 않은 데다가 그녀와는 약간의 인연이 있었던 천궁단의 단주 사마진영이기 때문이었다.

그녀의 놀란 소리에 뭔가 하고 창문 밖을 바라본 그도 조금은 놀란 듯했다. 이쪽으로 오고 있는 걸 보건대 그녀가 이곳에 볼일이 있어 오는 것이 분명했다.

"오빠, 그녀가 왜 여기로 오는 걸까요?"

"글쎄다……."

"이런, 방이 엉망인데! 뭐 해요? 최대한 깨끗하게 하고 손님을 맞아야죠! 호호호!"

그녀는 기분 좋게 웃고는 서둘러 물건들을 다시 정리하기 시작했다.

"안녕하세요? 갑자기 찾아와서 죄송하군요."

그녀는 가볍게 목례를 하면서 예의를 차렸지만 무덤덤한 표정을 보면 그렇게 미안한 표정은 아닌 것 같았다.

"무슨 일인지는 모르지만 잘 왔어요. 일단 여기 앉으세요. 집 안이 엉망이라 식탁을 밖에다 빼버려서……. 호호, 대신 차를 대접할게요."

그녀는 오랜만의 손님이 좋은지 차를 끓이러 안으로 들어갔다. 그는 아무 말 없이 자리에 앉았는데 사마진영이 계속 선 채로 그를 물끄러미 바라보자 그도 가만히 그녀를 바라보았다. 묘한 눈싸움으로 약간의 침묵이 있었지만 결국 그녀가 먼저 참지 못하고 말했다.

"앉아도 되나요?"

"물론이오. 앉으시오."

약간은 무뚝뚝한 대답에 가볍게 실소를 지으며 그녀는 자리에 앉았다.

"무슨 용건이 있어서 찾아온 것이오?"

그에게 있어 그녀는 그렇게 편하지 못한 존재였기 때문에 그녀에게 조심스럽게 물었다.

"네."

너무나 간단한 대답에 할 말을 순간 잃은 그였지만 내색하지는 않고 그녀를 가만히 살펴보자 그는 사마진영이 많이 변했음을 느낄 수 있었다.

'대단하군. 사람의 분위기가 이렇게 변할 수 있는 것인가? 그때의 여장부적인 기세는 상당히 수그러들었군. 후후, 하지만 그 기세가 어디 가겠는가?'

그는 슬며시 웃으며 한때는 적이었지만 흔치 않은 여장부를 가까이서 본다는 것은 그리 기분 나쁜 일이 아니라 오히려 재미있는 일이라 생각했다.

"여기서 한동안 지낼까 합니다."

"……?"

"뭐라구요?!"

아빈은 안에서 사마진영이 너무나 의외의 말을 한 것을 듣고는 깜짝 놀라 자신도 모르게 소리를 질렀다.

"왜……?"

"내가 결심했기 때문이죠. 여기에 있으면 내가 찾고자 하는 불확실한 그 무언가를 찾을 수 있을 것 같습니다."

"불확실한 그 무언가를……?"

'무엇을 찾으려는 것이지? 그녀를 변하게 한 그 무엇인가를 찾는 것일까? 아니면……. 알 수 없군. 사람의 마음은 너무나 복잡해 자기 자신도 모르는 일이니…….'

"마음대로 하시오, 우린 상관없으니."

"엥? 오, 오빠?"

그녀는 그의 허락에 당황했는지 말을 더듬었으며 불만 서린 표정도 서려 있었지만 어쩔 수 없다는 듯 한숨만 쉬었다.

당연한 일이지만 그녀는 사마진영이 여기서 지낸다는 것을 그다지 탐탁지 않게 받아들이고 있었다. 그녀가 무엇을 찾는지는 모르지만 그와 자신만의 보금자리(?)에 방해자가 낀다는 것만으로도 둘만 있기를 원하는 소박한 꿈의 소유자인 유아빈으로서는 그리 기분 좋은 일은 아니었다. 하지만 그가 이미 허락해 버렸고 또한 별일없으리라는 맘 편한 생각으로 체념하는 그녀였다.

'정말 이상해. 여기서 무얼 찾겠다는 것이지?'

[모월 모일. 맑음.

그녀는 대체 여기서 무엇을 찾는 것일까? 신경 꺼버리면 되는 일이지만 이상하게도 아빈과 나는 그것에 매우 궁금해하며 가끔 이것저것 추측해 보기도 했다. 그러나 사마진영 자신도 모르는 일을 우리가 아무리 궁리를 한다고 해서 알아낼 수 있겠는가? 해서 더욱 궁금한 아빈과 나였다.

그녀가 있다고 변한 건 별로 없었다. 그녀는 나랑 비슷하게 하루 중 대부분의 시간을 사막을 바라보는 데 보냈다. 간혹 천궁자의 무공을 수련하기도 했는데 그녀도 매우 뛰어난 무공을 지니고 있었지만 천궁자의 무공은 몇 단계 이상의 초상승 무공이었기에 아직 무리가 많은 듯했다.

그녀의 두 눈은 대단한 의지가 서려 있었다. 그것이 그녀를 여장부라 불리게 하는 원동력일까? 가끔 내가 도움을 주곤 했지만 그것만으론 그녀 스스로 만족스럽지는 않으리라. 그러나 스스로 성취를 이루어 나가는 것이야말로 가장 뜻있고 효과적이라는 것을 그녀는 머지않아 깨닫게 될 것이다.

아빈은 사마진영과 조금씩 이야기를 하기 시작했다. 처음엔 서먹해서 이야기를 제대로 하지 않았지만 밝은 성격의 그녀는 사마진영과 친해지기 위해 노력하기 시작한 것이다.

전에 헛된 바람이라 생각했던 사마진영의 방문은 실제로 일어났고 아마 아빈의 고민 아닌 고민도 곧 풀릴 것 같으니 그걸 생각하면 절로 미소가 나온다. 이렇게 본다면 정말 사람 일은 알 수가 없다. 알 수 없는 일투성이인 것이다. 사마진영이 여기로 올 것을 어떻게 알 수 있었겠는가? 사람의 앞일을 안다는 것은 이렇게 불확실성으로 가득 찬 일련의 사건들을 꿰뚫어야 하는 것이니 어려운 일일 것이다.

사마진영도 내가 일기를 쓴다는 사실을 매우 이색적으로 받아들이는 듯했다. 나는 언제부터인지 모르지만 매우 오래전 젊었을 때부터 일기를 썼으니 일기를 쓴다는 것은 나의 일상이므로 나로서는 그다지 이상한 것도 아니다. 내가 대체 어떤 모습으로 사람들에게 비춰지길래 일기를 쓴다는 것이 특이하게 보이는 것인지…….

아무튼 이렇게 일기는 나의 일상이기에 맑은 날이 아닌 비 오는 날이나 흐린 날은 나의 일상이 깨지는 찜찜한 느낌 때문에 쓰길 별로 좋아하지 않는다. 예민한 반응이긴 하지만 나의 특성이니 어쩔 수 없다.]

"중원으로 가야 하는데……."

그는 사막을 보면서 중얼거렸다. 이제 슬슬 가야 할 때가 되었기 때문이다. 다른 것은 몰라도 고독빈랑의 마지막 부탁은 빠르면 빠를수록 그를 기다리고 있을 여인에게도, 귀찮은 짐을 벗을 수 있는 자신에게도 좋은 것이었다.

시작은 아빈이 했지만 끝은 그가 봐야 하는 귀찮은 현실이 조금은 귀찮았지만, 일단 하기로 한 것은 끝을 봐야 하는 성실함이 그의 성격이기에, 그리고 조금씩 자신에게 중요한 존재로 다가오는 유아빈이 원하는 것이었기에 불만은 없었다.

"중원은 왜……?"

조금 떨어져서 사막을 보고 있던 사마진영이 그의 중얼거림을 듣고는 의아해하며 물었다.

"몇 가지 해야 할 일이 있소."

"네……."

둘의 대화는 그게 다였다. 항상 그랬다. 솔직히 사마진영은 그와 좀 더 대화하고 싶었지만 그녀 역시 아빈처럼 말을 많이 하지 않고 오히려 과묵한 남자처럼 말수가 적었다. 그래서 서로 과묵한 둘은 당연히 대화가 단조로울 수밖에 없었다.

"오빠, 고독빈랑의 부탁을 들어주러 가는 거예요?"

"그래. 반은 너의 책임이 아니냐. 넌 약간의 의무감도 없느냐?"

그가 쓸쓸하게 웃으면서 그녀에게 말하자 순간 당황한 그녀였지만 곧 태연히 웃으며 넘겨 버렸다.

“호호, 오빠도 참. 난 오빠가 다 알아서 해주실 거라 믿고 있었어요.”

“후훗.”

그 모습에 사마진영은 희미하게 미소 지었다. 둘 사이에 대화가 오가는 것을 잠시 듣던 그녀는 돌연 사막 한복판으로 경공술을 써서 날아갔다. 매우 민첩하고 깨끗한 동작이었다. 사막으로 가는 것을 보니 또다시 무공 수련을 하려나 보다 생각한 그는 대화를 잠시 멈추고 사마진영의 모습을 지켜보기 시작했다.

사막은 바닥이 모래이기 때문에 경공술이나 보법, 그리고 여타 무공을 시전할 때 평소보다 더 많은 힘이 들어가기 때문에 사막에서 수련을 꾸준히 한다면 상당히 정확하고 힘있는 움직임을 익힐 수가 있는 장점이 있었다.

천궁자의 무공은 빠르고 정확한 움직임과 내공의 순간적인 힘을 생명으로 하는 것이었다. 그런 면에서 본다면 사막만큼 그의 무공을 익히는 데 유리한 곳은 없었다. 그 사실을 사마진영은 알고 있는 것이 분명했다.

“오빠.”

“……?”

“나도 오빠 무공 가르쳐 줘요.”

“…….”

그는 아무 말도 하지 못하고 그냥 사마진영만 보는 것이 아무래도 피하려는 의도가 분명했다.

“왜 아무 말도 안 해요?! 가르쳐 주기 싫어요? 정말……?”

그녀는 금방 눈물을 쏟을 듯 울먹이고 있었다. 연극임이 뻔했지만 정말 연극이 아닐 정도로 대단한 표정 연기였다.

'정말 여우가 따로 없군.'

씁쓸히 웃으며 그렇게 생각했지만 밉지 않고 오히려 사랑스러운 것이 그녀의 매력이었다.

"나의 무공을 익히려 해봤자 매우 어려울 거란다. 그리고 내 무공은 마공에 속하기 때문에 여인에게는 그렇게 보기 좋은 무공이 아니잖느냐? 차라리 겁황무형사공을 익히거라. 어차피 나도 내 손에 찍혀 있는 천주의 인[天主之印]을 지워야 하니까 같이 익히면 되겠구나."

"그런 억지가 어디 있어요! 소용없다뇨? 이유가 뭐죠? 그리고 난 오빠의 무공을 익히고 싶단 말이에요! 가르쳐 줘요!"

그녀는 그의 팔을 잡아당기면서 조르기 시작했다. 정말 이런 일에는 난감함을 느끼는 그였지만 그의 무공을 가르쳐 주고 싶은 마음은 없었고 또 설령 있다고 해도 익히기란 불가능했다.

왜냐하면 자신의 무공은 무림에서도 꽤나 알려진 혈영장과 천마장이란 아무런 연관이 없는 두 가지 마공을 하나로 융합시킨 것이었다. 하지만 단순히 이 두 가지를 융합시키기란 결코 불가능했다. 그는 그것을 자신도 잘 알지 못하는 방법으로 우연치 않게 융합하는 데 성공하였고, 그 결과로 혈영천마공은 비정상적으로 강력한 심공이 된 것이다.

굳이 혈영천마공을 설명하자면 마(魔) 가운데 현묘한 기운이 섞여 있다고 하는 것이 그나마 정확한 표현이랄까? 이 불확실한 마공을 자신은 어떤 방법인지는 모르지만 익힐 수 있게 되었고 남에게 가르쳐 줄 수도 있지만 배우는 자는 결코 이 혈영천마공을 익힐 수가 없다. 만약 익히려 한다면 마공을 일으킨 순간 주화입마에 걸릴 거 분명하기 때문이다.

이러한 사실을 굳이 말할 필요성을 느끼지 못한 그는 어떻게든 다른 방향으로 돌리려 했다.

"겹황무형사공이 차라리 좋지 않으냐? 무공을 쓰는 것 같은 분위기도 나고 여인이 사용해도 멋있지 않느냐?"

"무공에 그런 것이 무슨 소용 있어요! 왜 가르쳐 주기 싫어하는 거예요오오오?"

"허허, 왜 자꾸 나의 무공을 배우고 싶어하느냐? 마공일 뿐이다. 마공을 너에게 가르쳐 주기가 싫구나."

"어차피 겹황무형사공도 사공이에요. 사공이나 마공이나 그 근원은 같잖아요! 쓸데없는 핑계 대지 말고 어서 가르쳐 주세요!"

"이것 참……."

그녀의 억지에 그는 매우 난감했다. 그냥 가르쳐 줘버릴까 하는 생각도 순간 했지만 역시 내키지가 않았다.

'그렇지.'

그는 좋은 생각을 해냈다. 그것이라면 분명 자신의 무공을 배우는 것을 포기할 수 있을 것이다.

"내 무공을 배운다는 말을 안 한다면 내 이름을 가르쳐 주마."

"…정말요?!"

"그래."

그녀는 깜짝 놀랄 수밖에 없었다. 그녀는 처음에 그를 따라왔을 때부터 줄곧 그의 이름을 물었지만 그는 절대 가르쳐 주지 않아 지금껏 그냥 오빠라고만 부르고 있었던 것이다.

언제는 일주일 정도를 고집 부리며 가르쳐 달라고 졸라대었지만 결코 가르쳐 주지 않았을 정도로 그는 그의 이름에 관해서는 냉정했다. 다 잊혀져 가는 사람의 이름을 알아서 무엇 하냐며 가르쳐 주는 것을 피했던 것이다.

그의 이름은 사실 아무도 모르고 있다는 것이 정확했다. 그의 이름을 알려는 사람도 없었으며 심지어는 그의 친구조차도 자신의 이름을 몰랐다. 이제야 알고 싶어하는 한 사람이 나타났긴 했지만 가르쳐 주기가 싫었다. 자신의 이름에 담겨진 슬픈 기억을 그는 자신도 모르는 사이 꺼내는 걸 피하고 있었기 때문이다.

그렇지만 요즘 들어선―정확히는 그 황당한 꿈을 꾼 이후로―이름을 가르쳐 주어도 별 상관이 없겠다는 마음이었다. 모든 것을 받아들일 수 있는 마음을 가지게 된 지금 그런 슬픔 하나 이기지 못한다는 것은 모순적이라 생각되기 때문이었다.

"으음, 조, 좋아요! 무공보단 오빠 이름 아는 것이 내겐 더 큰 가치가 있으니……. 호호호호! 진작에 이 방법을 써먹을 걸 그랬나? 나도 그렇게 머리가 좋은 건 아닌가 봐요. 호호호!"

"…후후."

그는 괜히 말했나 싶은 생각에 쓴웃음을 지으며 고개를 절레절레 흔들었다.

"어서 가르쳐 줘요!"

그녀는 약간 흥분했는지 큰 소리로 말했다. 눈빛이 반짝반짝하는 것이 꽤나 기대하고 있는 모양이었다.

"내 이름이 멋질 것이라고 기대하지는 말거라. 그냥 평범한 이름이
다."

"알겠으니 어서……."

"아, 알았다. 관영호(關影湖)라고 한다. 이제 됐느냐?"

"음… 관… 영… 호……? 오빠가 관씨……? 그림자 호수… 그림자
호수? 특이한 이름이네요? 하지만 왠지 마음이 편해지는 이름 같아
요."

"그렇느냐? 고맙구나. 후후……."

"조금 슬픈 것 같기도 하고… 아무튼 신비로워요. 호호, 오빠 이름
멋진걸요?"

그녀는 약간 풀린 눈으로 그를 보며 말했다. 그녀의 표정에 약간 당
황한 그가 그녀의 허리를 손가락으로 살짝 누르자 풀린 눈이 원래대로
돌아왔다.

"무슨 의미인지는 잘 모르겠지만 정말 멋진 이름이에요. 난 뭐… 끔
찍한 이름을 가지고 있어서 절대 비밀로 하는 것인 줄 알았잖아요. 호
호, 그렇게 괜찮은 이름이라면 만천하에 대놓고 다녀도 되겠는걸요?
호호호!"

"하하하! 그것참, 고마운 말이구나."

그는 상쾌하게 웃으며 그녀의 농담에 일조를 했다.

"영호? 그림자 호수……."

무공 수련을 하는 것 같았지만 지금은 몸만 그럴 뿐 그녀의 정신은
그와 아빈이 있는 쪽에 있었기에 먼 거리였지만 둘의 대화를 또렷이

들을 수 있었다. 그의 이름을 알게 된 그녀는 알 수 없는 마음의 파장
이 자신을 울리는 것에 당황했다.

"그림자… 호수? 그저 조금 신비한 이름일 뿐인데 왜 이렇게… 마음
이 아프지?"

사람의 이름을 듣고 이렇게 슬픈 감정이 드는 것은 처음이었지만 그
런 건 둘째 치고 그런 일이 있을 수 있다는 것도 황당한 일이었다. 사
람의 이름에 이렇게 감정이 이입되는 것은 처음이었던 것이다.

"아……!"

그녀는 자신의 눈에서 주체할 수 없는 눈물이 흐르기 시작하자 황급
히 사구(沙丘) 건너편으로 뛰어갔다. 경공을 쓰는 와중에도 계속 눈물
이 흘러내려 얼굴은 금세 눈물로 범벅이 되어버렸다.

'대체 왜 이러지?'

그녀는 그와 아빈의 시야에서 벗어났다 생각되는 순간 북받쳐 오르
는 감정을 제어할 수가 없었다.

"흑흑……."

그녀는 무릎을 꿇고 흐느껴 울기 시작했다.

"흑, 왜… 왜 이러는 거야……? 뭐… 뭐 때문에……. 흑, 내
가……."

슬픈 심정과 더불어 당혹스런 심정이 가득 찬 그녀의 마음을 바람이
쓸고 가려는 듯 긴 머리를 휘날리며 불고 있었다.

'부끄러워…….'

그렇지만 눈물은 참지 못하고 계속 흘러내리고 있었다. 황당하기 그
지없는 감정에 사마진영은 눈물을 흘리면서도 이름을 들음으로써 이런

감정을 가질 수 있는지를 계속 생각했다.

"호호! 오빠 이름을 알아서 너무 기뻐요. 근데 눈물이 나려 그래요. 왜 그렇죠?"

"글쎄다. 나야 모르지."

"호호, 이상해라. 너무 기뻐서 그러는 건가?"

아빈은 소리없이 흘러내리는 눈물을 소매로 훔치고는 약간 지저분해진 자신의 얼굴을 씻기 위해 우물가로 갔다. 하나의 이름으로 두 사람이 눈물을 흘리게 된 날이었다.

여름으로 넘어가고 있는 밤은 쌀쌀하지 않아 좋았다. 그는 흔들의자에 앉아 달이 밝아 모래알이 반짝이는 듯 빛나고 있는 사막을 구경하고 있었다. 풍취있는 광경에 괜히 술을 마시고 싶은 그였다.

아빈과 사마진영이 저 멀리 사구 쪽에 같이 앉아 사막을 구경하고 있는 모습을 본 그는 슬며시 미소 지었다.

"후후, 사이가 좀 좋아지려나?"

아빈은 아빈 나름대로, 사마진영은 또한 그녀 나름대로 생각에 빠져 있는지 둘은 아무 말 없이 사막을 보고 있을 뿐이었다. 몇 다경 동안의 지루한 침묵을 먼저 깬 것은 사마진영이었다.

"중원으로 갈 것이라는데 아빈도 갈 건가요?"

"모르겠어요. 실은 고민이 있어서 움직이기가 싫네요. 호호."

사마진영은 그녀가 고민 대문에 아무것도 하기 싫다는 말에 약간 의아해했다.

"무슨 고민이길래……?"

"아니, 아무것도 아니에요. 그런데 당신은 천궁단은 어떻게 하고 이렇게 온 것이죠?"

그녀는 대답을 얼버무리고는 전부터 궁금해하던 것을 물었고 사마진영은 가볍게 미소 짓더니 의외로 쉽게 대답해 주었다.

"부단주에게 모든 것을 넘기고 왔습니다. 내가 이룩해 놓은 것을 버린다는 것이 마음 아프긴 하지만 천궁단을 세운 것이 나의 결심이었듯이… 그들을 버린 것도 나의 결심입니다. 그리고 여기로 온 것도 나의 결심입니다."

"결심……. 그 결심은 모든 것을 버릴 수도 있는 것이에요?"

"네. 그것이 제가 여태껏 살아온 방식이기 때문이죠."

그녀는 단호하고 서슴없이 말했다. 그녀의 삶의 방식은 그녀 자신에게도 자랑스러운 것이었다. 그로 인해 잃은 것도 많았지만 삶에서 잃을 것은 충분히 감수해야 하는 것이라 생각하는 그녀였으며 그에 못지않게 얻은 것도 많았다.

하지만 그런 그녀의 사고방식이 아빈으로서는 이해하기가 힘들었다.

"하지만 그것이 악이라면 어떻게 할 것이죠?"

"글쎄요. 난 나 스스로가 악이나 선이라고 생각한 적은 없습니다. 하지만 나의 결심은 결코 이 세상의 흐름에 벗어나는 것이라고 생각하지는 않아요. 무림이라는 흐름 안에서 당연한 것을 하고 있을 뿐입니다. 그것은 결코 선도 악도 아닙니다."

"세상의 흐름……."

그녀는 그 말에 대해 곰곰이 곱씹어보았지만 너무 어려웠다.

"세상의 흐름 속에는 선과 악이 포함되지 않나요? 그렇기에 그 사람이 한 일에 대해서 선과 악이라는 잣대가 주어지지 않나요?"

"하지만 그것은 너무 좁은 시야가 아닐까요? 모든 일에 선악이 있는 것은 아니죠. 좀 벗어난 예일지는 모르지만… 아이들이 노는데 한 친구가 한 친구를 넘어뜨려 그 아이를 울게 했어요. 그럼 울린 아이는 악이고 우는 아이는 선일까요? 그렇지 않아요. 그저 어린아이들의 세상에서 있을 수 있는 당연한 일일 뿐입니다. 다만 그 세상 안에 있는 두 아이 중 우는 아이는 자기를 울린 애가 밉고 울린 아이는 미안함을 느끼겠죠. 그렇지만 자신이 악이라고는 생각하지는 않을 것입니다. 그리고 우는 아이는 선이라고 생각지 않겠죠."

"……."

"자신이 한 일에 대해서 많은 사람들이 슬퍼할 수 있겠죠. 하지만 말이죠, 그 반대로 그 일에 대해서 기뻐하는 사람도 있는 것이 이 세상입니다. 그것이 악이든 선이든 간에 말이죠. 해서 사람의 선과 악을 판단하는 것은 부질없는 짓이죠."

"하, 하지만 당신은 적어도 내가 생각하는 가치 기준에선 악이라고 생각했어요. 하지만……."

"글쎄요. 아빈, 난 적어도 날 악이라고는 생각하지 않아요. 많은 사람들을 슬프게 했지만… 그 반대로 그 일로 인해 행복해하는 사람도 있으니까요. 난 누구처럼 모든 사람을 행복하게 해줄 영웅이 되고 싶은 마음은 없어요. 모두를 행복하게 해주고 싶다는 거창한 꿈도 없어요. 그런 능력도, 사상도 가지고 있지 않아요. 단지 나는 내가 살기 위해 살아가고 있는 것입니다. 그래서 남을 슬프게도 기쁘게도 하는 것이지요."

"……."

"왜 나를 악이라고 생각했을까요? 잘 모르겠군요. 하지만 어쩔 수 없는 일이겠죠. 아빈 당신은 내가 남을 슬프게 하는 일만 보았기 때문일지도 모르죠. 그런 것이라면 이해합니다. 하지만 저 사람도… 당신의 관점으로 본다면 나에게는 악입니다. 그는 나를 슬프게만 했으니까요."

"……."

"그는 나의 인생이라고 할 수 있는 천궁단에 좋지 않은 의미로 큰 파문을 일으켰습니다. 그리고 나에게는 여러 가지 의미로 매우 중요했던 그 남자를 죽였습니다. 나에게는… 정말 미운 존재입니다. 하지만……."

"……."

"난 그를 미워하지 않고 악이라고 생각하지도 않습니다. 그로서는 그에게 맞는 일을 한 것이니까요. 세상은 그런 것입니다. 하지만 사람들은 그렇게 생각하는 것을 두려워하죠. 그렇게 생각한다는 것은… 자기를 소중히 생각하면서 살아온 그들에게 큰 손해이기 때문이죠. 그리고 남들이 만들어놓은 잣대에 비추어보면 자신이 손해 보는 짓은 바보 같은 일이기도 하죠. 그런 소리를 듣는 것이 또한 두려워… 사람들은 그렇게 하지 않아요."

"……."

그녀의 나이는 겨우 스물다섯 살. 사마진영은 어찌 보면 어린 나이에 세상의 흐름을 알아버린 것이라고 할 수 있었다. 그녀의 변화는 이런 것이었을까?

"후후, 나도 얼마 전까지는 아빈과 같았습니다. 하지만 깨달았죠. 힘들고 받아들이기 힘든 진리였지만 받아들였습니다. 이 세상은 받아들이지 않고는 할 수 없는 일들이 너무 많은 것 같아요."

아빈은 고개를 숙이곤 아무 말도 하지 않았다. 뭔가를 생각하는 것인지 한 손이 자꾸 모래를 한 움큼 쥐었다가 조금씩 바닥에다 쏟는 행동을 반복할 뿐이었다. 그동안 사마진영은 계속 달만 쳐다보고 있었다. 시간의 흐름은 그들에게 어떤 의미를 주고 있는 것일까. 하염없는 사색의 달빛만이 두 여인의 얼굴에 비춰지고 있었다.

아빈이 갑자기 쥐고 있던 모래를 자신의 뒤쪽으로 가볍게 던졌다. 그것은 아름다운 개화의 순간처럼 사방으로 일정한 곡선을 그리며 흩날렸다.

그녀는 얼굴에 푸근한 미소를 맺은 채 사마진영의 옆모습을 가만히 바라보았다.

"……."

사마진영은 그녀의 눈이 편한 호수 같다고 생각했다.

"당신은 정말……."

"……?"

"여장부예요! 오빠의 말처럼 몇백 년에 한 번 나올까 말까 한 대단한 여장부라구요! 인정하기 싫지만… 인정해야겠죠. 세상엔 인정하기 싫고 받아들이기 싫은 일 투성이지만… 받아들이지 않고는 할 수 없는 일들이 너무 많으니까요."

그러고는 활짝 웃었다. 그녀의 말을 약간은 멍하게 듣던 사마진영도 그녀의 마지막 말에 활짝 같이 웃어주었다.

"후후, 아빈……."

의자에 앉아서 내공을 운용해 그녀들의 대화를 몰래 듣고 있던 그도 그녀의 말에 희미하게 웃었다.

"그래, 세상엔 받아들이기 싫은 일 투성이지만… 피한다고 될 일도 아니지. 세상은 만들어질 때부터 그렇게 만들어졌고… 사람은 그 세상에 적응해 가는 것이니까. 좋은 것을 깨달았구나, 아빈아……."

그는 눈을 감고 사색에 잠기기 시작했다. 여전히 밝은 달이었다.

『그림자 호수』 2권에 계속…

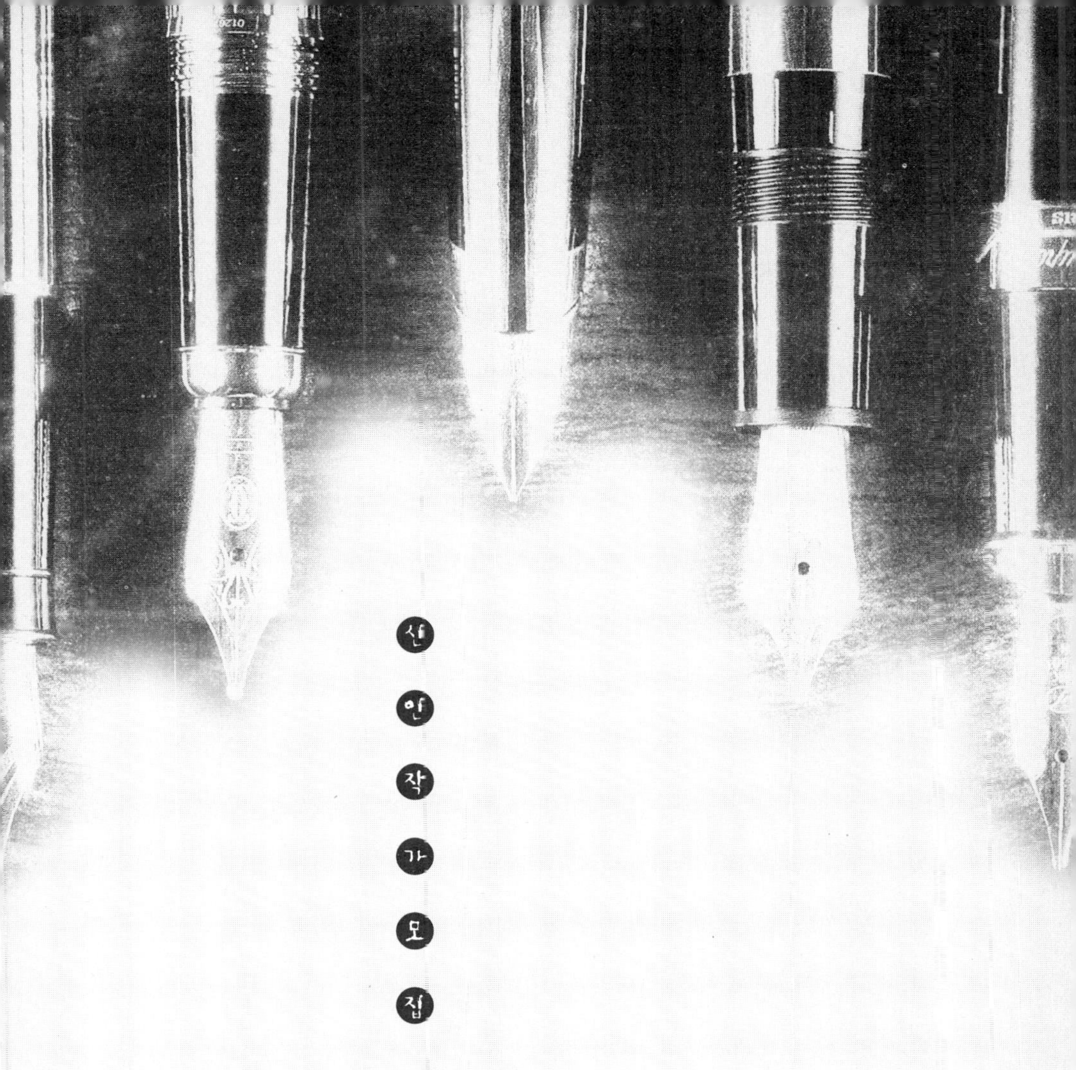

신

인

작

가

모

집